GRöLS Verlage

„Bücher sind wie Fallschirme. Sie nützen uns nichts, wenn wir sie nicht öffnen."

Gröls Verlag

Redaktionelle Hinweise und Impressum

Das vorliegende Werk wurde zugunsten der Authentizität sehr zurückhaltend bearbeitet. So wurden etwa ursprüngliche Rechtschreibfehler regelmäßig *nicht* behoben, denn kleine Unvollkommenheiten machen das Buch – wie im Übrigen den Menschen – erst authentisch. Mitunter wurden jedoch zum Beispiel Absätze behutsam neu getrennt, um den Lesefluss zu erleichtern.

Um die Texte zu rekonstruieren, werden antiquarische Bücher von Lesegeräten gescannt und dann durch eine Software lesbar gemacht. Der so entstandene Text wird von Menschen gegengelesen und korrigiert – hierbei treten auch Fehler auf. Wenn Sie ebenfalls antiquarische Texte einreichen möchten, finden Sie weitere Informationen auf www.groels.de

Viel Freude bei der Lektüre wünscht Ihnen das Team des Gröls-Verlags.

Adressen

Verleger: Hermann-Josef Gröls,

Im Borngrund 26, 61440 Oberursel

Externer Dienstleister für Distribution & Herstellung:

BoD, In de Tarpen 42, 22848 Norderstedt

Unsere „Edition | Werke der Weltliteratur“ hat den Anspruch, eine der größten und vollständigsten Sammlungen klassischer Literatur in deutscher Sprache zu werden. Nach und nach versammeln wir hier nicht nur die „üblichen Verdächtigen“ von Goethe bis Schiller, sondern auch Kleinode der vergangenen Jahrhunderte, die – zu Unrecht – drohen, in Vergessenheit zu geraten. Wir kultivieren und kuratieren damit einen der wertvollsten Bereiche der abendländischen Kultur. Kleine Auswahl:

Francis Bacon • Neues Organon • **Balzac** • Glanz und Elend der Kurtisanen • **Joachim H. Campe** • Robinson der Jüngere • **Dante Alighieri** • Die Göttliche Komödie • **Daniel Defoe** • Robinson Crusoe • **Charles Dickens** • Oliver Twist • **Denis Diderot** • Jacques der Fatalist • **Fjodor Dostojewski** • Schuld und Sühne • **Arthur Conan Doyle** • Der Hund von Baskerville • **Marie von Ebner-Eschenbach** • Das Gemeindekind • **Elisabeth von Österreich** • Das Poetische Tagebuch • **Friedrich Engels** • Die Lage der arbeitenden Klasse • **Ludwig Feuerbach** • Das Wesen des Christentums • **Johann G. Fichte** • Reden an die deutsche Nation • **Fitzgerald** • Zärtlich ist die Nacht • **Flaubert** • Madame Bovary • **Gorch Fock** • Seefahrt ist not! • **Theodor Fontane** • Effi Briest • **Robert Musil** • Über die Dummheit • **Edgar Wallace** • Der Frosch mit der Maske • **Jakob Wassermann** • Der Fall Maurizius • **Oscar Wilde** • Das Bildnis des Dorian Grey • **Émile Zola** • Germinal • **Stefan Zweig** • Schachnovelle • **Hugo von Hofmannsthal** • Der Tor und der Tod • **Anton Tschechow** • Ein Heiratsantrag • **Arthur Schnitzler** • Reigen • **Friedrich Schiller** • Kabale und Liebe • **Nicolo Machiavelli** • Der Fürst • **Gotthold E. Lessing** • Nathan der Weise • **Augustinus** • Die Bekenntnisse des heiligen Augustinus • **Marcus Aurelius** • Selbstbetrachtungen • **Charles Baudelaire** • Die Blumen des Bösen • **Harriett Stowe** • Onkel Toms Hütte • **Walter Benjamin** • Deutsche Menschen • **Hugo Bettauer** • Die Stadt ohne Juden • **Lewis Caroll** • *und viele mehr….*

Michael
Herman Bang

Übersetzt von Julia Koppel

1

Der Meister öffnete die Tür zum Balkon und trat hinaus. Seine Augen waren leicht zusammengekniffen, entweder weil sie das Werk, das seine Gedanken endlich verlassen wollten, noch zu sehen sich bemühten, oder vielleicht nur, weil sie vom Tageslicht geblendet wurden.

Er setzte sich in den gewohnten Stuhl. Sein mächtiger Bart, dessen weiße Streifen wie seltsame Wellen durch das Schwarz rannen, reichte fast bis zum Geländer hinab, und er drückte nach beendetem Tagewerk seine Hände einen Augenblick gegen das Eisen des Gitters, als stemme er sie gegen einen unerschütterlichen Felsen.

Michael saß wie gewöhnlich, das schlanke Kinn gegen die Balustrade gestützt, und starrte in die Luft. Einige Skizzen lagen in seinem Schoß, als wären sie vergessen.

Der Diener erschien in der Tür mit der Post und Visitenkarten, die er dem Meister auf einem Tablett reichte. Der Meister las die Karten und ließ sie auf das Tablett zurückgleiten, als hätte keine von ihnen einen Namen getragen. Er behielt eine einzige, die er oben in seine Weste hineinschob.

Dann griff er nach den Zeitungen. Die meisten waren unter Kreuzband, mit blau eingerahmten Spalten.

„Was schreiben sie?“ fragte Michael und hob den Kopf.

„Von der Ausstellung in Melbourne."

„Was?" fragte Michael und sah Claude Zoret ins Gesicht.

„Was sie immer schreiben," sagte der Meister, der die Lippen nur ganz wenig öffnete, wenn er sprach, und schob die Zeitungen beiseite.

Michael richtete sich in seinem niedrigen Stuhl auf und breitete die Zeitungen vor sich auf dem Geländer aus, während er im Eifer jeden Augenblick sich das lange, dunkle Haar aus der Stirn strich, als hindere es ihn am Lesen.

Der Meister rührte sich nicht. Ruhevoll lag sein Blick auf dem Garten der Tuilerien, wo der beginnende Abend seine rieselnden Schleier bereits über die Schultern der Statuen herabsenkte und die Schatten der Lorbeerbäume vertiefte, und in seinem Blick war ein Ausdruck, wie seine Bauernvorfahren ihn gehabt hatten, wenn sie am Abend vor ihren Äckern saßen.

Claude Zoret wandte den Kopf.

„Du kannst ja gar nicht Englisch lesen," sagte er.

„Doch, etwas," sagte Michael und blieb über die Zeitungen von Melbourne gebeugt sitzen.

Der Meister hob die Skizzen auf, die von Michaels Schoß herabgeglitten waren, und er betrachtete sie: Wieder ein paar hingestreckte Frauenkörper. Bei der einen Skizze war der Kopf nicht vollendet oder vergessen. Die andere zeigte nicht viel mehr als eine Hüfte.

Weiter kam Michael nie. Ihm gelang eine Brust, eine Lende, ein Nacken, ein Hals, aber nie erfaßte er den ganzen Körper.

Aber – und der Meister hielt die Skizzen etwas von sich ab – die Linien waren gut.

Ja, sie waren gut.

Der Meister lächelte.

Natürlich, die Skizzen waren schon signiert. Unter jeder Studie stand stets in seiner wunderlich verschwimmenden, oder vielleicht eher verwickelten Handschrift, denn jeder Buchstabe griff fest in den andern: Eugene Michael, und der Strich unter dem Namen war wie gestickt mit seinen drei Punkten. Claude Zoret hob wieder den Kopf, und ohne daß er es selbst wußte, saugten seine Augen die Farbe des Himmels ein, die in dem zunehmenden Abend blasser und blasser wurde, von einem eigenartigen, weißlichen Blau, ähnlich dem allerersten Schimmer vom allerersten Licht eines Sommermorgens. Auch Michael hatte den Kopf gehoben und betrachtete den Himmel. Wenn er so aufrecht saß wie jetzt, hob sein dunkles Haar sich fast wie ein Helm über seinem Kopf.

„Wie seltsam der Himmel gefärbt ist," sagte er; und er versuchte wieder zu lesen, während der Lärm der Rue de Rivoli zu ihnen heraufstieg wie ein brausender Strom von Lauten, in dem man keine einzelnen Töne unterschied.

Ein paar Augenblicke sprach niemand, bis Michael von neuem die Augen hob und lange zum Himmel hinaufsah: „Weißt du," sagte er, „ist es nicht seltsam? Diese Farben habe ich zu Hause über dem Hradschin an Maimorgen gesehen."

Der Meister lachte kurz auf: „Bist du so zeitig aufgestanden?"

„Ja, damals," sagte Michael und las weiter.

Der Meister rollte, ohne es zu wissen, Michaels Skizzen zusammen und hielt sie in seiner geschlossenen Hand, während er den Lesenden betrachtete:

Seine Glieder waren so stark geworden. Sein Körper bekam Muskulatur. Er wuchs sich aus. Diese Linien – und unwillkürlich führte Claude Zoret die Skizzenrolle durch die Luft – hatten sich verändert, seit er ihn als „Alkibiades" und als „Sieger" gemalt hatte. Aber das war auch fünf Jahre her – und die Augen des Meisters bekamen einen Ausdruck, als läsen sie die fortschreitenden Jahreszahlen auf seinen eigenen Bildern – ja, wirklich fünf Jahre, seit er den Sieger gemalt, und über fünf Jahre, seit er die Studien im Hradschin gemacht hatte. Wie deutlich er sich jener Zeit entsann. Die Atmosphäre von Prag, wie merkwürdig sie der Atmosphäre von Montmartre glich, dieselben Farbentöne, ganz dieselbe Stimmung. Und in Prag war dann Michael zu ihm gekommen.

Jeden Abend, wenn er vom Hradschin nach Hause kam, hatte der Portier des Hotels zu ihm gesagt: „Der junge Mensch ist da," und jeden Abend hatte er geantwortet: „Morgen." Bis er schließlich eines Abends, halb in Wut, gesagt hatte: „Wieder, na, meinetwegen, lassen Sie ihn kommen." Und Michael war in sein Zimmer getreten und an der Tür stehen geblieben, die Knie leicht gebeugt, das regelmäßige Gesicht ganz weiß, die Stirn von Schweißtropfen bedeckt, Perle an Perle. „Na, was wollen Sie?" – „Ihnen etwas zeigen, Meister." – „Was?" – „Ein paar Zeichnungen, Meister." – „So. Zeichnet man in Ihrem Alter? Geben Sie her."

Und er hatte das Machwerk, die Strichelei, etwas anderes war es nicht, betrachtet. Aber dazwischen waren einige Frauenstudien, die trotzdem...

„Setzen Sie sich," hatte er gesagt: „Ja, wenn Sie Maler werden, werden Sie jedenfalls nichts als Weiber malen lernen."

Er hatte Michael angesehen, der sich nicht gesetzt, sich nicht gerührt hatte. Noch immer bleich, das Antlitz von Schweiß wie von einem Schleier bedeckt, stand er da – und über dieser Statue der Angst mußte wohl etwas gelegen haben, etwas, das sein Auge fesselte, denn er sagte plötzlich, wie man ein Lebewohl sagt, das man freundlich gestalten möchte: „Hm, Sie, wenn Sie mir in einem Jahr ein Bild bringen, eine Frau, die gemalt ist, richtig gemalt - dann können wir ja weiter reden.

Im übrigen bin ich kein Mr. Bonnat, ich gebe keine Stunden."

Und er hatte, als Michael, noch immer bleich, mit weit aufgerissenen Augen, bereits die Tür geöffnet hatte, noch gefragt: „Wie alt sind Sie?" – „Siebzehn Jahr, Meister." – „Und wie heißen Sie?" – „Michael," hatte er geantwortet und den Kopf gesenkt.

Nein, er hatte nie einen Menschen gesehen, der so voll und ganz, so bis in die Fingerspitzen hinein der Ausdruck des *einen* Gefühls war: der

Angst. Er hatte ihm die Hand gereicht: „Adieu," hatte er gesagt und Michaels Hand gefühlt, die eiskalt war wie sein ganzer Körper.

„Adieu, Meister," hatte Michael geantwortet und hatte wieder den Kopf gesenkt, bevor die Tür zufiel.

Claude Zoret betrachtete noch immer den verblassenden Himmel.

Wo mochten jene Studien vom Hradschin eigentlich sein? Er hatte nie Gebrauch davon gemacht. Als er von Prag heimkehrte, hatte er plötzlich, er erinnerte sich dessen, ganz ohne Grund, ohne greifbare Ursache, einen jener sinnlosen, geistesleeren Anfälle bekommen, in denen er Monate, Tage und Tage, in seiner eigenen Ohnmacht wie ein Bär im Käfig umherirrte oder sich in eine ungeheure Betäubung stürzte, die Wochen zu einer einzigen Nacht machte, aus der ihm nur die Erinnerung an den dumpfen Drang nach Bewußtlosigkeit oder Schlaf zurückblieb.

Ja, gerade damals hatte er solch einen Anfall gehabt, solch verfluchten Anfall. Fast ein halbes Jahr hatte er gedauert. Michael war inzwischen mit seinem Bild gekommen, ein nacktes Weib auf einer Wiese hingestreckt. Viele Monate hatte die Apathie gewährt, bis er plötzlich, fast ohne zu denken, ohne zu überlegen, ohne zu wissen, er, in dessen Gehirn Gedanken und Gestalten sonst halbe Jahre zu lagern pflegten, ganze Jahre, viele Jahre und all seine Gedanken aufsogen, wie ein Schwamm Blut aufsaugt, und ihn quälten, bis er sie wie einen Mühlstein von sich schleuderte – sich unvermittelt über das große Gemälde hergemacht hatte: „Die Athener erwarten die Antwort des Orakels," bei dem es ihm endlich einmal geglückt war, die elende Todesangst der Menschen zu malen, und wo er Michael in den Hintergrund gestellt hatte, die Knie leicht gebeugt, gerade so wie er damals in Prag an der Tür gestanden hatte.

Und nach der „Angst" hatte er den „Sieger" gemalt.

Michael hatte das Gesicht gehoben.

„Weißt du, was hier steht?" fragte er.

Der Meister antwortete nicht.

Durch die bleiche Luft fiel die Röte des westlichen Himmels wie der Widerschein eines Feuers auf die Dächer des Louvres.

„Weißt du, was hier steht?“ wiederholte Michael.

Und als hätte er es auswendig gelernt, sagte er in die Luft hinein: „Hier steht: Es bleibt der Eindruck, daß hoch über alle hinaus Frankreichs Name sich wie ein Banner erhebt, von Claude Zorets mächtigen Händen getragen.“

Der Meister verzog keine Miene, Michael aber stützte den Kopf in die Hände, während er in den Abend hinein sagte: „Wenn so etwas von einem geschrieben würde.“

Der Meister lächelte: „Ja, Michael, der Mann muß malen können,“ sagte er und schleuderte die letzten Worte wie im zornigen Hohn heraus.

Plötzlich änderte er den Ton: „Du solltest über dieses Gitter hinunterspringen,“ sagte er und schlug mit seinen Händen auf das Geländer.

„Weshalb?“

Das Geklingel der Fahrräder klang zu ihnen herauf, während sie beide schwiegen.

„Weshalb,“ fragte Michael, und er sprach ganz leise, „sagst du mir immer dasselbe?“

Der Meister antwortete nicht.

Michael aber sagte und sprach noch immer leise, während eine plötzliche Röte sich über das gesenkte Gesicht breitete: „Darf ich dir etwas sagen?“

„Was du willst.“

„Begreifst du nicht… kannst du denn nicht begreifen, daß ich… daß, wenn ich lese, was hier steht, wie deine Bilder, gleich denen der großen Meister, Jahrhunderte überdauern und daß Menschen sie noch ansehen werden nach einer Zeit, die wir gar nicht ausdenken können…“

Claude Zoret schüttelte den Kopf: „Niemand," sagte er, „weiß, wie lange etwas besteht."

Und indem er seine behaarte Hand hob und zum Louvre hinüberzeigte, sagte er, und seine Stimme hatte denselben Tonfall wie vorhin: „Geh dort hinüber und sieh zu, wie viele von den Unsterblichen bereits tot sind."

Michael hob den Kopf: „Du weißt, daß du leben wirst. Wenn ich dich ansehe, während du malst, seh ich deinem Gesicht an, daß du weißt, du malst nicht für die, die jetzt leben."

Der Meister lachte: „Wie seh ich denn aus, wenn ich male?"

„Du lächelst," sagte Michael.

Claude Zoret lachte von neuem mit dem kräftigen Lachen des Bauern, das ihm bisweilen eigen war: „Ja, weil ich weiß, daß die Leute nichts verstehen werden."

„Nein," sagte Michael und schüttelte den Kopf, „du lächelst, weil du weißt, daß welche kommen werden, die dich verstehen."

„Aber," und er senkte die Stimme, „kannst du dann nicht begreifen, daß ich – daß ich mir sage..."

„Was?" fragte der Meister.

„Daß ich mir sage," und plötzlich sprach Michael sehr schnell, fast wie einer, der sich schämt, „es ist *dein* Körper, den er malt."

Er erhob sich mit einem Ruck, als müsse er seiner Gemütsbewegung Luft machen: „Du bist es, den er verewigt," sagte er.

Er schwieg einen Augenblick, und während er sich wieder setzte, sagte er: „Und dann mußt du auch begreifen, daß mit meinem Körper" (er suchte nach einem Wort und verfiel auf das wunderlichste) „nicht wie mit anderen verfahren werden darf."

Michael schwieg und auch der Meister sagte nichts. Das schwere Dröhnen der elektrischen Wagen drang wie das Geräusch eines gewaltigen Pfluges, der die Erde spalten will, zu ihnen herauf.

Da sagte der Meister in die Dämmerung hinein: „Du wirst eines Tages mehr geben als deinen Leib."

„Was?"

„Alles," klang die Stimme des Meisters durch das Dunkel.

Sie schwiegen wieder, bis Michael flüsternd sagte, während er seinen Kopf bis fast auf das Geländer herabbeugte: „Sag mir, wie war sie?"

„Wer?"

Michael zögerte einen Augenblick, bis er ebenso leise sagte: „Deine Frau."

Die Züge des Meisters veränderten sich nicht.

„Du hast sie ja gesehen," sagte er und rührte sich nicht.

Michael starrte in die Dämmerung hinein.

„Ja," sagte er und bewegte den Kopf ganz wenig, er wagte ihn nicht zu wenden. Und er fühlte von neuem dieselbe Scheu oder beinahe Angst, die er empfunden hatte, und deren Grund er sich nicht erklären konnte, als der Meister ihn damals in Montreuil auf den Kirchhof geführt und er vor dem Denkmal, vor der Statue gestanden hatte, der einzigen, die der Meister in seinem ganzen Leben geschaffen: Eine Frau, die gebeugt und starren Auges mit einem zerbrochenen Krug in der Hand dasaß. Neben ihrem Fuß – wie war er müde – stand ein „Maria" eingeritzt.

„Aber," sagte Michael, und seine Stimme zitterte leicht, während er beständig das Antlitz der weißen Frau vor sich sah: „Wie war sie?"

Claude Zoret saß unbeweglich und seine Stimme klang wie vorhin: „Sie war aus meiner Heimat," sagte er und schwieg wieder.

Michael wußte selbst nicht, wie weiß sein Gesicht war und daß seine Hände zitterten.

„Aber," fuhr der Meister immer in demselben Ton fort, „hier ist nicht von mir die Rede."

Claude Zoret erhob sich und ging an seinem Pflegesohn vorbei, der wie in einer Ideenverbindung leise sagte:

„Wer ist eigentlich glücklich?"

Der Meister antwortete: „Ja, wer? Der empfängt, weil er gibt."

Michael schaute zum Meister auf.

„Du hast ja alles gegeben," sagte er.

Der Meister blieb stehen. Der Wind, der vom Tuileriengarten herübergestrichen kam, bewegte seinen wogenden Bart.

„Ich gab dem Leben nichts," sagte er.

Michael hörte nicht. Unablässig sah er das Grabmal vor sich, die Frau und ihr Starren auf das zerbrochene Gefäß und ihre todesmüden Arme.

Der Meister aber wiederholte seine Worte, und plötzlich fing Michaels Ohr eines davon auf.

Und tief aufatmend – er wußte nicht weshalb, oder welche Bürde er heimlich abwälzte – sagte er und lächelte, daß man seine weißen, kräftigen Zähne sah: „Ja. Das Leben."

Der Meister hatte beim Klang von Michaels Worten jäh den Kopf gewandt, und er blieb stehen, während der Ausdruck seines Gesichts sich plötzlich veränderte, und betrachtete den Pflegesohn mit Augen, die immer größer wurden. Er sah ihn von der rechten Seite. Die Lippen des Profils waren begehrlich geöffnet oder als atmeten sie stark, und die Stirn – der Meister sah es zum erstenmal – trat nach oben zu seltsam schroff zurück.

„Michael," sagte er – und es war nicht zu erkennen, ob der Mensch oder der Maler sich wunderte, „du hast ja zwei Gesichter."

Eine tiefe Röte flog über Michaels Züge.

„Das weiß ich wohl," sagte er und lachte verlegen.

„Nein, bleib sitzen,“ sagte Claude Zoret, und während er fortfuhr Michael zu betrachten, kam plötzlich jene Schärfe in seinen Blick, die darin aufblitzte, wenn er angestrengt arbeitend vor seinen Bildern stand.

„Das habe ich noch nie gesehen,“ sagte er.

Und kurz darauf: „Sonderbar.“

Michael hatte seinen Kopf abgewandt, und keiner von ihnen sprach. Auf dem weiten Platz wurden jetzt ringsherum die elektrischen Lampen angezündet. Es sah aus, als hüpften Irrlichter hervor, wenn sie aufflammten. Der Lärm der Straße rauschte wie ein Strom, der gegen seine Ufer schwillt, zu ihnen herauf.

Der Meister stand noch mit demselben Ausdruck in den Zügen am Geländer.

Der Diener erschien in der Tür.

„Es ist bereit,“ sagte er.

„Danke.“

Claude Zoret ging an Michael vorbei, um sich hineinzubegeben.

„Wirf den Ruhm ins Feuer,“ sagte er, indem er auf die Zeitungen zeigte, und er bückte sich, um die eine aufzuheben.

„Du hast eine Karte verloren,“ sagte Michael und nahm die Visitenkarte von der Erde auf, die der Meister hinter seine Weste geschoben hatte.

„Ja,“ sagte der Diener, der an der Tür wartete, „Madame wollte Bescheid haben.“

„Ach so,“ sagte der Meister, „die ist es. Sagen Sie, daß ich heut abend zu Hause bin.“

Der Diener verschwand.

Michael hielt die Karte so, daß das Licht aus der Tür darauf fiel.

„Fürstin Lucia Zamikof.“

„Ja,“ sagte der Meister, „ein Frauenzimmer, das gemalt werden will.“

Michael lachte, während er den fremden Namen noch einmal spöttisch wiederholte. Die Zeitungen in der Tasche, ging er dem Meister voran die Stufen zum Atelier hinunter, wo er den Zeitungshaufen in den großen Kamin warf, während er sich selbst auf einen Schemel davor setzte. Die Flammen des brennenden Papiers warfen einen roten Schein auf sein Gesicht.

Der Meister zögerte einen Augenblick.

„Kommst du?“ sagte er. „Adelsskjolds essen heute hier.“

Der Meister ging.

Michael saß noch auf seinem Schemel. Über den Kohlen im Kamin lag es von dem verbrannten Papier wie ein grauer Schleier von Asche oder von Staub.

Claude Zoret führte Frau Adelsskjold die drei weiß lackierten Stufen zum Speisesaal hinunter. Ihnen folgten Adelsskjold und Herr de Monthieu.

Charles Schwitt, der neben Michael ging, sagte, indem er einen Ring an dessen Finger betrachtete: „Was ist das für ein Ring?“

„Ein ägyptischer,“ antwortete Michael und hob die Hand, „es ist ein Geschenk des Meisters.“

„Natürlich,“ sagte Schwitt, „er wird Ihnen wohl nächstens noch ein paar Beinspangen verehren.“

Sie nahmen alle Platz, während die beiden Stubenmädchen mit den weißen Hauben die Suppe herumreichten, und es wurde wieder von Schmucksachen gesprochen, antiken Schmucksachen, von einem syrischen Gefäß, das der Herzog von Rochefoucault angekauft hatte, und von einigen Neuerwerbungen des Louvres, über die alle lachten.

Frau Adelssjkold hob ihre Hände, die schwer von Diamanten waren, ein wenig vom Tisch und sagte: „Ich mag keine antiken Ringe. Man weiß nie, an wessen Händen sie gesessen haben. Ich glaube, sie bringen Unglück.“

Charles Schwitt lachte und sagte: „Glauben Sie, daß so ein Ring zweitausend Jahre lang in der Erde gelegen und Unglück eingesogen hat?“

Frau Adelsskjold antwortete: „Ich weiß nicht. Es ist so eine Idee. Und außerdem habe ich Furcht vor Leichen."

Adelsskjold, der trotz seines fünfzehnjährigen Aufenthaltes in Paris die Sprache mühsam sprach, wie etwas, das sich schwer handhaben läßt, sagte: „Alice ist abergläubisch wie die Wirtin vom Grauen Bären."

Der Meister lachte beim Gedanken an die alte Wirtin vom Bären in St. Malo, wo er, der sonst immer allein arbeitete, der Künstlerkolonien scheute und gewöhnlich nur von Michael begleitet war, sich einen einzigen Sommer mit Adelsskjolds eingemietet hatte – bis der Ausdruck seines Gesichtes sich plötzlich veränderte und er sagte: „Sie war ebenso abergläubisch wie meine alte Mutter."

Der junge Herzog beugte den Kopf, der ein zartes Aroma ausströmte, wie Salben und Essenzen es hervorbringen, und sagte: „In unserer Familie glauben wir alle an Weissagungen."

„Ja, es ist unglaublich," sagte Herr Schwitt, der immer merkwürdig stoßweise sprach und mit vielen eigenartigen Handbewegungen, wie die meisten Männer jüdischer Abstammung, „der Aberglaube verbreitet sich buchstäblich in ganz Paris und am stärksten in unseren Kreisen."

Der Herzog wandte den Kopf und sagte zu Herrn Schwitt, während seine Stimme sehr ehrerbietig klang: „Ist das nicht ganz begreiflich? Ich meine, daß die, die überhaupt einen Zusammenhang suchen, dem Unerklärlichen in die Arme fallen?"

Der Meister wandte den Kopf und sah den jungen Mann an.

„Sie haben recht, Monthieu," sagte er kurz, „um das Unerklärliche zu erklären, sucht man das Unerklärliche auf."

„Nein, das geht doch zu weit," sagte Herr Schwitt und gestikulierte vor seinem Gesicht herum, „schließlich wirst du auch noch Sterndeuter. Es gibt in Paris kaum noch eine Stelle, wo nicht in den Sternen gelesen oder aus der Hand geweissagt wird."

„Ich habe nicht gesagt, daß man einen Zusammenhang suchen soll," sagte der Meister.

Frau Adelsskjold aber beugte hastig ihre Brust über den Tisch und sagte: „Sie wollen doch wohl nicht Chiromantie als Aberglauben bezeichnen?"

Alle lachten über den Eifer, ja fast Ärger in ihrer Stimme (ausgenommen der Herzog, dessen blaue Augen weniger als eine Sekunde auf Frau Adelsskjolds entblößter Brust ruhten), und Herr Schwitt sagte: „Als was sollte ich es sonst wohl bezeichnen?"

Frau Adelsskjold sagte in demselben Ton wie vorhin: „Mit Ihnen kann man nicht disputieren, denn Sie glauben ja überhaupt an nichts. Daß man aber aus der Hand weissagen kann, ist doch wirklich bewiesen."

Und sie erzählte eine Menge Geschichten von Bekannten, denen aus der Hand geweissagt worden war. „Die Leute haben Geheimnisse herausgelesen, die sie unmöglich wissen konnten," sagte sie. „Sie haben gelesen, was geschehen war und was geschehen würde – alles, und es ist eingetroffen."

„Haben sie auch die Zukunft vorausgesagt?" fragte Herr de Monthieu und hob eine Sekunde seine Augen.

„Ja, alles, auch die Zukunft... und es ist eingetroffen."

Der Meister lächelte ganz wenig.

„Ich würde mir nie aus der Hand weissagen lassen, selbst wenn ich daran glaubte."

„Weshalb?"

„Ach," sagte der Meister, „in meinem Alter besteht das Geheimnis, was geschehen wird, *nur darin*, daß nichts geschieht."

Herr de Monthieu senkte den Kopf. „Es wird doch *geschaffen*."

„O ja," antwortete Claude Zoret, dessen Stimme etwas lauter und ungeduldiger klang, „man *malt* ja etliches."

„Ich," sagte Michael, der oft so seltsam mit seinen Bemerkungen herausplatzte, „möchte mir schrecklich gern aus der Hand weissagen lassen."

„Um was zu erfahren?“ fragte Herr Schwitt.

Michaels Wangen wurden rot. „Um zu erfahren, was kommt.“

Herr Schwitt lachte über den Ton seiner Worte, Adelsskjold aber hob den großen Kopf. „Alice hat sich übrigens nie weissagen lassen.“

„Nicht?“ – fragte der Herzog.

„Nein,“ sagte Frau Adelsskjold, „ich wage es nicht.“

Und mit einem kleinen Lachen, das plötzlich um den Mund die allerersten Falten ihrer zweiunddreißig Jahre zeigte, sagte sie: „Ich habe Angst, daß man etwas über meinen Tod herauslesen könnte.“

„Sie?“ sagte Herr Schwitt und ließ seine Augen auf ihrer kräftigen Erscheinung ruhen, wo der schöne, weiße Busen von Adern wie von einem halb unsichtbaren Spitzenschleier durchwebt war.

„Ja,“ sagte Frau Adelsskjold und sagte in einer unwillkürlichen Gemütsbewegung vielleicht mehr als sie wollte, „es ist seltsam, aber ich kann plötzlich von einer solchen Todesangst ergriffen werden, daß ich nicht weiß, wo ich vor Entsetzen hinflüchten soll. Ich muß manchmal“ – und sie lachte ein bißchen – „den armen Alexander mitten in der Nacht wecken, und dann zünden wir alle Lampen im ganzen Hause an, und er spielt mir etwas vor... denn ich wage geradezu nicht, in meinem Bett zu bleiben.“

Alle hatten Frau Alice angesehen. Eine matte Blässe hatte sich von ihrem Gesicht über ihre Brust bis an die Kante ihres rotbraunen Kleides ergossen.

„Ja,“ sagte sie und strich sich mit der Hand über die Stirn, während sie den Ton wechselte, „es ist direkt lächerlich.“

Herr Schwitt, der sie noch immer betrachtete, sagte mit einem kaum merklichen Lächeln: „Das kommt davon, daß Sie so kräftig sind.“

Herr de Monthieu, der so weiß war, als hätte Frau Alices Blässe ihn angesteckt, sagte halblaut, indem er in das Licht der Kandelaber sah: „Ich weiß eigentlich nicht, ob es so schwer wäre, an dem Abend eines Tages zu sterben, an dem man gelebt hätte."

Frau Alice sah ihn plötzlich an und schlug die Augen wieder nieder.

„Oder, Monthieu," sagte der Meister, „an einem Abend, an dem man nur die andern hat leben sehen."

Adelsskjold saß da, als hörte er nichts. Sein ganzes Leben war in seinen Augen konzentriert, die auf Frau Alice ruhten. Dann sagte er: „Wir reisen bald nach der Normandie."

Herr de Monthieu wandte sich hastig zu ihm. „Wirklich?" sagte er.

„Ja," sagte Adelsskjold, „das ist gut für die Nerven."

Herr Schwitt aber, der noch bei dem Thema Tod war, sagte: „Für mich ist der Tod ganz einfach der letzte Abschnitt des Lebens;" während Michael, der unausgesetzt Frau Adelsskjold ansah, sagte: „Ich habe mich nie vor dem Tode gefürchtet, selbst damals nicht, als ich Typhus hatte und alle meinten, daß ich sterben würde."

„Weshalb nicht, Michael?" fragte der Herzog, dessen Augen gleichsam aus ihrer Schwermut zu erwachen schienen, wenn Michael plötzlich sprach.

Michael warf den Kopf zurück, so daß sein reiches Haar sich wie eine Krone über seinem Kopf erhob. „Weil ich genau wußte, daß ich nicht sterben würde," sagte er.

Herr de Monthieu lachte, Frau Alice aber, die dem Gespräch eine andere Wendung geben wollte, sagte, während sie die Augen zur Decke erhob, wo weiße Fayencelilien sich über ein einziges mächtiges Spiegelglas ergossen: „Wie schön die Lilien doch sind."

Der Meister, der sich noch immer, nach zwanzig Jahren des Weltruhmes, geschmeichelt fühlte, wenn jemand das Haus bewunderte, das er sich für einige Millionen geschaffen hatte, um nicht hinter „den anderen" zurückzustehen, zeigte auf sein Glas, das das Stubenmädchen gerade mit Champagner füllte. „Das ist schön," sagte er und hob das Glas, wo der gelbe Wein in dem englischen Schliff funkelte. Er behielt es einen Augenblick in der Hand. Zuzeiten besaß er noch den Drang seiner Vorfahren, ihren Besitz zu zeigen.

Die Stubenmädchen fuhren fort, Champagner zu schenken, den Herr Schwitt mit Selters vermischt trank, und Michael setzte mit Bezug auf die Gläser rasch und laut hinzu: „Sie sind aus London, nach einem Entwurf von Jones."

Frau Adelsskjold hob das Glas mit ihrem Arm, dessen Ellenbogen von blutrotem Chiffon verschleiert war, um den Schliff gegen das Licht der Kandelaber zu betrachten, als ihr Blick auf Michael fiel und sie lachend zu dem Meister sagte: „Michael gehen allmählich die Augen auf."

„Wieso?" fragte Michael, während alle lachten und Herr Schwitt sagte: „Ja, er wächst heran."

Der Meister lächelte und sagte: „Für Frauen hat er immer den richtigen Blick gehabt."

Und zu demselben Gedankengang zurückkehrend, dem er vorhin auf dem Balkon gefolgt war, sagte er: „Haben Sie nie seine Skizzen gesehen?"

„Nein, nein," rief Michael und sprang vom Stuhl auf.

Der Meister aber sagte zum Majordomus gewendet, der breit und wie eine Bildsäule vor dem mächtigen, weißen Büfett stand: „Hole sie her."

„Nein, nein," rief Michael wieder.

„Hole sie her."

Alle lachten über Michael, der vor Angst glühte.

„Also Michael, jetzt bekommen wir Ihre Werke zu sehen," sagte Frau Adelsskjold, während alle immer noch lachten. Adelsskjold lachte immer so dröhnend, als lache sein ganzer gewaltiger Körper – was gewöhnlich Frau Adelsskjolds Lachen zum Verstummen brachte.

„Wir bekommen vielleicht noch mehr zu sehen," sagte Schwitt.

Der Majordomus kam mit Michaels Mappe unterm Arm zurück.

„Nein, es hilft Ihnen nichts, es hilft Ihnen nichts," sagte Herr de Monthieu, „jetzt *wollen* wir sie sehen."

Michael wollte ihm die Skizzen entreißen, aber Monthieu hielt die Mappe fest.

Die Blätter gingen von Hand zu Hand, während aller Augen, indem sie sie betrachteten, einen anderen Ausdruck annahmen. Adelsskjold streifte unwillkürlich seinen Frackärmel über die Manschette zurück. Er mußte stets, wenn er beschäftigt war, seinen starken Körper von Kleidungsstücken befreien; er malte immer halb angezogen.

„Wo zum Teufel hat der Junge dies alles gesehen?" sagte er und sah Michael an.

Er führte seine großen Hände im Bogen über eine neue Skizze.

„Wo zum Teufel hat er das gesehen," sagte er zum Meister gewendet, der aufrecht auf seinem Stuhl saß, während der mächtige Bart fast den Tisch erreichte.

„Wahrscheinlich in Böhmen," sagte der Meister, während seine Augen auf Michael ruhten, in dessen schmalem Gesicht die dunkelblauen Augen vor Erregung feucht waren.

„Im Traum hat er es jedenfalls nicht gesehen," sagte Herr Schwitt, der eine Skizze ein Stück von sich ab hielt, während der Herzog den Blick von dem Blatt, das er in der Hand hielt, erhoben hatte und Frau Adelsskjold betrachtete, die die Blätter etwas hastig auf das Tischtuch gleiten ließ.

„Ich habe mir immer gedacht, Michael," sagte Herr Schwitt und betrachtete Michael mit jenem Blick, der seine Rasse zu den größten Kritikern der Welt gemacht hat, „daß Sie Frauen gefährlich werden können."

„Weshalb?" fragte Michael und lachte in seiner Verlegenheit.

Herr Schwitt legte das Blatt aus der Hand und sagte in dem Ton von Zynismus, mit dem er den Menschen ins Gesicht schlug: „Weil Frauen stets wissen, wer bereit ist, ihnen alles zu geben."

„Und," fuhr er fort, „es gibt immer weniger Männer, die alles geben."

Der Herzog wandte langsam den Kopf.

„Glauben Sie?" sagte er.

„Ich weiß es. Und der Grund ist sehr einfach. Die Männer heutzutage," sagte Herr Schwitt, „müssen vor allen Dingen an das Geld denken. Der Rest bleibt dann für die Frauen."

„Das glaube ich nicht," sagte Adelsskjold, der den Kopf hob und seine Frau ansah.

„So?" sagte Herr Schwitt und seine Augen streiften Adelsskjold flüchtig. „Wahr ist es aber trotzdem. Ja, einige Männer schuften natürlich, weil sie lieben, und wenn sie schuften, wird man sie nicht mehr lieben, weil sie geschuftet haben. Das haben sie davon."

Es wurde während einer Sekunde still am Tische, während Adelsskjold sich unwillkürlich mit der Serviette über die Stirn strich, als wäre sie feucht, bis Frau Alice lachend sagte: „Sagen Sie mal, Herr Schwitt, wieviel Paradoxen schleudern Sie eigentlich täglich in einer Stunde heraus?"

Entweder hatte Herr Schwitt die Frage überhört oder er wollte sich nicht weiter darauf einlassen, denn er wendete sich an Michael und sagte: „Was meinen Sie dazu, Michael?"

Michael lachte und antwortete: „Ich versteh mich nicht darauf."

Herr de Monthieu hatte sich hastig zu Frau Adelsskjold gewandt und sprach über ein Buch von Anatole France, während der Meister, der eine von Michaels Skizzen in der Hand hielt, zu Frau Adelsskjold sagte: „Sehen Sie Michael mal an - jetzt... wie er da sitzt. Der Junge hat zwei Gesichter."

„Ja, eines im rechten Profil und eines im linken," antwortete Frau Adelsskjold, die wieder den Kopf drehte, „das hab ich immer gewußt. Haben das nicht eigentlich alle Menschen?"

„Zwei Ausdrücke, ja," und der Meister betrachtete seinen Pflegesohn wieder mit demselben Blick wie vorhin auf dem Balkon, „aber nicht zwei Gesichter."

Er rollte etwas Brot zwischen seinen Fingern, daß es wie Krumen oder wie Sand auf das Tischtuch fiel, während er sagte: „Allerdings sehen wir alle das Gesicht eines Menschen nur alle fünf Jahre, und dann sehen wir, daß es ein anderes geworden ist."

„Ja," sagte Frau Adelsskjold, indem sie den Meister plötzlich ansah, „das ist wahr."

Und kurz darauf wiederholte sie und nickte mit dem Kopf, während sie in die Kerzen sah: „Das ist wahr."

Der Meister hatte es nicht gehört. Er hatte die Serviette fortgeschoben und stützte den Kopf in die Hand, als er plötzlich zu Herrn Schwitt hinüber sagte: „Charles, weißt du, ich hab eine Idee zu einem Bild bekommen - heut – vorhin..."

Die ganze Tafelrunde verstummte. Es geschah sonst nie, daß Claude Zoret mit anderen als mit Michael über seine Bilder sprach – niemals, selbst nicht mit Charles Schwitt, dem ersten Kritiker, der sein Genie erkannt hatte.

Claude Zoret nahm, halb unbewußt, die Seemannspfeife, die neben seinem Teller lag und die er stets bei Tisch rauchte, auch wenn er Gäste hatte.

„Weißt du, ich will Cäsar malen - den Menschen habe ich immer malen wollen. Jetzt aber" – und er sah dem Rauch der Pfeife nach, die er angezündet hatte – „jetzt weiß ich, *wie*... ich will den Augenblick wählen, wo er verwundet wird - von einem germanischen Soldaten, – einem unwissenden, gemeinen, barbarischen, jungen Soldaten."

Er schwieg eine Weile, bis er hinzufügte: „Am Fußgelenk soll er ihn verwunden."

Alle sahen Claude Zoret an. Seine diamantgleichen Augen leuchteten, als sähen sie bereits Form und Haltung der Gestalten.

Michael starrte den Meister mit einem Blick an, als säße er zu seinen Füßen.

„Wie soll er aussehen?“ sagte er so leise, als wären sie beide allein.

Der Meister aber brach plötzlich ab und sagte munter zu Frau Adelsskjold: „Diese Idee ist schuld, daß ich solch schlechter Wirt bin.“

Und seinen Gedankengang schroff verlassend, von dem Drang beseelt, anderen Freude zu bereiten, der ihn bisweilen überkam – vielleicht auch, weil er selbst dabei ausruhte –, fing er an von dem Präsidenten der Republik zu sprechen, den er bei einem Gartenfest im Elysee gesehen hatte, und winkte dem Majordomus, dem er einen Befehl zuflüsterte.

Es wurde jetzt allgemein vom Präsidenten gesprochen, lustig, mit hellen Stimmen, wie Leute zu sprechen pflegen, deren Gedanken ruhen.

Die Gattin des Präsidenten habe ein Gesicht wie ein glühendes Plätteisen, so sei sie geschnürt.

„Aber das lächerlichste sind ihre Hüte,“ sagte Frau Adelsskjold.

„Die wehen wie der Schwanz des gallischen Hahnes,“ sagte Herr de Monthieu.

Herr Schwitt sagte: „Ich habe sie Prämien an französische Mütter austeilen sehen, die sieben Kinder bekommen haben. Dazu ist sie wie geschaffen.“

Der Majordomus kam mit zwei Körben zurück, in denen er ein paar bestaubte Flaschen trug, aus welchen er selbst den Wein in die inzwischen hingestellten Pokale, ein Geschenk des Prinzen von Wales, schenkte.

„Das ist der Burgunder,“ sagte Adelsskjold und hob den Pokal, während seine kleinen hellblauen Augen vor Freude über die Farbe des Weins größer wurden.

„Ja, der ist alt,“ sagte der Meister, „und echt. Darin ist Kraft.“

Glas und Teller hatte er fortgeschoben und saß an seinem Tischende, die Ellenbogen auf den Tisch gestützt, breit wie einer seiner Bauernvorfahren beim Gastmahl am Namenstag.

„Prost,“ sagte er und hob sein Glas.

Sie tranken.

Frau Adelsskjold hatte den Kopf leicht zurückgebogen, während sie den duftenden Wein auf der Zunge behielt, bis Charles Schwitt aufsprang und sagte: „Also trinken wir auf Cäsar, der von dem Germanen verwundet wird."

Alle standen auf und wandten sich dem Meister zu, Adelsskjold schlug mit seinem Messer gegen seinen Teller und Monthieu rief mit gesenktem Kopf: „Cäsar vivat!"

„Cäsar vivat," riefen die anderen, während Michael sich den vollen Strom des Weines die schwellende Kehle hinabgoß.

„Cäsar vivat," rief er und schwang sein Glas, „vivat Cäsar."

„Michael, du kriegst einen Schwips," rief der Meister.

Und alle lachten, während sie durcheinandersprachen.

Frau Adelsskjold fragte – in einer Ideenverbindung – Herrn de Monthieu nach einer Luxusausgabe von Paul Bourgets Büchern über Italien, und Adelsskjold sprach von einer Ausstellung, die bei Georges Petit eröffnet werden sollte.

„Wird sie nicht von Herrn Leblanc arrangiert?" fragte Schwitt.

„Ja, ich glaube," sagte Adelsskjold.

„Ich kenne keinen größeren Lumpen als Leblanc," sagte Schwitt, „oder höchstens Mr. George Pinero."

Der Meister saß einen Augenblick schweigend da. Dann sagte er, die Hand gegen die Tischkante gestemmt: „Sind die beiden gemeiner als all die anderen, die den Erdboden flach treten?"

„Leblanc," fuhr er fort, „ist nur das Abbild der Menge, und wir bedienen uns seiner, weil er uns gut bedient."

„Ja," sagte Adelsskjold, der den Meister vielleicht nicht recht verstanden hatte, „ich habe mich bei meinem Arrangement mit Herrn Leblanc immer gut gestanden."

Herr de Monthieu sprach über „Le Disciple“. Frau Adelsskjold aber sagte: „Von allen Büchern schätze ich ›Le Mensonge‹ am höchsten.“

Herr de Monthieu hob den Blick. „Le Mensonge?“

Es kam etwas zu hastig oder vielleicht überrascht heraus, denn Frau Adelssjkold sagte, während eine fast unsichtbare Röte ihre Wangen überflog: „Von allen neuen Büchern.“

„Ich,“ sagte der Herzog, „lese am häufigsten ›Peints par eux-mêmes‹.“

Und leiser fügte er hinzu: „Weil ich den Einsatz des ›Helden‹ so gut verstehe.“

Frau Adelsskjold antwortete nicht, aber am Meister vorbei warf sie einen raschen Blick auf Herrn de Monthieus Gesicht, während Claude Zoret sagte: „Ich lese nie mehr.“

„Wir lesen die Bibel,“ rief Michael.

„Ja,“ sagte der Meister, „die Gestalten der Bibel sieht man vor sich.

„Aber,“ fuhr er fort und wandte sich an den Herzog, „ich *habe* gelesen. Ich habe gelesen und gelesen, wenn ich nicht malen konnte, um etwas zu *sehen*, verstehen Sie, um Bilder mit meinen zwei Augen zu sehen. Aber die Leute heutzutage zeigen uns nichts – sie schaffen weder Menschen noch Leben.“

„Wir Böhminnen,“ sagte Frau Adelsskjold und lachte – sie war eine geborene Rohan von der österreichischen Linie –, „sind von jeher dem Lesen verfallen gewesen.“

Claude Zoret tat einen Zug aus seiner Pfeife.

„Lesen verdünnt das Blut,“ sagte er.

„Ja,“ sagte der Herzog und saß einen Augenblick mit weit geöffneten Augen.

„Wovon sprecht ihr?“ sagte Claude Zoret zu Herrn Schwitt hinüber.

Sie sprachen wieder von Ausstellungen.

Herr Schwitt antwortete: „Von Melbourne.“

„Ja," sagte der Meister, „nun soll man auch in Australien verkauft werden."

Michael sagte zu Herrn Adelsskjold: „Die Kritiken sind da, wir haben sie heut bekommen."

„Aus Melbourne? Wirklich?" Adelsskjolds Worte stolperten fast übereinander –, „ich habe keine bekommen."

Und die Stirn feucht von Schweiß, fiebernd, sagte er, der tagüber stundenlang die Zeitungsausschnitte zweier Weltteile studierte (von der Angst gepeinigt, daß *das* darin stehen könne, was sein ganzes Denken ausfüllte, daß er sich wiederhole, daß er zurückgehe): „Was stand darin?"

Und Michael, der rot wurde, weil er sie kaum gelesen hatte, sagte: „Eine ganze Menge. Aber am Schluß stand: Es gibt keinen größeren Virtuosen in der Schilderung der französischen Landschaft als diesen Mann aus dem Norden."

Adelsskjold hatte seine Serviette zerknüllt.

„Virtuos, Virtuos," sagte er, den nichts empfindlicher traf als dieses eine Wort, das die Kritiker immer häufiger zu wiederholen begannen und das ihm wie das erste Alarmsignal des Rückschrittes klang, „Technik wird nächstens noch als Verbrechen gestempelt."

„Wo sind sie?" fragte er Michael, und zu Schwitt gewendet fuhr er fort: „Wenn man diese Leute liest, sollte man glauben, Talent bestehe darin, nichts zu können."

„Wo sie sind?" sagte der Meister über den Tisch hinüber, „sie sind verbrannt. Ich mag nicht all diese Papiere im Hause herumliegen haben. Ich lese sie doch nie. Michael füttert mich genug mit solchem Zeug."

Adelsskjold sagte: „Man muß doch wissen..."

Der Meister stopfte mit dem Daumen langsam den Tabak fester. „Was muß man wissen? Der Alten ist man sicher und die kennt man. Deren Leier geht wie geschmiert."

Plötzlich lachte er, und mit jenem Hohn, der seine Nächsten wie ein Peitschenschlag treffen konnte, sagte er: „Ich weiß sehr wohl, daß Schwitt mich für ein Genie hält.“

Und etwas leiser fügte er hinzu: „Von dieser Ansicht lebt er sogar teilweise.“

Schwitt war weiß geworden unter seinem Bart und bog die Menükarte, daß sie durchbrach.

„Ja, ich schrieb über dich, als die anderen dich verhöhnten,“ sagte er.

Einen Augenblick wurde das Gesicht des Meisters glühend rot, Adelsskjold aber sagte, ohne an Herrn Schwitts Alter zu denken: „Man liest wohl auch mehr die Jüngeren.“

„Von den Jungen,“ antwortete der Meister und seine Stimme klang wieder wie gewöhnlich, „lernt man auch nichts. Die sagen ebensowenig die Wahrheit. Und das können wir auch nicht verlangen; die wollen ja auch Platz haben für sich und die Ihren.“

Er lachte plötzlich wieder, breit und von ganzem Herzen.

„Die Jungen müssen unser Blut sehen, damit das Publikum sie sehen kann.

Na,“ sagte er mit veränderter Stimme, während Michael ihn mit seinen großen Augen ansah, „wenn man nicht mehr malen kann, hat man wohl aufgehört zu malen.“

Herr Schwitt stieß sein Glas gegen das Michaels, während auch seine Augen auf Claude Zoret geheftet waren.

Frau Adelsskjold sagte zum Meister: „Ist es wahr, was Frau Simpson sagte, daß Sie in diesem Jahr endlich einmal ausstellen wollen?“

„Wo?“ fragte der Meister.

„Hier, in Ihrem Atelier.“

„Nein," sagte Claude Zoret, der nie wieder in Paris ausgestellt hatte, seit die Pariser ihn in seiner Jugend verschmäht hatten, und er legte die Pfeife auf den Tisch, „das werden Sie nicht erleben."

Nach einem Augenblick fügte er hinzu: „Es ist schlimm genug, daß man verkaufen muß."

„Na, aber," rief Adelsskjold, „das verstehe ich wahrhaftig nicht."

Und während er seinen großen Körper aufrichtete und sein Gesicht fast jung wurde, sagte er: „Ich finde, so ein Scheck" – und er schlug die flachen Hände gegeneinander, daß es knallte – „ist wie ein gewisses Siegel, daß man da ist und etwas taugt."

„Ja," sagte Michael, als sähe er einer Seifenblase nach, „Geld."

Schwitt wendete ihm fast überrascht das Gesicht zu. „Machen Sie sich etwas aus Geld?" sagte er und sah ihn an.

„Ja," antwortete Michael etwas hastig, „denn ich hab ja nie was gehabt."

Aber der Meister sagte am Tischende: „Hm, ich kann Ihnen versichern, wenn diese Amerikaner" – und es war, als koche ein plötzlicher Aufruhr in seiner Brust – „herkommen um zu kaufen, dann möchte ich ihnen am liebsten ins Gesicht schlagen und ihnen mit ihren eigenen Dollars den Rücken peitschen.

Ach ja," sagte er und schlug mit der flachen Hand auf den Tisch, „es ist herrlich, im Museum in St. Louis zu hängen und von ein paar Viehhirten aus Illinois beglotzt zu werden."

Adelsskjold sagte mit einer großen Handbewegung: „Aber von ihnen leben wir doch, leben, wie wir es tun. Sie sind die Käufer. Dort drüben ist der Markt."

„Ja," sagte der Meister, „und wir sind die Gaukler, die sich die bemalte Leinwand aus dem Mund ziehen."

Schwitt lachte. „Das war fein," sagte er und notierte in Gedanken den Lauf der Unterhaltung für die Tagebücher, die er über den Meister führte und die das Hauptwerk seines Lebens werden sollten. „Jetzt fallen dir die Siegel von den Lippen.“

Der Meister hörte ihn nicht.

„Nein, das waren andere Zeiten,“ sagte er, „als man einem guten Freund, der etwas davon verstand, ein Bild für zweihundert Franken verkaufen konnte.“

Er schwieg, während Herr de Monthieu sehr leise sagte: „Wie gut ich Sie verstehe.“

Frau Adelsskjold beugte den Kopf. „Ich auch,“ flüsterte sie.

Der Meister sagte plötzlich, einem anderen Gedankengang folgend, zu Michael gewandt: „Was stand da über Ulpiano Checa?“

„Wo?“

„In den Zeitungen.“

„Ich weiß nicht,“ antwortete Michael, „ich habe es nicht gesehen.“

Schwitt hatte den Blick gehoben und sah den Meister an.

„Sonst siehst du doch immer alles,“ sagte Claude Zoret und blies den Rauch aus seiner Pfeife in den Duft der Veilchen, der fast wie eine Wolke über dem Tisch lag.

Herr de Monthieu sagte: „Ja, seine ›Wettfahrt‹ vergißt man nicht.“

„Er beherrscht aber nie seine Farbe,“ sagte der Meister, den Schwitt noch immer betrachtete.

„Noch nicht,“ sagte der Kritiker kurz und beugte sich vor, um die afrikanische Traube in seinen Wein zu tauchen.

Der Majordomus schenkte Madeira ein, der wie eine gelbe Flamme in den Gläsern leuchtete.

Adelsskjold sagte: „Diese Spanier werden immer manieriert,“ während Frau Adelsskjold zum Meister sagte: „Ist es wahr, daß Sie die Prinzessin Lucia Zamikof malen wollen?“

Man hörte die Antwort des Meisters nicht, weil Adelsskjold fortfuhr, mit lauter Stimme und mit roten Flecken auf den Wangen, von Benlliure y Gill und den Spaniern zu sprechen, während Herr Schwitt den Namen Zamikof aufgriff und sagte: „Wie ist die eigentlich? Ich habe in Petersburg so viel Geschichten über sie gehört."

Frau Adelsskjold antwortete: „Ich kenne sie nur flüchtig."

Michael, der eine Handvoll Veilchen vom Tisch genommen hatte, um sein Gesicht darin zu kühlen, schnarrte das Wort „Zamikof" zu Monthieu hinüber, während Herr Schwitt den Kopf vorstreckte und sagte: „Aber sie ist doch immens reich."

„Vielleicht," sagte Frau Adelsskjold, eben das Äußerste ihrer Lippen bewegend.

Herr Schwitt begann, zurückgelehnt, von Petersburg zu sprechen, von der Eremitage und von den slawischen Frauen. Es ginge doch nichts über slawische Frauen. Allein ihre Haltung in einem Wagen, die Bewegungen ihrer Arme, die Biegung ihres Nackens...

Alle schwiegen, während Herr Schwitt weiter sprach, mit Augen, als sähe er die Frauen vor sich, und indem er seine Hand durch die Luft führte, als wolle er ihre Linien nachzeichnen: „Und wie sie gehen," sagte er, „wie Perserinnen."

Er sprach von der Fürstin Ruschewkin.

„Haben Sie sie gesehen?" fragte er Herrn de Monthieu, der nicht antwortete, sondern nur unter den halbgesenkten Lidern die Rubinstickerei auf Frau Adelsskjolds Brust anstarrte. Charles Schwitt fuhr fort, von Prinzessin Demidoff zu sprechen, von den Schönheiten des Hofes, als leuchteten ihre Glieder vor seinen Augen – während Michael, vergnügt vor sich hinlächelnd, die Veilchen gegen seine Wangen drückte, und Adelsskjold, seine große Hand auf eine der hohen Karyatiden der silbernen Jardiniere stützend, seine Frau unausgesetzt mit Augen betrachtete, die nichts weiter sahen als ihr schönes Gesicht, das sie plötzlich unter Herrn de Monthieus Blick gesenkt hatte.

Der Meister saß unbeweglich da und blies große Ringe aus seiner Pfeife in die Luft, die sich in bläuliche Schlangen auflösten und davonzogen.

Der Majordomus hatte die große Tür geöffnet und Claude Zoret stand auf, während Herr Schwitt schwieg, und der Meister sagte: „Also heben wir die Tafel auf?“

Und eine alte Gastmahlsformel aus seiner Heimat benutzend, fügte er hinzu: „Und danken, daß wir leben.“

Er leerte sein Glas.

Und indem er Frau Adelsskjold den Arm bot, sagte er zu Herrn Schwitt hinüberzeigend: „Der wird doch nie alt.“

Er fing an zu lachen.

„Meinen Frieden wird Frau Lucia jedenfalls nicht stören.“

Adelsskjold aber blieb plötzlich auf der mittleren Stufe stehen und sagte zu Herrn de Monthieu, indem er ihm gerade ins Gesicht sah: „Gott steh mir bei, wie ist meine Frau schön.“

Herr de Monthieu stand neben Michael auf dem Absatz der Treppe, die zum Atelier führte, und sah über das Wohnzimmer hin. Frau Adelsskjolds Schleppe hatte fast dieselbe Farbe wie der Teppich. Jetzt nahm sie neben dem Meister Platz. Und Herrn de Monthieus Blicke wanderten zu Herrn Schwitt hinüber, der, gegen das Postament der „Dame mit der Maske“ gelehnt, die ihren Bronzekörper unter zwei Palmen erhob, sich so laut mit Herrn Adelsskjold unterhielt, daß man es hier oben hörte.

Herr de Monthieu sagte: „Weshalb will der Meister eigentlich Prinzessin Zamikof malen?“

Michael, der mit den Beinen gegen das vergoldete Geländer der Treppe schlug, sagte: „Wer hat gesagt, daß er sie malen will? Sie kommt nur heut abend her.“

Und indem er fortfuhr, mit den Beinen gegen das Geländer zu schlagen, sagte er: „Wir haben sie ja noch nie gesehen.“

Herr de Monthieu lächelte. „Sie sind ihr hundertmal begegnet, Michael,“ und er fügte hinzu, während das Lächeln von seinen Lippen verschwand, die etwas zu voll waren, wie bei allen Monthieus: „Aber wir sehen ja alle nur das Eine.“

Michael hatte wohl überhaupt nicht hingehört. Er sagte, während er noch immer wie ein großer Junge auf dem Geländer saß und mit den Beinen baumelte: „Wie ist Frau Adelsskjold schön.“ „Ja,“ sagte Herr de Monthieu und wußte selbst nicht, daß er es gesagt hatte.

„Michael,“ rief der Meister zum Treppenabsatz hinauf, „weißt du, wo meine Studien vom Hradschin sind?“

„Ja,“ antwortete Michael und sprang vom Geländer herab.

Er war feuerrot geworden, wie ein Dieb, der auf frischer Tat ertappt wird: er hatte sie eines Tages zwischen anderen Studien gefunden und sie versteckt.

„Wo sind sie denn?“ fragte der Meister.

„Ich hole sie,“ antwortete Michael und lief die Treppe hinauf ins Atelier, wo er aus einem Schrank in einer Ecke eine Mappe aus einer halbverborgenen Schublade hervorholte.

„Er hebt schließlich noch seine Mallappen auf,“ sagte Herr Schwitt halblaut zu Adelsskjold.

Michael kam mit der Mappe und der Meister löste die Bänder. Sie traten alle an den Tisch, wo Claude Zoret die Studien ausbreitete, eine nach der anderen wiedererkennend.

„Ja, da ist das,“ sagte er und erinnerte sich plötzlich wieder seines eigenen Werkes, das er fast vergessen hatte.

„Aber eine war da“ – und er suchte zwischen den Skizzen – „von den Sarkophagen.“

„Die kommt jetzt,“ sagte Michael und griff mit sicherer Hand die richtige heraus.

„Aber es ist noch eine andere vom Chor da,“ sagte er und suchte danach.

Der Meister betrachtete die Studie prüfend, und als sei sie von einem Fremden, einem andern, gemalt, sagte er: „Ja, sie ist gut – sie ist gut;“ und er schob sie Frau Adelsskjold zu, die jede Skizze lange in der Hand behielt, bevor sie sie langsam an Herrn de Monthieu weiterreichte.

„Ja,“ sagte sie, „das sind die Sarkophage.“ Und mit einer Stimme, die so klang, als wanderten ihre Gedanken zu lang entschwundenen Dingen, sagte sie: „Wie schön war es dort.“

„Hier ist die andere,“ sagte Michael und zog ein neues Blatt hervor.

Der Meister sah plötzlich auf und sagte: „Wo hast du die Blätter seit Jahr und Tag gehabt?“

„Ich,“ sagte Michael, und mit einer hastigen Bewegung verbarg er sein Gesicht hinter einer Skizze, bevor er fortfuhr, „ich habe sie nicht gehabt. Ich habe sie erst neulich gefunden,“ sagte er, und belog den Meister gewiß zum erstenmal.

„So, so,“ sagte der Meister und sah ihn weiter an.

Schwitt, der die Skizzen mit einem eigenen Blick betrachtete, wie Gerard Dows Arzt die Flüssigkeit in dem erhobenen Glas betrachtet, sagte, während er die „Sarkophage“ in der Hand hielt: „Diese Schweden haben trotz allem der Menschheit einen Dienst geleistet.“

Und als Adelsskjold lachte, sagte er: „Ja, die Zerstörung durch Ihre lieben Landsleute hat das alles sehr viel schöner gemacht.“

Und er begann, während er noch immer die Studien betrachtete, die, plötzlich und unwillkürlich, eigene und weitreichende Gedanken in ihm anregten, von historischen Verstümmelungen zu sprechen, durch die die Barbarei unbewußt neue Schönheit geschaffen habe.

Michael hatte eine andere Skizze ergriffen.

„Das ist die ›Mauer‹,“ sagte er und behielt die Studie einen Augenblick in der Hand, bevor er sie Frau Adelsskjold reichte.

Es war das Bild von der „Mauer“, über dem er in den drei Jahren, seit er die Studien vom Hradschin gefunden, am häufigsten gesessen hatte, wenn er in einsamen Stunden von einer Stimmung überfallen wurde, die er für Heimweh hielt.

„Kennen Sie die ›Mauer‹ wieder?" fragte er. Frau Adelsskjold nahm die Studie mit ihrer langen, schmalen Hand, die, wenn sie sie hob, seltsam ermüdet schien von ihrer eigenen Diamantenlast.

„Ja," sagte sie, und ihre Stimme klang plötzlich ganz ähnlich wie die Michaels, „das ist die Mauer vom Hradschin."

Adelsskjold hatte sich genähert – unwillkürlich und mit zwei Schritten – und berührte ihre Schulter mit seiner warmen Hand, sehr weich, aber etwas hastig. Frau Adelsskjold aber zog, ohne es zu wissen, ihre Schulter um eine Haaresbreite zurück, während sie die Studie Herrn de Monthieu weiterreichte.

„Ist sie nicht schön?" sagte sie.

„Herrlich," sagte der Herzog, und er nahm die Skizze, während seine und Frau Adelsskjolds Hand eine Sekunde lang dasselbe Bild hielten.

Frau Adelsskjold blieb mit zurückgebogenem Kopf sitzen. Dann sagte sie zum Meister gewandt mit derselben Stimme wie vorhin: „Haben Sie je das Schloß der Rohans in Böhmen gesehen?"

„Nein," antwortete Claude Zoret, der die Skizzen nicht mehr betrachtete, als hätte ihn der Anblick des vor Jahren Geschaffenen bereits ermüdet, „ich hatte nie Gelegenheit dazu."

Frau Adelsskjold verharrte noch in derselben Stellung.

„Ich glaube, es ist der schönste Punkt in Böhmen."

Und kurz darauf fügte sie in verändertem Ton hinzu: „Ein Flügel des Schlosses ist von den alten böhmischen Königen erbaut."

„Ich habe so viel von dem Rittersaal gehört," sagte Herr de Monthieu.

„Wirklich?" sagte Frau Adelsskjold und sah ihn an, erfreut, als wenn man einem Menschen begegnet, der etwas kennt, das man lieb hat.

Der Meister aber sagte mit einer Stimme, als bärgen seine Worte einen heimlichen, unwillkürlichen Groll: „Ja, solche alten Steine, die zusammengeschleppt worden sind, verschönern eine Landschaft."

Frau Adelsskjold hatte es wohl nicht gehört. Sie sah zu ihrem Mann auf und sagte sehr sanft: „Alexander, du müßtest einen Sommer an der Moldau malen!"

„Ja," sagte Adelsskjold, dessen Gesicht beim Klang ihrer Stimme plötzlich aufleuchtete, „du weißt, das habe ich schon lange gewollt." In Wahrheit hatte er es nie gewollt, aus heimlicher Eifersucht oder vielleicht aus Angst vor der Heimat seiner Frau.

Der Herzog hatte sich abgewandt und hörte Herrn Schwitt zu, der vom Agramer Dom sprach.

Niemand betrachtete mehr die Skizzen außer Michael, der sie beim Schein einer Stehlampe nah vor Augen hielt, wobei in seinem bleichen Gesicht der Mund, dessen Form beständig wechselte, von einem Lächeln gekräuselt wurde, als verweile er bei glücklichen Erinnerungen.

Der Meister war aufgestanden und sah Michael an.

„Leg die Skizzen weg," sagte er, und durch seine Stimme klang es von neuem wie plötzlicher Groll.

„Ja," sagte Michael, dessen Gesicht sich veränderte, als würden die Züge von einem unsichtbaren Faden dirigiert.

Adelsskjold, den es immer rasch ermüdete, anderer Arbeiten zu betrachten, von Ungeduld betreffs seiner eigenen ergriffen, sagte mit ganz veränderter Stimmung zu Michael: „Haben Sie alle verbrannt?"

„Was?" fragte Michael.

„Die Zeitungen? Aus Melbourne?"

„Ja," sagte Michael und lachte (er hatte die Angewohnheit, Adelsskjold häufig ins Gesicht zu lachen, vielleicht weil er des Meisters geheime Meinung über „Adelsskjolds Farben" kannte), „ja, ich habe sie leider verbrannt."

„Und was stand eigentlich drin?“ fragte Adelsskjold.

Und auf Michaels Antwort begann er wieder von der Technik zu sprechen.

„Weshalb nennen sie uns nicht einfach Handwerker?“ sagte er. „Rund heraus Handwerker – weshalb nicht? Das ist doch ihre Meinung von allen, die was können.“

Frau Adelsskjold, die die Worte ihres Mannes hörte und ihn vielleicht unterbrechen wollte, sagte ziemlich laut zu Herrn de Monthieu: „Wir gehen wirklich diesen Sommer in die Normandie.“

Herr de Monthieu beugte den Kopf und sagte halblaut: „Ich habe es nicht geglaubt.“

„Weshalb nicht?“ fragte Frau Adelsskjold, ohne zu begreifen. Herr de Monthieu sagte verwirrt: „Ich weiß es nicht.“

Und mit Anstrengung fügte er einen Augenblick nachher im konversierenden Ton hinzu: „Wir haben ein Gut dort.“

„So?“ sagte Frau Adelsskjold. „Ja, richtig, das weiß ich ja.“

Und als wollte sie die Gleichgültigkeit wieder gutmachen, mit der sie, wie sie selbst fühlte, gesprochen hatte, sagte sie: „Was ist Ihnen eigentlich prophezeit, Herzog?“

Herr de Monthieu blickte geradeaus und sagte, während seine Lippen sich kräuselten: „Etwas sehr Glückliches.“

„Ah...“

„Und,“ fuhr der junge Herzog in demselben Ton fort, „etwas, das nie eintreffen wird.“

Frau Adelsskjold betrachtete, wie bereits einmal bei Tisch, das gesenkte Antlitz des Herzogs – vielleicht wurde sie durch den Klang seiner Stimme dazu veranlaßt – und sagte: „Warum sollte es denn nicht geschehen? Sie glauben doch sonst an Prophezeiungen.“

Des Herzogs Lippen zitterten, so wenig, daß man es kaum sehen konnte. „Weil es Dinge gibt, von denen man weiß, daß sie nie geschehen können."

Und fast wie um ihm über einen Kummer wegzuhelfen, der ihr unbekannt war, sagte Frau Alice, dem Gespräch eine andere Wendung gebend: „Wo liegt eigentlich Ihr normannisches Gut?"

Herr de Monthieu, der sich gesetzt hatte, nannte den Ort.

Er hatte nach dem Tode seines Vaters seine Kindheit fast ausschließlich dort verlebt, allein mit seiner Mutter und seiner Schwester. Im Park gab es Eichen, fast die einzigen in Frankreich. Es ging die Sage, sie würden ausgehen, wenn der letzte Monthieu stürbe. Es war seltsam, der Blitz hatte nicht weniger als fünf dieser Eichen in dem Sommer gespalten, als seine einzige Schwester, die Marquise von Beaupaire, starb.

„Ist es nicht fünf Jahre her, seit Ihre Schwester starb?" sagte Frau Adelsskjold.

„Ja, fünf Jahre."

„Und sie war doch noch so jung..."

Frau Adelsskjold hatte ihre Schultern hochgezogen, als ob der Zug einer offenstehenden Tür sie gestreift hätte.

„Ja, so jung," sagte der Herzog, und, den sehr schlanken Körper ehrerbietig vorgebeugt, erzählte er wieder von dem heimatlichen Schloß. Kein Baum sei ihm so teuer wie die Eiche. Sie sei so *stark*. Und mit einem Lächeln, so wehmütig, wie man es nur bei Menschen aus alten Geschlechtern findet, die alles gesehen und alles erlebt zu haben scheinen, was ihre achtzehn Ahnen zusammen hier in der Welt gesehen und erlebt haben, sagte er plötzlich, aus einer Gedankenverbindung heraus, die Frau Adelsskjold verstand: „Als Kind hat man so viele Träume."

„Ja."

Frau Adelsskjold hatte den Kopf zurückgebogen, so daß ihr Gesicht im Schatten der großen Palmen lag, die hinter ihrem Stuhl standen, und bei dem einen Wort hatte ihre Stimme ganz leise gebebt.

„Aber der Stolz meiner Mutter,“ fuhr der Herzog fort, “ist eine Akazienallee, die an ihrem Hochzeitstage gepflanzt wurde.“

Frau Adelsskjold saß einen Augenblick unbeweglich. Dann sagte sie, noch immer mit emporgewendetem Gesicht: „Nirgends sind die Akazien so schön wie in Böhmen.“

Der Meister und Schwitt, die seit dreißig Jahren einander unentbehrlich waren und sich selten etwas zu sagen wußten, hatten fünf Worte miteinander gewechselt und waren vor einer Konsole mit Sevres-Porzellan stehen geblieben, während Adelsskjold, der in Gesellschaften, wo es sich nicht um eventuelle Aufträge handeln konnte, leicht schläfrig wurde, mit seinem Riesenkörper auf einem Stuhl zusammengesunken war.

Herr de Monthieu erzählte von der Klosterschule für Waisen, die seine Mutter daheim gestiftet hatte, und er sagte nach einem Augenblick des Schweigens: „Wie alle diese Erinnerungen einen Menschen doch binden.“

Frau Adelsskjold beugte den Kopf wie zu einem stummen Ja, und plötzlich sagte sie, ohne ihre Stellung zu verändern: „Es ist seltsam. Sich in einer anderen Gesellschaftsklasse einleben ist fast dasselbe wie ein Vaterlandswechsel.“

Es war, als hätte sie ihre eigenen Worte am liebsten zurückgenommen, als sie sie bereits ausgesprochen hatte, während Herrn de Monthieus Gesicht von einer hastigen Röte übergossen wurde und er mit einem Ruck den Kopf hob.

„Ja,“ klang es unvermittelt hinter ihnen.

Es war Michael, und sie fuhren beide zusammen. Sie hatten nicht gewußt, daß jemand so nah bei ihnen stand. Michael aber sagte verwirrt, vielleicht um einen Ausweg zu finden: „Können Sie nicht auch aus der Hand lesen, Frau Adelsskjold?“

„Nur ganz wenig," sagte Frau Adelsskjold, die bereits ihrem Gesicht durch ein Lächeln einen anderen Ausdruck gegeben hatte.

„Dann lesen Sie bitte aus meiner," sagte Michael und streckte ihr die Hand hin.

Frau Adelsskjold nahm sie und betrachtete die Handfläche einen Augenblick beim Schein der Lampe.

Dann ließ sie die Hand so hastig los, daß der ganze Arm gegen Michaels Körper zurückfiel.

„Wie brutal Ihre Hand ist, Michael," sagte sie.

Und da ihr das Unbehagen bewußt wurde, das durch ihre Worte geklungen hatte, fügte sie hinzu und lachte: „Ich kann ja gar nicht aus der Hand lesen, Michael."

Michael hatte den Mund geöffnet, aber er schloß ihn wieder, es war, als hätte sich alles Blut seines Gesichts in seinen tiefroten Lippen gesammelt.

„Was hat sie gelesen?" fragte plötzlich der Meister.

Aber Michael antwortete nicht.

Er entfernte sich.

Frau Adelsskjold sagte, vielleicht um das unbestimmte Mißbehagen loszuwerden, das sie noch immer empfand: „Aber was ist Ihnen denn eigentlich prophezeit, Herr de Monthieu?"

Der junge Herzog hob seine Augen fast unmerklich. „Daß der letzte Monthieu," sagte er und sah sie an, „ein großes Glück teuer bezahlen wird."

Frau Adelsskjold lachte eine Sekunde, bevor sie den Fächer zusammenschlug. „Das ist keine hübsche Prophezeiung," sagte sie und sprach auf einmal so kühl, als empfinge sie eine steinreiche Amerikanerin in ihrem Salon.

Sie saßen eine Weile schweigend da, bis der Herzog sagte – vielleicht hatte er Frau Adelsskjolds veränderten Ton nicht beachtet, oder er hatte furchtsam zu erraten versucht, was er enthalten mochte –: „Wenn Sie nach der Normandie kommen, wird es meiner Mutter ein Vergnügen sein, Sie und Herrn Adelsskjold bei sich zu sehen."

Frau Adelsskjold schien zerstreut und sagte: „Wir kommen vielleicht gar nicht hin. Wir kommen nie dahin, wohin wir eigentlich wollen."

Und in einem abermals veränderten Tonfall, der fast gereizt klang, fügte sie hinzu: „Wir gehen dahin, wo mein Mann ein Motiv findet. Unser Leben ist eine Eisenbahnfahrt, bei der Alexanders Motive die Haltestellen bilden."

Herr Schwitt kam durch das Zimmer auf sie zu.

„Ich habe Sie schon seit geraumer Zeit betrachtet," sagte er, und seine Augen funkelten wie die eines Nagetieres, während er Herrn de Monthieu ins Gesicht sah. „Sie sind wirklich ein schönes Werk von sechs Jahrhunderten."

Herr de Monthieu, der bisweilen über Herrn Schwitts gesellschaftliche Freimütigkeiten ganz verwirrt wurde, sagte nach einem sekundenlangen Schweigen: „Die Jahrhunderte, Herr Schwitt, verschönern nicht immer die Rassen."

Und nachdem er noch einige Worte gesagt hatte, entfernte er sich, während Herr Schwitt, dessen Gesicht eine Sekunde unter dem Bart gezittert hatte, sich setzte und sagte: „Ich kann nicht vergessen, gnädige Frau, daß Sie sich so vor dem Tode fürchten."

Frau Adelsskjold bewegte den Fächer und sagte: „Warum wundert Sie das – gerade bei mir?"

„Weil," sagte Herr Schwitt (und in seinen Augen leuchtete jener herausfordernde Hohn, der ihn seit vierzig Jahren für so viele Frauen unwiderstehlich gemacht hatte), „weil die Todesangst nur ein Symptom der Leute zu sein pflegt, die noch nicht genug bekommen haben... vom Leben."

Frau Adelsskjolds Nagelspitzen bohrten sich durch ihre Handschuhe. Aber ihre Stimme klang ganz ruhig, als sie antwortete: „Man müßte Ihnen eigentlich gar nicht gestatten, über unsere Schwelle zu kommen, Herr Schwitt. Sie beobachten wirklich allzu scharf."

Der Diener meldete den Wagen des Herzogs, und Herr de Monthieu verabschiedete sich, indem er sich vor dem Meister verneigte.

„Wollen Sie nicht noch bleiben und sehen, wie sie sich benimmt?" fragte Claude Zoret.

„Wer?"

„Die Russin. Sie rückt uns ja heut abend auf die Bude."

„Ich habe die Fürstin Zamikof bereits früher gesehen," sagte Herr de Monthieu und verneigte sich wieder.

Schwitt, der mit Adelsskjold sprach, wandte sich um, und die Lippen auf eine besondere Weise bewegend, sagte er: „Kommt Fürstin Zamikof heut?"

„Ja," antwortete der Meister, „sie hat die Absicht."

Herr de Monthieu verbeugte sich vor Frau Adelsskjold, die vielleicht halb gegen ihren Willen sagte: „Was haben Sie gegen die Fürstin Zamikof?"

Herr de Monthieu verharrte in der gebeugten Stellung.

„Was ich gegen sie habe?" sagte er, und etwas leiser, die Augen auf den Teppich geheftet, fügte er hinzu: „Der Letzte des Geschlechts muß wohl seinen Wahlspruch am stolzesten tragen."

Herr de Monthieu ging, während Adelsskjold zu seiner Frau trat. „Du weißt, wir müssen zu Dawis. Es ist Zeit."

„Ja," antwortete Frau Alice, die einen Augenblick stehen geblieben war.

„Ja, mein Freund," sagte sie und legte hastig und fest ihren Arm in den ihres Mannes.

Der Meister behielt Frau Adelsskjolds dargebotene Hand in der seinen, während seine klaren Augen auf ihrem Gesicht ruhten.

„Ich weiß," sagte er, „es liegt Ihnen nichts daran. Aber so schön wie heut abend habe ich Sie noch nie gesehen."

„Nicht wahr," sagte Adelsskjold, dessen Gesicht strahlte.

„Haben Sie mich überhaupt gesehen?" sagte Frau Alice und lachte.

„Auch ich sehe bisweilen," sagte Claude Zoret und ließ ihre Hand los.

„Wo wollen Sie hin?" fragte Schwitt.

„Mrs. Dawis hat Empfangsabend," antwortete Adelsskjold, und es war, als würde seine Brust noch breiter, indem er den Namen der „Silberkönigin" nannte – wie immer geblendet von ungeheurem Reichtum, da er selbst aus einem Lande der Seen und Steine stammte.

Die Tür hatte sich kaum hinter Adelsskjolds geschlossen, als Herr Schwitt lachend sagte: „Guten Handel."

Und plötzlich gepackt, teils von des Kritikers wunderlichem und eifersüchtigem Groll gegen einen Ruhm, den er selbst geschaffen, teils von des Parisers immer lebendigem und heimlichem Zorn gegen alles Fremde, sagte er: „Wie sind wir Franzosen dumm."

Er schlug die Beine übereinander und fuhr fort: „Wir schaffen aus Eitelkeit den Ruhm dieser Barbaren und sie lachen uns aus – und verdrängen uns."

Der Meister lachte mit seinem breiten Lachen.

„Charles," sagte er, „laß uns unsere schöne Gastfreiheit nur behalten."

Aber Schwitt, der noch immer das Opfer seiner eigenen Gereiztheit war, ergriff einen Pfeil, von dem er wußte, daß er treffen würde, und sagte: „Ulpiano Checa hat hunderttausend Franken für seinen ›Mauren‹ bekommen."

Es verging vielleicht eine Sekunde, bevor der Meister von seinem Platz hinter einer Lampe antwortete: „Das ist ja erfreulich; Spanien ist arm."

Schwitt schwieg einen Augenblick.

„Und Frankreich wird es,“ sagte er plötzlich mit ganz veränderter Stimme.

Es wurde still in dem hohen, schönen Gemach.

Der Meister hatte die Augen geschlossen.

„Uns beiden, Charles,“ sagte er dann, und diesen Ton seiner Stimme kannte nur Michael, „wird es wohl vergönnt sein, zuvor zu sterben.“

Es wurde wieder still, während Michael unter der Lampe, wo er saß, den Kopf zum Meister emporhob. Auf dem weißen Gesicht lag ein Ausdruck, wie der heilige Johannes ihn hatte.

Kurz darauf sagte Schwitt, der jede Stimmung immer mit einigen Worten gleichsam festnageln mußte: „Wie still ist es hier.“

Der Meister, der wieder seine Pfeife genommen hatte und mit dem wallenden, ergrauenden Bart in seinem Stuhl zurückgelehnt saß, sagte: „Wir werden alt, Charles, und freuen uns der Ruhe.“

Schwitt aber, dessen Entsetzen die dahingehenden Jahre waren, veränderte seine Stellung und antwortete: „Du sprichst, als wärst du tausend Jahre.“

Der Meister antwortete und rührte sich nicht: „Manchmal hat man das Gefühl, man ist hundert.“

Herr Schwitt aber sagte plötzlich und lachte: „Armer Adelsskjold.“

„Weshalb?“ fragte Michael, der gegen das Geländer der Treppe gelehnt saß, als wäre er mit einem Ruck erwacht.

Herr Schwitt lachte weiter. „Weil das Schicksal ihm über dem Kopf hängt,“ sagte er.

Und er begann von einigen Radierungen zu sprechen, die er kürzlich erworben und seiner Sammlung einverleibt hatte. Er habe sie billig gekauft. Er habe sie gegen ein paar Raffaels eingetauscht, die ihm „gefährlich“ vorgekommen seien.

Der Diener öffnete die Tür und machte drei Schritte auf den Meister zu: „Prinzessin Zamikof."

„Ich lasse bitten," antwortete der Meister, und rührte sich nicht.

Auch Michael stand nicht auf, während Herr Schwitt bereits halbwegs an der Tür war.

Prinzessin Zamikof war hereingekommen und wie verlegen dicht an der Schwelle unter einer Lampe stehen geblieben, deren Licht einen roten Schein über ihr sehr blondes Haar warf.

Der Meister hatte sich endlich erhoben und auch Michael stand auf und blieb auf der unteren Stufe der Treppe stehen.

„Ich danke Ihnen, Meister," sagte Lucia, deren Hände, die ohne Handschuhe waren, leicht die silberglänzende Boa umklammerten, die von ihrem schlanken, jungfräulichen Hals herabglitt, „daß Sie mir erlaubt haben, zu kommen."

Der Meister antwortete: „Schließlich gibt man nach, Fürstin."

Und mit einer sehr kurzen Handbewegung fügte er hinzu: „Wollen Sie nicht Platz nehmen?"

„Herr Charles Schwitt," sagte er, noch immer stehend, „Eugene Michael."

Die Fürstin beugte den Kopf vor Herrn Schwitt und vor Michael, ohne sie anzusehen, während Herr Schwitt sagte, er wisse nicht, ob die Prinzessin Zamikof sich seiner erinnere. Und etwas zu hastig begann er, während er sich neben sie setzte, die Orte aufzuzählen, wo sie einander begegnet waren.

„Ich liebe das große Rußland," sagte er.

Die Fürstin, die den Kopf gesenkt hielt, und die, wenn sie überhaupt aufsah, ihre Blicke nur auf den Meister heftete, sagte mit einer Stimme, die sehr jung klang: „Ich verkehre in Paris sehr wenig mit Landsleuten."

Herr Schwitt, den der Anblick einer neuen Frau immer in einen plötzlichen Rausch versetzte, sprach vom Kreml und schilderte das Bild von dessen Kuppeln und von Moskaus Schönheit in zehn farbenprächtigen Sätzen, während seine weit geöffneten Nasenlöcher den Duft von Frau de Zamikofs Frauenkörper einzusaugen schienen.

Fürstin Lucia, die ihn noch immer nicht ansah, hob ihren Arm, von dem Perlenreihen herabflossen, und sagte, während sie den Arm wieder in ihren Schoß, gegen den dichten Paillettenflitter des Kleides zurückfallen ließ, der ihren Körper wie in einen funkelnden Silberregen einhüllte: „Jeder Russe muß Ihnen für Ihre ›Tagebücher aus Rußland‹ dankbar sein."

Weder der Meister noch Michael hatten ein Wort gesagt. Michael stand so dicht neben dem goldenen Bassin an der Treppe, daß die äußersten Spritzer des Springbrunnens seine Wange wie Tau streiften.

Herr Schwitt sagte in einem Ton, der kürzer klang: „Ich schrieb, was ich sah."

Er begann aber wieder zu erzählen, bis er plötzlich innehielt, vielleicht aus einem Gefühl männlichen Grolls gegen eine Frau, die ihm ihre Aufmerksamkeit versagte, und er fügte nur noch hinzu: „Aber ich vergesse ganz, daß ich in die Oper wollte."

Die Fürstin sagte mit derselben jungen Stimme: „Und ich," sagte sie (sie kam direkt von Hause, aber vielleicht wollte sie ihre Toilette erklären), „ich komme eben daher."

Herr Schwitt verbeugte sich hastig. „Adieu, Claude," sagte er.

Und als er ins Vestibül kam, sagte er mit geschürzten Lippen zu Michael, der ihn hinaus begleitete: „Was will sie hier? Sie ist höchst unsympathisch."

Michael, der noch immer lachte, mit einem jungenhaften Lachen, sagte: „Ich wünschte nur, sie ginge bald, denn ich bin unglaublich müde."

Der Majordomus, der seit elf Jahren im Dienst des Hauses stand, reichte Herrn Schwitt seinen Hut und sagte – er war in alle Geheimnisse eingeweiht, die in dem festen Personalring aller großen Häuser ihre Runde machten –: „Vielleicht stärkt es Madames Kredit, wenn sie vom Meister gemalt wird."

Michael war zurückgekehrt, während Herr Schwitt noch neben dem Majordomus stand. Als Michael die Tür öffnete, hörte er den Meister sagen: „Und was wünschen Sie denn eigentlich, gnädige Frau?"

Fürstin Zamikof antwortete mit einer Stimme, die vielleicht verschüchtert klang: „Ich glaube, Meister, Sie wissen es," und schlug die tiefschwarzen Augen zu ihm auf.

„Ja," antwortete Claude Zoret und blickte ihr gerade ins Gesicht, während Michael zu seinem Platz an der Treppe zurückkehrte.

„Aber," fuhr der Meister fort, und er sprach, wie er mit den Amerikanern sprach, die seine Bilder kaufen wollten, „ich male nun einmal keine Porträte. Ich gebe mich nicht damit ab, fremde Gesichter auf eine Leinwand zu klecksen."

Frau de Zamikof war blaß geworden, aber sie lächelte trotzdem, mit einem Lächeln, durch das man plötzlich bemerkte, daß ihre Unterlippe etwas üppig war.

„Aber Sie haben doch schon öfter Porträte gemalt, Meister?"

„Ja," und Claude Zoret veränderte keine Miene, „Frau Carnot, die meine Freundin war."

Eine Weile war es still, bis der Meister hinzufügte: „Und Frau Sarah Bernhardt, die ein Genie ist."

Der Meister senkte seinen Blick in ihren, während Michael, der wieder gegen das Bassin gelehnt stand, eine fast jungenhafte Schadenfreude empfand, und die Fürstin sagte, indem sie sich erhob, mit einer Stimme, die ihre junge Ehrerbietung bewahrte: „Dann bitte ich wegen meines Kommens um Verzeihung."

Claude Zoret stand einen Augenblick still, bis er, mit einem der jähen Übergänge, die ihm eigen waren und die vielleicht ihren Grund in seiner gesellschaftlichen Unsicherheit hatten, sagte: „Na, da Sie nun mal da sind, kann ich Sie meinetwegen auch malen."

Weniger als eine Sekunde überflog eine Röte die Wangen der Prinzessin, bevor sie sich ein wenig zu tief vor Claude Zoret verneigte.

„Danken darf man wohl nicht," sagte sie.

Der Meister lachte. „Doch, das dürfen Sie," sagte er, „wenn Sie erst mal gemalt sind."

Und plötzlich aufgeräumt, vielleicht in dem Gedanken an das Bild, das er bereits vor sich sah, begann er nach einigen von Wereschtschagins Werken zu fragen, und seine Lippen etwas vorschiebend, sagte er: „Ihr Landsmann, Fürstin, war ein großer Zeichner des Elends."

Und indem er auf eine der Wände zeigte, sagte er: „Der Kosak ist von ihm."

„Michael," fuhr er fort, „zünde den Scheinwerfer an."

Michael eilte herbei und drehte einen Scheinwerfer auf Wereschtschagins Bild.

„Ja," sagte Frau de Zamikof, „mich hat sein vieler Schnee nun eigentlich nie begeistert."

Der Meister lachte von neuem.

„Er und Herr Munkaczy hätten Cantu illustrieren müssen," sagte er.

Frau de Zamikof lachte und sagte: „Das ist ein Meissonnier."

Aber als Michael, der dicht neben ihr stand, die Lampe dahin drehen wollte, fiel ihr Schein plötzlich auf den „Sieger", der in der Mitte der Wand hing, und beleuchtete die palmentragende Gestalt des Atheners.

„Das sind Sie," sagte die Prinzessin und wandte sich jäh zu Michael um.

Michaels Hand glitt von der Lampe herab. Es war, als wenn all sein Blut plötzlich sein weißes Gesicht färbte, er, dessen Nacktheit doch von Tausenden gekannt war.

„Ja, das ist der Athener," sagte der Meister.

Während Michael in seiner Verwirrung die Lampe zu wenden vergaß, die den schimmernden Körper des Siegbringers beleuchtete, betrachtete

Frau de Zamikof den Athener, und es zeigten sich plötzlich zwei Grübchen in ihren Wangen.

Sie wandte sich wieder zu Michael und sagte, während ein hastiger Blick ihres Auges das seine traf: „Es erinnert mich an ein russisches Gedicht."

„An welches?"

Aber Frau Zamikof lachte.

„Es würde Sie zu eingebildet machen," sagte sie und wandte sich an den Meister, um mit ihm über Meissonnier zu sprechen.

Michael lenkte, vielleicht aus knabenhaftem Übermut, den Scheinwerfer einen kurzen Augenblick auf ihren Rücken. Wie eine Silberflut fielen die Perlen blitzend von den gewölbten Schultern herab.

„Wo bleibst du mit dem Licht?" sagte der Meister.

„Hier," sagte Michael und lenkte hastig den Schein der Lampe auf Meissonniers Bild.

Frau de Zamikof fragte, während sie den Kopf beugte, mit einer Frage, die sie vielleicht in einem Buch gelesen hatte und die der Instinkt ihr eingab: „Aber, Meister, kann man... kann man eigentlich" (und sie suchte, oder tat als suche sie nach einem Wort) – „das ›Entscheidende‹ innerhalb eines so kleinen Rahmens schaffen?"

Der Meister sah hastig auf: „Man meint es," sagte er.

Und entweder heimlich geschmeichelt oder weil er dachte, daß sie zu denen gehöre, die wirklich Verständnis haben, zeigte er ihr, plötzlich angeregt und gesprächig, Bild auf Bild: die Corots, Manets, Besnards – alle seine Schätze, während Frau de Zamikof, deren Gesicht einen seltsamen Ausdruck trug, als hätte sie plötzlich vor einem neuen und verwirrenden Gedanken halt gemacht, ihre Augen über die Bilder gleiten ließ, ohne sie zu sehen.

„Licht," sagte der Meister.

„Ja," antwortete Michael geistesabwesend wie vorhin.

Die Fürstin begann wieder plötzlich zu sprechen, sehr dicht neben dem Meister, mit ihrer ganz jungen Stimme, ehrerbietig, als umschmeichelten ihre Worte Claude Zoret, der heiter plauderte, um zehn Jahre verjüngt.

„Licht," rief er wieder, während seine strahlenden Augen von den Bildern zu Frau de Zamikofs Gestalt wanderten, die er malen wollte.

Michael, dessen Blässe wie von einem Strom von hellrotem Blut durchglüht war, führte immer wieder, halb scheu, halb hitzig, die Lampe auf die eigenen Bilder des Meisters, auf den „Alkibiades auf dem Marktplatz von Athen" und auf den „jungen Brutus".

Während Frau de Zamikof beständig daran vorbeischritt, als verbiete ihre Bescheidenheit ihr, über die eigenen Werke des Meisters zu sprechen.

Plötzlich blieb sie stehen.

„Das ist ja Eros," sagte sie, und sie blieb stehen, während der Scheinwerfer, von Michaels Hand geführt, sein volles Licht über ein Gemälde ergoß, auf dem Eros, auf sein Schwert gestützt, nackt, schlank, den Kopf auf königlichem Halse, den Garten der Seligen bewacht.

„Ja, das ist Eros," sagte der Meister gleichgültig, als sei von dem Werke eines andern die Rede.

Frau de Zamikof hatte sich halb zu Michael gewendet, als wolle sie sprechen. Aber ihr Blick streifte nur die Rundung seiner Wange.

Der Meister, der sie unablässig betrachtete, befestigte in seinem Gedächtnis, das bereits ihr Wesen, das er auf die Leinwand bannen wollte, einsog, diesen neuen, zitternden Ausdruck ihres Gesichtes, während die Prinzessin, halb ihm zugewandt, sagte: „Wie schön, Meister, müssen erst die Seligen sein, die er bewacht."

Der Meister sagte: „Die habe ich nicht gemalt."

Und kurz darauf fügte er hart hinzu: „Denn ich habe sie nie gesehen."

Weniger als eine Sekunde hatte Michael – und wußte es kaum – sein leuchtendes Gesicht Frau de Zamikofs Gesicht zugewandt, das wie das seine strahlte.

Dann senkte sie die Augenlider und es war, als glitte bei dieser einen Bewegung ein Schleier von Leid über ihr Gesicht.

„Wer hat die wohl gesehen?“ sagte sie, und sie schwiegen eine Weile.

„Ich werde Ihnen Bescheid schicken, Fürstin,“ sagte der Meister, der gewohnt war, seine Gäste zu verabschieden.

Frau de Zamikof verbeugte sich tief, während sie ihre Augen zu ihm aufschlug.

„Man darf Ihnen also nicht danken,“ sagte sie.

„Michael,“ sagte der Meister, „begleite die Fürstin hinaus.“

Der Majordomus wartete im Vestibül.

Michael aber legte selbst (während Frau de Zamikof mit einem einzigen Blick den ganzen Reichtum der Säulenhalle zu umfassen und zu messen schien) den Mantel um ihre Schultern.

„Danke,“ sagte sie, ohne ihn anzusehen, und sie ging, vom Majordomus geleitet, zu ihrem Wagen.

Die Tür wurde zugeschlagen und der Wagen fuhr davon.

Frau de Zamikof zog die Gardinen vor, als wolle sie nicht gesehen werden und ganz allein sein.

Michael kehrte ins Wohnzimmer zurück.

Der Meister saß auf seinem Lieblingsplatz unter einem der goldenen Bassins. Michael wanderte im Zimmer auf und ab und blieb jedesmal vor dem „Sieger“ stehen.

„Setz dich,“ sagte der Meister.

„Ja,“ und Michael setzte sich.

Sie saßen beide schweigend, während das Wasser plätschernd in die Bassins rann.

Der Meister reckte die starken Glieder und sagte aus einem unbekannten Gedankengang heraus: „Michael, ich bin doch noch nicht alt. Ich kann noch *sehen*."

Michael hörte nicht. Er saß noch immer, den Blick auf sich selbst gerichtet, auf die palmentragende Gestalt des Atheners.

Der Meister hatte sich erhoben und legte den Arm um Michaels Schultern.

„Ich schenke ihn dir," sagte er. „Das hatte ich mir schon lange vorgenommen."

„Das darfst du nicht," sagte Michael, und fast heftig: „Das sollst du nicht. Das habe ich nicht verdient."

Der Meister strich mit seiner Bauernhand sanft über Michaels Haar.

„Es wird ja doch einmal," sagte er und seine Stimme klang weich, „alles dein sein."

Tränen waren Michael in die Augen getreten, und er hielt des Meisters Hand fest in seinen beiden.

„Wie gut du bist," sagte er, „danke."

„Hol mir einen Pinsel," sagte der Meister, „ich will deinen Namen unter das Bild setzen."

„Danke," flüsterte Michael wieder und konnte kaum sprechen.

Er ging ins Atelier hinauf. Er wußte, nein, er wußte nicht, welche Farbe die Augen der Fürstin hatten.

Er kehrte mit dem feuchten Pinsel zurück, und auf einem Stuhl stehend, schrieb der Meister am Fuße des „Siegers": „Für Michael".

Sie standen beide einen Augenblick vor dem herrlichen Gemälde.

„Jetzt gehört es dir," sagte der Meister.

Und wieder war es still.

Auf einmal aber hob Claude Zoret seine Augen und schaute umher im Saal, von Bild zu Bild.

„Und wer weiß schließlich," sagte er, „was das alles wert ist?"

Er stand eine Weile nachdenklich, und es war, als sänken seine Schultern zusammen.

„Manchmal will es mir scheinen, als hätte ich das einzige, was wert zu malen wäre, nie gemalt."

„Welches einzige?" fragte Michael.

„Das Leben," sagte der Meister, und die letzten Worte verschwanden unter dem Geräusch des schweren Stuhles, den er plötzlich beiseite schob, „das Leben, das ich nie gelebt habe." Und mit vorgeschobenen Lippen sagte er: „Mir wird einst eine Wand neben David eingeräumt werden."

Michael hatte sich nicht gerührt. Nur seine Augen waren blitzschnell über die Bilder hingefahren – mit einem seltsamen Aufleuchten.

Dann sagte er und er schrie es fast: „Claude, der ›Sieger‹ kann nie sterben."

Der Meister lächelte.

„Nein," sagte er, „der gehört ja dir."

Sie schwiegen wieder.

Dann sagte Michael merkwürdig kurz: „Adieu."

„Gehst du?" fragte der Meister und wandte den Kopf. Michael pflegte immer im Hause des Meisters zu schlafen, wenn Gesellschaft gewesen war.

„Ja, ich gehe nach Hause," antwortete Michael. „Gute Nacht."

„Lebwohl," antwortete der Meister und setzte sich wieder unter das Bassin. Michael ging.

„Gehen Sie fort, Herr Michael?" fragte der Majordomus.

„Ja," sagte Michael und wurde plötzlich ganz verwirrt, „ich gehe... nach Hause."

Plötzlich blähte er seine Nasenflügel. Ja, das war der Duft von Frau de Zamikofs Mantel.

„Gute Nacht, alter Jacques," sagte er und lachte, als er ging.

. . . Michael trat in den Hof der Tuilerien. Die Nacht lag silberweiß unter dem gleitenden Mond, und die goldenen Spitzen des Gitters leuchteten wie kleine, eben angezündete Kerzen.

Michael ging weiter. Unter ihm ergoß die Seine ihre dunkelblauen Wasser durch die Bogen der Brücke. Die Kühle des Stromes schlug zu ihm herauf und streifte seine heißen Wangen.

Als er den Kai erreicht hatte, blieb er unter den Bäumen plötzlich vor Herrn de Monthieu stehen.

„Wandern Sie hier umher?" fragte er.

„Ja," antwortete der Herzog, der verwirrt schien, „die Nacht war so schön."

„Ja, wunderbar schön," sagte Michael, der tief, mit weit geöffneten Lippen atmete.

Und sie trennten sich wie zwei, die einander nichts zu sagen haben.

Michael ging über seinen Hof, durch den Garten seines Hauses.

Der Diener, der im Vestibül wartete, zündete das elektrische Licht an.

„Sie können zu Bett gehen," sagte Michael und ging hinauf.

Er öffnete im Wohnzimmer die Balkontür, und gegen die Mauer gelehnt, blickte er über die Bäume des Gartens in die weiße Nacht hinaus. Der Duft der Veilchen mischte sich stark mit dem der kürzlich erblühten Akazien. Michael rührte sich nicht.

Der Mond stieg herauf und glitt wieder fort.

2

Der Meister ging im Arbeitskittel in seinem Atelier auf und nieder. Die Augen hielt er halb geschlossen, während die Lippen unter dem mächtigen Bart geöffnet waren, als atme er mit Beschwer.

Er bekam es nicht, nein, er bekam es nicht heraus, den Schimmer ihres Haares.

Drei Tage – drei Tage und Nächte, und er bekam es nicht, bekam es nicht heraus.

Drei Tage – und er *sah* es nicht. Es lebte nicht unter seinem Pinsel.

Charles Schwitt, der außer Michael der einzige war, der unangemeldet kommen durfte, schlug die Portiere zum Atelier zurück.

„Guten Morgen," sagte er.

Der Meister wandte den Kopf und öffnete die Augen, deren Ausdruck so müde war, als wären sie erloschen oder als wäre das Augenlicht nach innen gerichtet, auf das Bild, das er sehen wollte.

„Was willst du?" sagte er.

„Dich besuchen," antwortete Schwitt.

„Ich arbeite," sagte der Meister und setzte seinen Gang fort.

„Das weiß ich. Und du bist drei Nächte nicht zu Bett gegangen."

„Nein."

Charles Schwitt setzte sich.

„Jacques hat es mir erzählt," sagte er; „ob das vernünftig ist?"

Der Meister schritt auf und nieder, während er kurz sagte: „Frau Adelsskjold hat mir vorgelesen."

Manchmal, wenn sein Gehirn nicht zur Ruhe kommen wollte und doch vergeblich kämpfte, ließ der Meister sich vorlesen, um seine arbeitenden Gedanken zu beschwichtigen.

„Was hat sie gelesen?" fragte Schwitt.

„Shakespeare," antwortete der Meister in demselben Ton wie vorhin.

Er setzte sich auf einen Stuhl, ohne die Augen zu öffnen, in jenes qualvolle Starren vertieft, wodurch er sich selbst zwingen wollte, jede Linie und jeden Schatten zu sehen, so daß sie wie Leben auf der Leinwand wirkten.

„Wo ist Michael?" fragte Herr Schwitt.

„Ich weiß nicht," antwortete der Meister, ohne seine Augen zu öffnen.

„Hm," sagte Schwitt, „er treibt sich jeden Abend im Foyer der Oper herum und liebäugelt mit jeder Ballettratte."

Der Meister verharrte unbeweglich.

„Laß ihn nur," sagte er.

„Aber es ist teuer," sagte Schwitt und sah Claude Zoret an.

Der Meister antwortete nicht.

Aber vielleicht um seinen Gedanken zu entgehen, die ihn nicht verlassen wollten, sagte er kurz darauf, indem er sich erhob: „Was gibt es Neues in der Stadt?"

Charles Schwitt erzählte ein paar Skandalgeschichten aus der Kammer, bis der Meister plötzlich sagte, und seine geöffneten Augen hatten plötzlich all ihren Glanz zurückbekommen: „Aber Charles, ich *muß* können, siehst du; ich *muß* sie malen können."

Der Meister schritt wieder im Atelier auf und ab, während er sagte: „Ich sehe ein, das Porträt stellt immer wieder neue Anforderungen an den Maler. Man hat das Lebendige vor sich, dicht vor sich, gerade vor seinen Augen – dieses Lebendige, du, um das man sich nicht herumdrücken kann, das man greifen muß und das gemalt sein *will*. Dies Lebendige, Charles, das kein Pardon gibt."

Er stopfte die Pfeife mit dem Daumen.

„Man geht in die Schule, wenn man Porträte malt, und man entwächst dieser Schule nie."

Er lachte.

„Diese große Schule, Charles,“ sagte er, „wo man die Blätter wenden muß, um in dem aufgeschlagenen Buch des Lebens zu lesen.“

Er fuhr fort zu sprechen, lebhaft und eindringlich, wie im Quartier Latin, als er siebenundzwanzig Jahre alt war und sein großes Atelier mit sechs gewaltigen Schritten zu durchmessen pflegte.

„Vielleicht hätte ich mehr Porträte malen müssen. Das Porträt mit seinem ›Entweder-Oder‹, ein Porträt ist Leben oder Tod. Diese Holländer wußten das, wenn sie ihre Weiber malten.“

Charles Schwitt lachte.

„Du bist heut zwanzig Jahre.“

„Nein“ – und der Meister trat plötzlich heftig auf – „ich bin alt, alt und grau wie ein Prophet des Volkes Israel, und was habe ich zusammengeschmiert? Manchmal scheint mir, als wären all die Rahmen leer, und als stände ich selbst alt und verbraucht vor dem, was ich nie gemalt habe.“

„Du hast Michael gemalt,“ sagte Herr Schwitt.

„Ja,“ rief der Meister kurz, während Charles Schwitt ihn aufmerksam betrachtete.

„Und wenn ich tot bin, kann man mich neben dem Napoleon-Pfuscher aufhängen, und Herr Raffaelli mit seinen Straßenjungen wird länger leben als ich.“

Er rauchte weiter, während er plötzlich die Staffelei mit Frau de Zamikofs Bild ins Licht schob.

„Ich habe sie getroffen,“ sagte er. „Die Linien sind da. Es ist gut, es ist gut und doch nicht zu gut, in einer Rumpelkammer aufgehängt zu werden.

Wenn ich allein bin, sehe ich sie vor mir; die ganze Frau, wie sie ist und geht und steht, sehe ich vor mir. Wenn sie aber hier sitzt, ist das Ganze wie weggeblasen.“

Charles Schwitt betrachtete ihn noch immer.

„Es ist lange her, daß du Frauen gemalt hast," sagte er.

Der Meister antwortete ihm nicht.

Vielleicht mit einem neuen Versuch, sich von seinem ewigen Grübeln loszureißen, sagte er: „Wie hübsch Frau Adelsskjold liest."

„Was hat sie gelesen?" fragte Schwitt, der stets den Eindrücken, die während der Arbeit auf den Meister einwirkten, folgte – wahrscheinlich in Hinblick auf seine „Erinnerungen".

Der Meister antwortete nicht gleich. Dann sagte er wie einer, der an etwas anderes denkt: „Romeo und Julia".

Herr Schwitt lächelte plötzlich, so wenig, daß man es kaum sah.

„So, so, Romeo und Julia."

Der Meister hatte sich gesetzt, und im Gedanken an Shakespeare sagte er langsam: „Den kritisiert man nicht und den wagt man nicht zu illustrieren."

Kurz darauf aber sagte er mit ganz veränderter Stimme: „Du, Charles, müßte Julia nicht blond sein?"

Charles Schwitt, der an Frau Adelsskjold gedacht hatte, die er vorgestern in der Oper in der Loge der Herzogin von Monthieu gesehen hatte, sagte, ohne eigentlich zu wissen, worauf er antwortete: „Möglich."

Es hatte sich plötzlich ein Schimmern, ein Leuchten über das Gesicht des Meisters gebreitet.

„Ja, ja," sagte er, und es war, als würden ganz andere Gedanken in ihm geboren: „sie müßte blond sein... aschblond."

„Jetzt mußt du gehen," sagte er hastig und stand auf.

„Du mußt gehen" – und seine Stimme hatte einen ganz andern Klang, „ich will arbeiten."

Herr Schwitt erhob sich, als der Meister sich zu ihm wandte.

„Charles,“ sagte er, „es ist *doch* das Einzige in der Welt.“

„Was?“ sagte Herr Schwitt.

Der Meister schlug mit seiner Faust auf die Schulter des Freundes.

„Das Vollkommene zu wollen,“ sagte er. Er stand einen Augenblick nachdenklich und hatte wieder den Ton gewechselt, als er sagte: „Wie schön müßte es sein, vor seiner Leinwand zu sterben, nach einem letzten Pinselstrich, der ganz gelungen wäre.“

„Adieu.“

Herr Schwitt kam in die Halle hinaus, wo der Majordomus wartete.

„Bleiben Sie nicht zum Frühstück, Herr Schwitt?“ fragte Jacques.

„Nein,“ sagte Schwitt, „ich bin fortgeschickt.“

„Hm,“ sagte Jacques, „die Zamikof kommt.“

„Soll sie heut vormittag sitzen?“ fragte Herr Schwitt.

Jacques verzog eine Sekunde sein Gummigesicht.

„Das weiß ich nicht,“ sagte er und reichte Herrn Charles Schwitt den Hut, „wenn nicht gemalt wird, wird geschwatzt.“

Charles Schwitt stieg langsam die fünf Stufen des Vestibüls hinab.

Der Meister hatte hastig seine Staffelei zurecht gestellt. In einem Nu hatte er die Farben gemischt.

Ja, ja, da hatte er ihn, den Schimmer – endlich.

Endlich.

Jacques kam herein.

„Geh,“ rief der Meister.

Und er fuhr fort zu arbeiten.

Endlich.

Und die strahlenden Augen auf die Leinwand geheftet, legte er den grauen Glanz, den endlich gefundenen Glanz über Frau de Zamikofs herrliches Haar.

Er hatte eine Stunde gearbeitet, hin und wieder die Augen schließend, um das Bild vor sich hinzuzwingen, und wieder arbeitend, um das Gesehene festzuhalten – als er den Kopf wandte.

„Wer ist da?“ fragte er.

„Ich bin es nur.“

Es war Frau de Zamikof, die vor dem Türvorhang stand und die jetzt durch das Zimmer schritt, mit jener leicht vorgebeugten Haltung des Oberkörpers, die großgewachsenen Frauen beim Gehen eigen ist.

Wie ein Blitz zuckte es über das Gesicht des Meisters.

„Ich arbeite,“ sagte er, „tun Sie, was Sie wollen.“

Wie gewöhnlich wanderte Prinzessin Zamikof im Zimmer umher, indem sie Vasen und Schalen und Kristalle mit Kennerblicken betrachtete – vielleicht auch mit jenem etwas wägenden Blick, der ihr manchmal eigen war und den sie von ihren Krämervorfahren in den Kaufbuden Odessas geerbt hatte. Dieser Blick stammte noch aus jenen Tagen, bevor der alte Fürst Zamikof sie geheiratet hatte, wie ein Sultan, der sich ein Weib für seinen Harem erwählt.

Der Meister arbeitete weiter, während Frau de Zamikof, den Rücken ihm zugekehrt, lange vor dem Jünglingstorso stand, einem Fund aus Sizilien, den Königin Margherita fast wie einen Raub dem Meister geschenkt hatte.

Claude Zoret wandte den Kopf.

„Er ähnelt Michael,“ sagte er. „Ist Ihnen das nie aufgefallen?“

Die Fürstin lachte, als wollte sie ein heimliches Mißvergnügen durch ihr Lachen verbergen, und sagte: „Gibt es überhaupt eine Schönheit, die nicht Herrn Michael gleicht?“

„Setzen Sie sich, setzen Sie sich," sagte der Meister plötzlich und, indem er lachte und sein strahlender Blick ihre Gestalt umfaßte, sagte er: „Sie hätten wahrlich Grund zu klagen."

Frau de Zamikof hatte die Lippen geöffnet, als wolle sie sprechen. Aber nur ihre Augen ruhten groß und weit geöffnet auf dem Meister, der arbeitete, während sie sich setzte.

„Gut, gut," sagte er und ging vor seiner Leinwand hin und her.

„Gut," sagte er wieder.

In seinen Augen glühte ein helles Feuer, wie in denen des Raubtiers, das seine Beute enger und enger umkreist, während die Brillanten an Frau de Zamikofs gefalteten Händen blitzten, als strahlten sie von einem heimlichen Triumph.

Plötzlich aber brach der Meister ab und warf seine Palette fort.

„Nein," sagte er, „jetzt essen wir."

Die Prinzessin lachte.

„Ja," sagte der Meister, „ich bin hungrig."

Und er klingelte.

Frau de Zamikof sagte, und stand noch nicht auf: „Aber Herr Michael ist noch nicht da."

„Das ist seine Sache," antwortete der Meister und reckte die Arme, „wir essen."

Ein plötzliches Lächeln war über Frau de Zamikofs Gesicht gehuscht, während der Diener in der Tür erschien.

„Laß anrichten," sagte der Meister.

Jules zögerte eine Sekunde.

„Herr Michael ist noch nicht da," sagte er.

„Laß anrichten."

Der Diener ging und der Meister sagte: „Verzeihen Sie einen Augenblick."

Frau de Zamikof war langsam die goldene Treppe hinuntergestiegen. Gesenkten Kopfes durchschritt sie das Wohnzimmer, während sie beim Gehen ihre eigenen Füße betrachtete. Dann und wann stand sie still. Ohne es zu wissen blieb sie neben der Säule stehen, die die Kristallschale mit den ungeschliffenen Rubinen trug, die in ihrem matten Glanz blutgefüllten Kapseln glichen.

Halb in Gedanken nahm sie ein paar von den Steinen in die Hand und ließ sie in die Schale zurückfallen, bis sie plötzlich von dem klirrenden Laut geweckt wurde und die Edelsteine betrachtete, die sie noch in der Hand hielt, mit einem plötzlichen Aufblitzen in den Augen. Plötzlich hörte sie das Lachen des Meisters von der Tür her, und sie ließ die Steine fallen, während Claude Zoret noch immer lachte.

„Frau de Zamikof," sagte er und lachte ohne Aufhören, „Frau de Zamikof, Sie betrachten die Edelsteine mit Blicken, wie Diebe Gold betrachten."

Und während er noch immer lachte und sich aufs Knie schlug, wie ein Bauernbursch sich auf den Schenkel schlägt, sagte er: „Ich will Sie malen, Prinzessin, mein Wort darauf, ich will Sie für den Louvre malen.

Aber jetzt wollen wir essen," sagte er und bot ihr kurz den Arm.

Sie gingen in das kleine Eßzimmer, wo der Diener hinter dem lederbezogenen Lehnstuhl wartete – während der Meister unaufhörlich sprach, ausgelassen, von einer ganz ungewohnten und unbegründeten Freude gepackt. Er erzählte von allem möglichen, von den Tagen, als er kaum das Brot gehabt, von den Zeiten im Quartier Latin, von den Bildern, die er für hundert Sous verkauft...

Und vom Treppenhaus, das er für einen Viktualienhändler gemalt hatte.

Er zeichnete mit dem langen Brot, das er beim Frühstück immer selbst brechen wollte, eine Girlande in die Luft.

„Girlanden sollten es sein und rot sollten sie sein, rote Rosen," sagte er. „Na, und rot wurden sie, mit himmelblauen Bändern."

Der Meister lachte.

„Da," sagte er und reichte Frau de Zamikof plötzlich das Brot hin, damit sie sich wie in einer Kneipe ein Stück davon abbrechen sollte.

Die Prinzessin lachte.

„Danke," sagte sie und griff zu.

Er fuhr fort zu erzählen und betrachtete sie unausgesetzt mit ein paar sieghaften Augen, hingerissen von einer sprühenden Freude – jener Freude, die niemand außer Michael kannte und die an Sommertagen über ihn kommen konnte, wenn sie ganz allein durch den Wald streiften, oder in jenen schöpferischen Augenblicken, wo Ideen und Phantasien neuen Boden gewonnen hatten.

„Ja, das war damals," sagte er, „damals in unserer Jugend."

Es wurde einen Augenblick geschwiegen, bis Frau de Zamikof mit veränderter Stimme sagte: „Als Frau Zoret lebte."

Der Meister hob den Kopf.

„Ja," sagte er kurz.

Und Frau de Zamikof, die nie ihren Fuß auf den Kirchhof von Montreuil gesetzt hatte, sagte: „Ich werde ihr Bildnis nie vergessen."

Der Meister antwortete nicht.

Und hastig, fast als hätte sie zuviel gesagt, begann Frau de Zamikof von Rußland zu sprechen, von Odessa und von den Ebenen an der Wolga – unwillkürlich und mit weiblichem Instinkt wie mit den Augen des Meisters sehend, alles in Farbenwerte umschaffend, die Wogen der Weizenfelder gelb in gelb malend, so weit das Auge reichte.

Während der Meister, die starken Arme weit vor sich auf dem Tisch, ihr unausgesetzt mit demselben Blick ins Gesicht sah.

Michael sprang die fünf Marmorstufen des Vestibüls hinauf: „Malt der Meister?“ fragte er.

Der Majordomus blieb in seinem gotischen Stuhl sitzen.

„Sie ist da,“ sagte er.

Es ging ein Zittern über Michaels Gesicht, während er seinen Hut beiseite warf.

„Die kommt jetzt schon, ehe der Hahn kräht,“ sagte er.

Jacques verzog sein Gesicht in tausend Fältchen.

„Schließlich bleibt sie noch die Nacht hier.“

Und er fügte hinzu: „Sie essen.“

Michael hatte sich umgewandt.

Der Meister war seit fünf Jahren nie zu Tisch gegangen, bevor er gekommen war.

„Sie sind wohl hungrig gewesen,“ sagte er, während seine Mundwinkel zuckten.

„Wahrscheinlich,“ antwortete Jacques und zeigte sein Zahnfleisch, das ohne Zähne war. Und Michael und er vereinigten sich in einem plötzlichen Strom von Schmähworten, womit sie, wenn sie allein waren, die „Russin“ überhäuften.

„Na,“ sagte Michael, „ich muß hinein.“

„Du bist schon zu Tisch gegangen,“ sagte er zum Meister, als er ins Zimmer trat.

„Weil du zu spät kommst,“ erwiderte der Meister.

Michael antwortete nicht gleich, sondern sah zur Kaminuhr hinüber, die noch nicht ein Uhr zeigte.

„Vielleicht,“ sagte er, während sein Blick den Meister streifte.

Die Fürstin, die ihren Kopf zur Begrüßung ein Atom weniger als freundlich geneigt hatte, hatte er kaum gegrüßt.

Während der Diener Michael die halbkalten Gerichte reichte, erzählte Frau de Zamikof von Rußland, weiter von einer Reise durch den Kaukasus, die sie mit dem Fürsten gemacht hatte: Lawinen waren vor ihren Wagen herabgestürzt wie zersplitterte Welten von Weiß, und rauschende Flüsse wurden die Berge hinuntergepeitscht, wie der flimmernde Schaum des leuchtenden Platins.

Frau de Zamikof fand, in halb unbewußter Anspannung, noch stärkere Farben und mannigfaltigere Bilder – während der Meister lauschte, ohne mit einem Blick an Michael zu denken, und Michael nur die ganze Zeit gebeugt dasaß und aß.

„Ja," sagte der Meister, „Rußland ist groß."

Plötzlich hob Michael den Kopf und sagte mit einer Stimme, die hart wie ein Schlag wirkte: „Es muß Platz für seine Horden haben."

Frau de Zamikof sagte mit einem Lächeln, das Michaels glühendes Gesicht streifte: „Herr Michael, wie können eigentlich Sie" – und die Fürstin sprach sehr langsam – „als Tscheche solchen brennenden Haß gegen Rußland haben? Sie verleugnen wirklich Ihre eigene Rasse, denn wir beiden sind doch...Verwandte."

Der Meister hatte vor sich hingesehen, und mit veränderter Stimme sagte er: „Vielleicht müßten wir alle es hassen."

Und plötzlich etwas aussprechend, was vielleicht immer sein innerster Gedanke gewesen war, sagte er: „Die langen Wege der Weltgeschichte sind seltsam."

Er sprach gedämpft und sehr langsam: „Frankreich mußte während Hunderter von Jahren Genies hervorbringen, um schließlich seine Milliarden dem zu vermachen, der uns alle ausnutzen wird."

Es war ein Zucken über sein Gesicht gegangen.

Aber er verließ seinen eigenen Gedankengang und sah rasch zu Frau de Zamikof hinüber, deren Augen eine Sekunde in Michaels geruht hatten, die plötzlich aufgeleuchtet waren.

Frau de Zamikof, die vielleicht nur halb zugehört hatte, sagte hastig mit einem sehr weichen Klang in der Stimme: „Meister, weshalb sollen die Menschen so weit in die Zukunft blicken?“

„Nein,“ sagte Claude Zoret und lachte, „das ist wahr. Schließen wir lieber die Augen.“

Frau de Zamikof aber begann, immer noch etwas hastig, nach dem Service zu fragen, auf dem sie den Nachtisch serviert bekamen, seltene Teller mit einer Krone und einem fürstlichen Namenszug.

„Das Porzellan ist Michaels Ressort,“ sagte Claude Zoret, „er sammelt die Scherben hier im Hause.“

Michael hatte den Kopf gehoben, um Frau de Zamikofs Frage zu beantworten. Die Prinzessin aber begann, ohne Michaels Antwort abzuwarten, eine Geschichte vom rumänischen Hof zu erzählen. Es war eine Anekdote, die einen Monarchen sehr lächerlich machte und über die der Meister lachte – während Michael hastig das Gesicht gesenkt hatte und seine linke Hand um das eichene Tischbein ballte.

Frau de Zamikof erzählte mehr Hofgeschichten, das Gesicht dem Meister zugewandt, während sie mit ihrer schöngeformten, aber etwas zu üppigen Hand die weißen Nußkerne zwischen die Lippen schob und die Zähne sie mit einem Ruck ergriffen – bis der Meister mit veränderter Miene sagte: „Übrigens pflegen diese Menschen“ – er sprach von den Fürsten – „mir nur Mitleid einzuflößen.“

„Mitleid?“

„Sie haben doch,“ sagte der Meister, „nicht darum gebeten, zur Welt zu kommen, um auf einem rotbezogenen Stuhl im Käfig zu sitzen.“

Die Stimme der Fürstin, die so leicht schwermütig wurde, antwortete: „Sitzen nicht alle Menschen im Käfig, immer ein Käfig neben dem andern?“

„Ja,“ antwortete Claude Zoret, „aber die meisten zimmern ihn sich selbst.“

Wie ein Blitz schoß Michaels Blick zum Meister hinüber, der ihn nicht sah, während Frau de Zamikof ihn aufgefangen hatte.

„Sind wir fertig?“ fragte der Meister die Prinzessin, „gesegnete Mahlzeit.“

Und zu Michael gewandt sagte er: „Du kommst wohl hinauf – nachher.“

Michael hatte das Gesicht gehoben, das weiß war wie sein weißer Hals.

„Ich erwarte Adelsskjolds zu Hause,“ sagte er und erhob sich halb vor Frau de Zamikof, die des Meisters Arm ergriffen hatte.

Als sie die Treppe zum Atelier hinaufstiegen, sagte die Prinzessin und lächelte: „Herr Michael war schlechter Laune.“

Der Meister lachte.

„So?“ sagte er, „ja, wenn junge Leute anfangen zu leben, sind sie immer launisch wie Kinder, die zahnen.“

Im Atelier begann der Meister wieder zu arbeiten. Plötzlich aber hielt er inne.

„Nein, nein, heut nicht mehr,“ sagte er, „wir müssen einen günstigen Augenblick abwarten.“

Und mit seinen Augen, strahlend vor Sieg oder Glück, sagte er: „Kommen Sie, Prinzessin, heut begleite ich Sie selbst hinaus.“

Er bot ihr den Arm und führte sie ins Vestibül hinaus.

Der Majordomus hatte sich erhoben, die Lippen fest zusammengekniffen, und wollte Frau de Zamikof ihren Mantel reichen.

Der Meister aber nahm ihn selbst und legte ihn ihr um die Schultern.

„Vielen Dank,“ sagte er mit seiner breiten Stimme.

„Weshalb danken Sie?“ fragte Frau de Zamikof.

Der Meister lächelte und sagte: „Weil ich Sie heut *gesehen* habe, Fürstin,“ und er verabschiedete sich von der Prinzessin auf der obersten Stufe der Treppe.

Michael hatte eine der Türen zum Vestibül geöffnet. Mit vorgeschobenen Lippen war er einen Augenblick auf der Schwelle stehen geblieben.

„Bist du noch da?“ sagte der Meister und ging an ihm vorbei.

„Ja, noch,“ antwortete Michael.

Der Meister ging hinauf.

Stundenlang kämpfte er mit Frau de Zamikofs Bild, mit dem Gesicht, das er gesehen hatte, als Prinzessin Zamikof die Rubinen betrachtete – mit jenem Ausdruck... Jenem Ausdruck des Begehrens.

Frau de Zamikof fuhr, nachdem sie sich umgekleidet hatte, ins Bois de Boulogne. Als der Wagen gerade beim Triumphbogen abbiegen wollte, ließ sie den Kutscher halten. Sie hatte Herrn Schwitt gesehen und winkte ihm.

Und strahlend, wie jemand, der sehr glücklich ist, oder vielleicht wie jemand, der sich Freunde sichern will – beugte sie sich vor und sagte: „Wie ist das Wetter herrlich. Wollen Sie nicht mitfahren?“

Herr Schwitt stand auf dem Wagentritt und blickte ihr ins Gesicht: „Wenn man nicht mit dem Ritter fahren kann,“ sagte er, „nimmt man mit dem Knappen fürlieb.“

Frau de Zamikof zögerte einen Augenblick, bis sie mit derselben Stimme sagte, während ihre Augen ihn anstrahlten: „Daran hatte ich gar nicht gedacht. Aber Sie haben ganz recht.“

Sie fuhren zusammen weiter und sprachen von allem möglichen.

Plötzlich sagte Frau de Zamikof: „Finden Sie Michael auch so ›unendlich‹ schön? Der Meister treibt ja einen wahren Götzendienst mit ihm.“

Charles Schwitt betrachtete sie etwas von der Seite.

„Ja,“ sagte er, „es ist wohl das schönste Phänomen für einen Maler, das es in Paris gibt.“

Die Prinzessin lachte und sagte dann kurz darauf und langsamer: „Er hat allerdings andere Farben in seinem Gesicht als alle anderen Menschen.“

Sie grüßte den russischen Militär-Attaché, der vorbeiritt, und begann vom Großfürsten Wladimir zu sprechen, der kürzlich nach Paris gekommen war.

Michael ging hastig durch sein weißes Wohnzimmer und zog die persischen Portieren des Rauchzimmers zu. Weiter kam er nicht: gegen den Türpfosten gelehnt, am ganzen Körper zitternd, fing er an zu weinen, schluchzte unaufhaltsam, während er die strömenden Tränen mit der Portiere wie mit einem Tuch abtrocknete.

Dann hob er das Gesicht, das wie von einem Kinderschmerz verheert war.

So war er noch nie von Claude behandelt worden, so noch nie. Und daran war sie schuld – „diese Russin“.

Wie einen Fremden behandelten sie ihn – ja, alle beide – und betrachteten ihn wie eine Art Tier, das kein Wort sagen konnte.

Ja, mit solchen Augen betrachteten Claude und sie ihn.

Er schluchzte wieder und fuhr fort zu schluchzen.

Dann ging er an den kleinen Schreibtisch. Er wollte nach Hause schreiben – nach Prag.

Ja, er wollte schreiben. Er wollte an seine Schwester schreiben. Er hatte ihr so oft Geld geschickt, ohne ein Wort dazu zu schreiben.

Er nahm einen Bogen und schrieb in seiner Muttersprache: „Liebe Schwester,“ bis er wieder weinte und vor sich hinstarrend vor dem blanken, leeren Papier sitzen blieb.

Er dachte an daheim. Er wollte sie sich alle ins Gedächtnis rufen, seine Mutter, und die kleinen Kinder seiner Schwester und alle seine Kameraden...

Aber es war, als könne er sich auf nichts besinnen, und er sah nichts anderes als die Haustür – nur die niedrige, graue Tür mit der Klingel…

Aber vielleicht war Claude über irgend etwas böse. Vielleicht war er unhöflich gegen Prinzessin Zamikof gewesen. Ja, er *war* unhöflich gegen sie gewesen. Er wußte es wohl, aber…

Es war auch zu häßlich gegen ihn, daß sie zu Tisch gegangen waren.

Jetzt aber – und plötzlich lächelte er – jetzt wollte er wieder hingehen und ganz harmlos tun. Oder Claude um Entschuldigung bitten. Ja, das wollte er.

Seine Augen fielen auf das Papier mit einem Blick, als hätte er es vergessen, und er schrieb hastig: „Es geht mir gut und ich grüße Euch alle. Dein Bruder Eugene Michael."

Er legte zwei Scheine bei.

„Lassen Sie den Brief einschreiben," sagte er zu dem Diener, der an der Treppe stand.

Und er ging.

Als er ins Atelier kam, stand der Meister noch vor Frau de Zamikofs Bild.

„Bist du es?" sagte er und wandte den Kopf, während Michaels Gesicht bloß beim Klang von Claude Zorets Stimme aufleuchtete.

„Du sagtest doch, du bekämst Besuch."

„Ja, später," sagte Michael und setzte sich hastig auf seinen Stuhl, wo er zu sitzen pflegte, wenn der Meister arbeitete.

Claude Zoret malte weiter, bis er plötzlich zu Michael hinsah, der seine klaren Augen vom Meister durch den ganzen Raum wandern ließ, als sei es lange her, seit er hier auf seinem eigenen Stuhl gesessen.

„Wie vergnügt du aussiehst," sagte der Meister.

„Ja," antwortete Michael und lächelte.

Es verging eine Weile, während der Meister wieder malte. Dann sagte er, und seine Stimme klang ebenso jung wie Michaels: „Du, jetzt hab ich sie."

„Wirklich?" sagte Michael und war aufgestanden.

„Nein," sagte der Meister, „du sollst es jetzt nicht sehen."

Michael war neben einem Stuhl stehen geblieben, auf dem ein russischer Handschuh lag.

„Ja," sagte der Meister, „den muß sie vergessen haben, ich sah ihn vorhin dort liegen."

Michael hatte den graublauen Handschuh ergriffen und hielt ihn in der Hand.

„Weißt du was," sagte er und lächelte Claude Zoret mit glücklichem Gesicht an, „ich dachte eigentlich, du seiest böse."

„Weshalb sollte ich böse sein?" fragte der Meister.

„Ja," sagte Michael, der noch immer den Handschuh der Fürstin in seiner geschlossenen Hand hielt, und er fing an zu lachen:

„Aber du bist es gar nicht."

„Du bist ein Kind," sagte der Meister.

„Ja."

„Jetzt muß ich aber gehen," sagte er, und langsam öffnete sich seine Hand, während er Frau de Zamikofs Handschuh auf den Stuhl zurückgleiten ließ.

„Grüß deine Gäste," sagte der Meister. „Und amüsiert euch gut."

Michael lief singend die Treppe hinunter.

Der Diener meldete vor der weißen Tür den Herzog von Monthieu, und Michael erhob sich.

„Ich bin wohl der Erste," sagte Herr de Monthieu. „Ich komme gewiß zu früh."

Der Herzog hatte seinen Wagen eine halbe Stunde vor der Zeit bestellt, hatte ihn eine Viertelstunde warten lassen und war dann plötzlich davongefahren.

„Die anderen kommen zu spät,“ sagte Michael, der, sehr schlank, ebenso wie Herr de Monthieu, seinen Nachmittagsanzug wie eine Uniform trug.

Michael fragte, ob viele Leute im Bois de Boulogne gewesen seien, und Herr de Monthieu, der zuerst hatte sagen wollen: „Ich bin nicht dagewesen,“ antwortete: „Ja, viele.“

Und wußte hinterher selbst nicht, warum er nicht die Wahrheit gesagt. Er wandte den Kopf, und indem sein Blick auf die Wand gegenüber der Balkontür fiel, sagte er: „Aber, Michael, wo ist der ›Sieger‹?“

Michael war aufgestanden und lehnte sich gegen den weißen Flügel.

„Ich fand das Licht zu scharf hier unten,“ sagte er. „Ich hab ihn oben aufhängen lassen.“

„Im Atelier?“

Michael antwortete nicht, sondern sagte hastig: „Und dann ist es nicht... ganz angenehm, so in seiner Nacktheit in seinen eigenen Zimmern zu hängen – wenn andere Menschen kommen.“

Herr de Monthieu hatte Michael einen Augenblick angesehen. Aber er fragte nur nach dem Befinden des Meisters, während der Diener Graf Toll meldete, einen Sekretär der Gesandtschaft von Herrn Adelsskjolds Vaterland.

„Er malt Frau de Zamikof,“ sagte Michael mit seiner gewohnten spöttischen Betonung des Namens.

Graf Toll, der klein war, sehr blond und von knabenhafter Statur, griff den Namen Zamikof sofort auf und sagte, er habe sie eben an den Seen mit einem Juden gesehen.

Er nahm in einem Lehnstuhl Platz und begann mit einer Stimme, die seltsam spröde klang, eine Menge Damen aufzuzählen, die er eben gesehen hatte. Er sprach immer von Damen und immer merkwürdig atemlos, als tummele er sich während eines Kotillons zwischen ihren Spitzen.

Graf Toll fuhr fort zu sprechen, während Michael, an den Flügel gelehnt, mit seinem linken Zeigefinger unablässig über seine Augenbraue hin und herstrich. Herr de Monthieu blätterte in einer Luxusausgabe von „Fort comme la Mort“, Michaels Lieblingsbuch.

Plötzlich sagte Graf Toll: „Wissen Sie, Herzog, Sie lieben wie ein Portugiese.“

Michael fing an zu lachen.

„Weshalb das?“ sagte er.

„Ja,“ sagte Graf Toll, während der Herzog das Buch unwillkürlich wie einen Chapeau claque gegen sein Knie stemmte. „Ich habe einmal in einem Buch gelesen, ich glaube, es war von der Fürstin Ratazzi, oder wie heißt sie jetzt? – daß die Portugiesen schweigen und morden.“

Es entstand eine sekundenlange Pause, bevor Herr de Monthieu mit Bezug auf „Fort comme la Mort“ sagte: „Das müssen Sie doch bald auswendig können, Michael.“

Graf Toll sagte, es sei ihm unmöglich, ein Buch zweimal zu lesen. Denn wenn man es kenne, dann kenne man es.

Michael aber sagte: „Doch, ›Stark wie der Tod‹ kann ich immer wieder lesen. Denn das verstehe ich.“

„Wie meinen Sie das, Michael?“

„Ja,“ sagte Michael, „dort gehen die Menschen auseinander, ohne sich zu zanken.“

Graf Toll lachte laut. Michael aber sagte: „Ja, ist es nicht wahr? Wenn die Liebe vorbei ist, dann ist sie vorbei. Und dann gibt's kein Gejammer hinterher.“

„Aber einen Omnibus,“ sagte Graf Toll und lachte.

Herr de Monthieu hatte sich erhoben und starrte in den Garten hinaus.

Graf Toll, dessen behendes Gehirn sich wieder mit dem Namen Zamikof beschäftigte, sagte: „Ah, la Zamikof a bien appris beaucoup de choses.“

Und lachend fuhr er fort: „Mais oui, en parcourant tant de pays elle a bien appris la connaissance de trics.“

Michael hatte den Kopf gewandt und der Herzog drehte sich hastig um: der Diener öffnete Frau Adelsskjold die Tür, die mit Frau Morgenstjerne hereinkam, einer norwegischen Malersfrau, groß wie eine Walküre.

„Ja,“ sagte Frau Adelsskjold, „Adelsskjold malt und kann nicht kommen. Da war Frau Morgenstjerne so liebenswürdig, mich zu begleiten. Denn –“ fügte sie hinzu und lächelte, „Sie wären doch betrübt gewesen, Michael, wenn wir nicht gekommen wären, nicht wahr?“

„Und außerdem,“ sagte Frau Morgenstjerne und lachte, daß man all ihre schönen Zähne sah, „wollte ich so furchtbar gern Ihr Haus sehen.“

Frau Adelsskjold sagte: „Michael wohnt herrlich. Er wird überhaupt furchtbar verzogen. Aber,“ sagte sie, und reichte Herrn de Monthieu die Hand, „das schadet nichts.“

„Wer weiß?“ sagte Frau Morgenstjerne.

„Nein, denn ich glaube,“ sagte Frau Adelsskjold mit verändertem Gesichtsausdruck, „die Menschen gedeihen in der Sonne.“

„Das ist wahr,“ sagte Frau Morgenstjerne und setzte sich breit in einen Stuhl, während der Diener auf einem Tablett Malvasier reichte und sie fortfuhr: „Es ist hinreißend. Das haben die Gartenhäuser in Paris so an sich. Sie liegen so versteckt wie Nester.“

Und man fing allgemein an von Gartenhäusern zu sprechen, von Ateliers, von Seitenstraßen beim Triumphbogen und von Wohnungen.

Graf Toll unterhielt sich mit Frau Morgenstjerne in seiner skandinavischen Muttersprache und Michael machte sie nach, während sie lachten.

„La langue d'Ibsen… n'est-ce pas?“ rief Michael

Und Frau Morgenstjerne, die patriotisch berührt wurde, sagte: „Stimmt. Aber Sie ziehen natürlich Ihren Herrn de Curel vor."

„Es ist gar nicht *mein* Herr de Curel," antwortete Michael, „denn ich bin Tscheche."

Und etwas leiser fügte er hinzu: „Aber auf tschechisch werden nicht so viele Bücher geschrieben."

Es flog ein Engel durchs Zimmer.

Plötzlich aber wollte Michael drei norwegische Worte lernen, drei richtig norwegische Worte.

„Welche drei Worte?" sagte Frau Morgenstjerne, die froh und stattlich ihren weißen Stuhl ausfüllte.

„Ich liebe dich," lachte Graf Toll.

„Ja," sagte Frau Morgenstjerne und nahm noch einen Schluck Malvasier, „das wollen wir ihn lehren: ›jeg elsker dig‹."

Und sie begann mit weit geöffnetem Mund, wobei die prachtvollen Zähne schimmerten, die drei Worte vorzutragen, die Michael nicht nachsprechen konnte, während Herr von Toll lachte und sie mitsprach.

„Jeg," rief Toll.

„Jeg," begann Frau Morgenstjerne wieder.

„Jai," sagte Michael.

„Elsker dig," fuhr Frau Morgenstjerne fort.

Aber Michael stolperte über „elsker" und Toll wiederholte: „Elsker dig... zum Kuckuck."

„Elskar dai."

Frau Adelsskjold hatte sich dem Flügel genähert, wo Herr de Monthieu Guy de Maupassants Roman hingelegt hatte.

„Sie waren ein Freund von Guy de Maupassant, nicht wahr?" sagte sie zu Herrn de Monthieu.

„Ich glaube wohl, daß ich mich so nennen darf, aber ich war ja so viel jünger als er."

„Wie war er eigentlich, ich meine als Mensch?" fragte Frau Adelsskjold leise, während hinter ihnen die andern noch immer lachten.

„Jeg elsker dig" rief Frau Morgenstjerne noch einmal.

Herr de Monthieu erzählte von seinem verstorbenen Freund und sprach gedämpft, ebenso wie Frau Adelsskjold, bis er schließlich sagte: „Er war das stolzeste Gemüt, das ich gekannt habe."

Sie schwiegen einen Augenblick, bis Frau Adelsskjold sagte: „Wie treu Sie Ihre Freunde lieben."

Und sie schwiegen wieder eine Weile, bis Frau Adelsskjold sich umwandte.

„Was macht ihr eigentlich für einen Spektakel?"

Frau Morgenstjerne lachte aus vollem Halse: „Er will lernen: ›Jeg elsker dig‹ zu sagen... Aber," und sie hob beide Arme, daß die Armbänder klirrten, „er lernt es nie."

„Nein," sagte Toll, der den Unterricht aufgab.

„Ich hab es von Alexander gelernt," sagte Frau Adelsskjold lachend, und sie sagte auf schwedisch, mühsam und mit starkem Akzent: „Passen Sie auf, Michael: ›Jeg elsker dig‹"

Aber Graf Toll und Frau Morgenstjerne schüttelten sich vor Lachen über ihre Aussprache.

Plötzlich wurde Frau Morgenstjerne der Sache müde und sie begann wieder von den Zimmern zu sprechen und nach allem zu fragen, was *dies* sei und wo Michael *jenes* her habe.

„Das ist eine wunderbare Uhr," sagte sie und blieb vor dem Kamin stehen, auf dem eine Empireuhr, in Weiß und Gold, stand.

„Ja, die hat Joseph Bonaparte gehört. Der Meister hat sie von der Prinzessin Mathilde bekommen."

„Alles bekommt er vom Meister,“ sagte Frau Morgenstjerne mit hochgehobenen Armen.

Herr de Monthieu aber bewunderte die goldene Statuette der Uhr, einen Amor, der eine Fackel entzündet.

„Ja,“ sagte Toll, „die Bonapartes haben es verstanden, die Fackeln in Brand zu halten – und zwar in jeder Beziehung.“

Frau Morgenstjerne war vor dem Flügel stehen geblieben und zeigte auf einige Orchideen, die in einer graublauen, dänischen Vase auf dem Deckel des Instrumentes standen.

„Lieber Freund,“ sagte sie zu Michael, „die sind aus dem Laden neben der Oper.“

Alle betrachteten die Blumen, die fast dieselbe Farbe hatten wie die Vase, und Frau Adelsskjold streifte die Kante ihres russischen Handschuhs zurück und hielt sie gegen die Orchideen.

„Sehen Sie nur,“ sagte sie, „wie genau sie in der Farbe passen.“

„Ja,“ sagte Michael hastig und umfaßte das Bukett mit festem Griff, „wie sonderbar.“

Und er blieb in Gedanken versunken stehen und lächelte auf das Bukett herab, während die anderen von einer Rosenausstellung sprachen, die die Aristokratie in Versailles veranstaltet hatte.

Es war, als müsse der Diener Michael beinahe wecken, als er ihm einen Bescheid zuflüsterte, und Michael sagte: „Herr Ducal kommt. Ich habe ihn gebeten, heut nachmittag etwas zu singen.“

„Den werden wir hören?“ sagte Frau Morgenstjerne, „Sie sind großartig.“

„Sie haben ihn ja noch nie gehört,“ sagte Michael zu Frau Adelsskjold gewandt, während Herr von Toll in die Hände klatschte.

Der Sänger trat herein, und Michael reichte ihm die Hand, ohne ihn vorzustellen, während die anderen unwillkürlich und weniger als eine Sekunde den Fremden von seiner Stiefelspitze bis hinauf zu seinem englisch frisierten Haar musterten.

Sie sprachen weiter, während Herr Ducal in einem Sessel Platz nahm und seine Laute zu stimmen begann – etwas reichlich lange.

„Wollen wir uns nicht setzen," sagte Michael.

Und man gruppierte sich um den Sänger herum, der noch immer seine blitzenden Saiten stimmte. Nur Frau Adelsskjold saß in der Tür zum Rauchzimmer, wo die silberdurchwirkten Portieren sie halb verbargen. Frau Morgenstjerne, die sich dicht vor Herrn Ducal plaziert hatte, sagte in ihrer Muttersprache zu Graf von Toll: „Wissen Sie, es ist famos, ihm so nahe zu sein. Da kann man seinen Fingersatz mal ordentlich verfolgen."

Herr Ducal sprach – mit etwas zu langen Pausen – ein paar Augenblicke über die Melodien der alten Lieder, bis er mit gedämpfter Stimme zu singen begann, während Herr de Monthieu ein paar Schritte durch das Zimmer machte und neben dem weißen Kamin stehen blieb.

Der Sänger sang mit gebeugtem Kopf, so daß man nur die blanken Augen sah:

A l'ombre d'un ormeau
Filait du lin tranquillement
Son berger la trouvant seulette
S'en vient lui dire tendrement:
„Brunette, mes Amours,
Languirai-je toujours?"

Herr de Monthieu stützte seinen Arm auf die Platte des Kamins. Die langen Wimpern an den gesenkten Lidern lagen wie ein Schatten auf seiner schmalen Wange.

Le berger, de si bonne grâce,
Contait son amoureux tourment;
Qu'un jeune cœur, fût-il de glace,
Se fût rendu dans le moment.
Chacun doit à son tour
Un tribut à l'Amour.

Frau Morgenstjerne lachte ein leises Lachen, das fast im Takt der Musik klang, während Graf Toll mit weit von sich gestreckten Beinen dasaß und die Lippen spitzte, als flöte er unhörbar mit. Herr de Monthieu hatte seine Augen aufgeschlagen.

Michael aber holte seine Laute aus einer Ecke, und indem er sich auf den Flügel schwang, neben die dänische Vase, stimmte er leuchtenden Auges mit ein:

Lisette sentant sa défaite,
Peut-être ne l'eut jamais dit,
Sans que la tendre Lisette
Fit un soupir qui la trahit,
Chacun doit à son tour
Un tribut à l'Amour.

Michaels Stimme übertönte die von Herrn Ducal. Spielend flogen seine Finger über die Laute, während ein strahlendes Grübchen sich in seinem Kinn zeigte und er fortfuhr:

Ils étoient seuls dans ce boccage,
On ne sait ce qui s'y passa.

Herr Ducal hörte plötzlich auf zu singen, während Michael, das schwarze Haar zurückgeworfen, weiter über der weißen Laute jubelte:

Mais Thircis eût été peu sage
S'il en étoit demeuré - là:
Chacun doit à son tour
Un tribut à l'Amour.

Herr Ducal schlug, als Zeichen seines Beifalls, die Knöchel gegen die Rückseite seiner Laute und Frau Morgenstjerne rief gleichzeitig mit Graf Toll: „Bis, bis, Michael. Bis, bis,“

„So müßte er gemalt werden,“ sagte Toll und verschlang Michael mit den Augen, von männlicher Bewunderung für eine andere wahre Männlichkeit ergriffen.

Michael aber sang noch einmal, mit fast verwegenem Jubel, hoch oben auf seinem Flügel – während Herrn de Monthieus Lippen leise bebten:

> Mais Thircis eût été peu sage
> S'il en étoit demeuré - là:
> Chacun doit à son tour
> Un tribut à l'Amour.

„Aber Sie sind ja ein Künstler, Michael," rief Frau Morgenstjerne, und Toll stimmte bei: „Freilich ist er ein Künstler."

„Man ist eben Tscheche," antwortete Michael und schleuderte die Laute von sich, die klirrend auf den Teppich fiel.

Aber plötzlich fiel sein Blick auf Frau Adelsskjold, die ihr Gesicht ganz hinter den Falten der Portiere verborgen hatte.

„Aber Ihnen, Prinzessin Rohan," sagte er und durch das Wort „Prinzessin" klang ein eigenartiger Ton, fast wie eine Fanfare: „Ihnen paßt es nicht, daß ich nicht die Nation repräsentiere."

Alle lachten, während er vom Flügel sprang.

„Jetzt Sie, Herr Ducal," sagte er und blieb lachend neben dem Flügel stehen.

Herrn Ducals Laute erklang von neuem, und seine Augen, die einen Ruhepunkt während des Vortrages zu suchen schienen, hefteten sich auf die Spitzenkante von Frau Adelsskjolds Kleid.

„Das Lied von der Königstochter," sagte er, ohne das Gesicht zu erheben.

Und er sang die Klage der Königstochter:

> Las! il n'a nul mal,
> Qui n'a le mal d'amour!
> La fille du Roy
> Est an pied de la tour.

Einen Augenblick hörte man nur die Laute.

Niemand hatte sich gerührt. Michael stand noch immer am Flügel neben den grauen Orchideen. Frau Adelsskjold hatte ihr Gesicht versteckt, während Herr de Monthieu unablässig ihre gefalteten Hände betrachtete.

Der Sänger fuhr fort mit verschleierter Stimme zu singen:

> Qui pleure et soupire
> Et mêne grand doulour.
> Il n'a nul mal
> Qui n'a le mal d'amour.

Frau Adelsskjold hatte ein Prachtwerk zu sich herangezogen und legte es in ihren Schoß, während sie langsam die schweren Blätter umwendete – vielleicht ohne etwas zu sehen.

Die Hand des Sängers glitt sanft über die Laute hin, so daß die Saiten fast unhörbar klangen:

> Las! il n'a nul mal
> Qui n'a le mal d'amour.
> Le bon Roy lui dit:
> „Ma fille...

Frau Adelsskjold hatte den Kopf über das Buch gebeugt.

Ja, jetzt sah sie es, es war das Wappenbuch des französischen Adels. Das war das Schild der Rochefoucaults. Und hier das der Montesquieus. Wie lange war es her, seit sie alle diese alten Wappenembleme gesehen hatte. Sie meinte fast, seit ihrer Kindheit nicht. Da hatte ihr Vater sie ihr immer gezeigt und ihr die Wahlsprüche der einzelnen erklärt.

> Voulez Vous un mari?“
> ›Hélas! oui, mon Seignour.‹
> Las! il n'a nul mal
> Qui n'a le mal d'amour.

Hier war das Wappen der Monthieus mit dem eisernen Schwert durch das flammende Herz. Und darunter das Silberband mit ihrem Wahlspruch. Da stand es: „Gib alles und verrate niemand“...

„Gib alles... und verrate niemand“...

Der Gesang verstummte und es wurde still im Zimmer. Aber Michael sagte zu Herrn Ducal: „Singen Sie das bitte noch einmal.“ Und während der Sänger sich von neuem über die Laute beugte, setzte Michael sich still an den Flügel, und einer Antwort gleich begleitete er den Gesang leise mit einigen dumpfen Akkorden:

> Las! il n'a nul mal,
> Qui n'a le mal d'amour,
> La fille du Roy
> Est au pied de la tour.

Die Akkorde erklangen, als stiegen sie aus der Tiefe des Sanges und der Melodie hervor, während Frau Adelsskjold langsam das Blatt mit dem Wappenzeichen wandte, wobei ihre Hand, wie Herr de Monthieu sah, leise bebte:

> Qui pleure et soupire
> Et mêne grand doulour.
> Las! il n'a nul mal
> Qui n'a le mal d'Amour.

Der Gesang war zu Ende.

Als Herr Ducal sich zum Abschied verbeugte, neigten alle die Köpfe. Aber Michael vergaß aufzustehen. Er blieb mit aufwärts gewandten Blicken am Flügel sitzen, als betrachte er ein unsichtbares Bild. Alle schwiegen, bis Frau Morgenstjerne, die mit vorgeneigtem Kopf, die Hände im Schoß gefaltet, dagesessen hatte, ausrief: „Es ist komisch, aber wenn ich Musik höre, ist mir immer, als wäre die Luft mit Geheimnissen erfüllt.“

Niemand antwortete ihr, alle saßen unbeweglich, bis Toll in seiner Muttersprache mit seiner drolligen Kindertrompetenstimme sagte: „Ja, es ist merkwürdig, wenn man Musik hört, meint man so viele Dinge zu sehen."

„Was sehen Sie denn?" sagte Frau Morgenstjerne, die in Lachen ausbrach.

„Ja, das ist das Merkwürdige dabei," sagte Herr von Toll, „man weiß es nicht."

Michael fragte: „Was sagt er?"

Frau Morgenstjerne sagte, noch immer lachend: „Er sagt, wir wollen Ihr Haus besehen, da ich nun einmal hier bin."

Alle brachen auf, während Frau Adelsskjold, die schon einige Schritte gemacht hatte, plötzlich stehen blieb und sagte: „Ich bleibe hier, Michael. Ich habe Ihre Herrlichkeiten ja schon früher gesehen."

Herr de Monthieu zögerte eine Sekunde auf den Stufen der Wendeltreppe. Dann folgte er den andern, die zum Atelier hinaufstiegen.

Frau Morgenstjerne blieb in der türbreiten Öffnung stehen, die die Tür des Ateliers war.

„Nein," rief sie und sie sprach Norwegisch, „du meine Güte, wie ist es hier schön!"

In einer Minute hatten ihre Augen den ganzen Raum überflogen. Den alten Kardinalstuhl unter dem Baldachin und die Bronzeabgüsse von Rodin auf abgeschlagenen, goldenen Kapitälen und die Seidenvorhänge der Wände, deren starke Farben eines Araberzeltes nicht unwürdig gewesen wären, und die Kissen mit Goldstickerei, die überall umher lagen.

„Du meine Güte," rief sie wieder: „Mensch, was malen Sie hier?"

Und sie ging umher, wie jemand, der gewohnt ist, sich zwischen Bildern und Staffeleien und Farbenklecksen zu bewegen, während sie Skizzen von der Wand herunternahm und in den Studien wühlte.

„Nein, nein," sagte Michael und riß ihr eine Studie aus der Hand: „Ich male nichts, was das Ansehen lohnt."

„Dann sollten Sie sich schämen,“ sagte Frau Morgenstjerne und setzte sich auf einen Stuhl, „so himmlisch schön, wie es hier ist.“

Michael fing an, von den Kissen zu erzählen. Er hielt sie mit beiden Händen hoch und sprach rasch, fast wie ein Knabe, der sein Spielzeug erklärt: sie seien ein Geschenk des Schahs, das der Meister nicht haben wollte: „Ich will von diesem persischen Rundkopf nichts in meinem Hause haben,“ hätte der Meister gesagt, erzählte Michael…

„Dieser Schal aber ist das Schönste von allem,“ sagte er und zeigte auf eine Seidendraperie an der Wand.

Frau Morgenstjerne, die Kennerin war, mußte hin und ihn befühlen.

Michael aber sagte: „Am schönsten ist es hier abends, wenn Licht angezündet ist.“

„Aber jetzt, Kinder,“ sagte er und reckte die Arme, „will ich ein Fest geben. Was meinen Sie, Frau Morgenstjerne? Ein Fest mit Hunderten von Menschen durch das ganze Haus. Wir engagieren ein spanisches Orchester, das vom ›Grand Café‹. Sie sind ganz in Gelb gekleidet. Diese Spanier, Monthieu, hängen sich Farben auf, daß einem die Augen weh tun.

Und dann tanzen wir hier oben und unten essen wir.

Oh, es ist Platz genug, massenhaft Platz.“

Michael fuhr fort zu reden, strahlend über das weiße Gesicht, während Frau Morgenstjerne und Graf Toll mit einstimmten, von seiner Freude angesteckt:

„Hier müßten Blumen hergestellt und dort Lampen aufgehängt werden…“

„Aber,“ sagte Michael plötzlich, „das Orchester soll nicht spanisch sein. Russen wollen wir haben, denn die, die spielen am besten.“

Er lachte mit seinem strahlenden Gesicht.

„Und dann,“ sagte er, „sind sie mit mir verwandt.“

Frau Morgenstjerne lachte.

Michael aber sagte: „Ja, denn ich bin Tscheche... und Russen und Tschechen sind miteinander verwandt."

Er schwieg einen Augenblick, bevor er in seltsamem Übergang und mit ganz anderer Stimme sagte: „Aber ich kenne ja eigentlich gar keine Menschen."

„Was?" rief Frau Morgenstjerne, „Sie kennen doch Hunderte."

„Nein," antwortete Michael, „ich kenne niemanden. Claude kennt sie."

Es wurde einen Augenblick still, bis Graf Toll sagte, unwillkürlich in einem Ton, als sei es jetzt begraben: „Ja, es würde großartig werden."

Herr de Monthieu, der nicht gesprochen hatte, stand vor dem „Florentiner", der sich auf seinem Sockel erhob und sein stummes Lied in den Raum hinaus sang.

Frau Morgenstjerne hatte wieder angefangen, das Atelier zu durchwandern, als sie plötzlich vor einer Staffelei stehen blieb: „Das ist gut," sagte sie und trat einige Schritte von dem Bild zurück, auf dem sie eine weibliche Brust sah, einen Hals und ein Gesicht, das halb verwischt war.

Herr de Monthieu hatte sich umgewendet.

„Herzog, diese Linien sind gut," sagte Frau Morgenstjerne und führte ihre Hand durch die Luft.

„Ja," sagte Herr de Monthieu impulsiv.

Michael hatte in seiner Rede innegehalten, aber auch Herr von Toll war vor die Staffelei getreten.

„Ja," sagte er, „das ist brillant – ganz genau Prinzessin Zamikofs Hals."

Michael machte zwei Schritte, als wolle er auch mit sehen, und Herr de Monthieu hatte sich abgewandt.

Frau Morgenstjerne aber stand noch immer vor der Studie und kritisierte sie als solche: „Ja," sagte sie wieder, „diese Linie ist prachtvoll. Und dann sagen sie, daß er kein Talent hat."

„Wer sagt das?" fragte Michael, der, verwirrt, die Gelegenheit ergriff, um zu lachen.

„Unsinn," sagte Frau Morgenstjerne, und sie wandte sich um und fragte: „Gibt's noch mehr zu sehen?"

„Ja," sagte Michael kurz und führte sie über den Korridor in sein Schlafzimmer.

„*Hier* haben Sie den ›Sieger‹ hingehängt?" rief Frau Morgenstjerne und blieb in der Tür stehen: „Das ist auch eine Idee."

Graf Toll aber sagte halblaut: „Das ist wohl wegen der bequemen Vergleichung."

Der Herzog war die Wendeltreppe hinuntergestiegen.

Frau Adelsskjold war vom Wohnzimmer auf den Balkon hinausgetreten. Die Hände auf das Geländer gestützt, schaute sie über den kleinen Garten hin.

Herr de Monthieu ging langsam durch das Zimmer und blieb in der Balkontür stehen. Wie Trauben so dicht hingen die gelben Rosen längs der Gartenmauer, und die beiden Veilchenbeete breiteten sich wie ein dunkelblaues Tuch über den Boden. Von oben, aus dem geöffneten Fenster, klangen die Stimmen der andern – am lautesten die Michaels – in jungem, glücklichem Geplauder.

Herr de Monthieu starrte in den Garten hinaus und sagte plötzlich: „Armer Michael."

Frau Adelsskjold wandte den Kopf, als hätte sie ihn nicht verstanden. Aber kurz darauf sagte sie, während sie die Palmengruppe betrachtete, die ihre Blätter in dem eingeschlossenen Garten wie in einem Treibhaus erhob: „Ja, der arme Michael."

Sie schwiegen einen Augenblick, bis Frau Adelsskjold sagte, als setze sie einen Gedanken fort: „Aber das Haus ist schön."

„Ja. Mir ist es von jeher lieb gewesen."

Herr de Monthieu war an das Geländer herangetreten.

„Wir haben zu Hause in der Normandie ein Gartenhaus, daran erinnert mich dies so sehr."

Frau Adelsskjold strich mit der Hand über das Geländer des Balkons und sah fortwährend auf den hellen Garten hinaus: „Wie Sie Ihre Normandie lieben!" sagte sie.

Sie standen schweigend da, bis Herr de Monthieu sagte, und es wurde ihm schwer, die Worte herauszubringen: „Kommen... Sie und Ihr Mann wirklich dies Jahr hin?"

Der Lärm des fernen Kais mischte sich wie ein stilles Brausen in ihre Worte.

„Jedenfalls fern von Ihren Eichen," erklang Frau Adelsskjolds Stimme, „die Normandie ist groß."

Herr de Monthieu schwieg eine Sekunde: „Die Welt ist größer," sagte er dann, und es war, als flögen seine atemlosen Worte wie ein schneller Pfeil gegen eine Rüstung: „Und doch sind wir uns begegnet."

Frau Adelsskjold erblaßte, und sie öffnete die Lippen zu Worten, die sie nicht fand, während Herr de Monthieu, dessen Stimme klang, als dringe sie durch ein unhörbares Schluchzen, sagte: „Aber verstehen Sie denn nicht, begreifen Sie denn nicht? Sehen Sie denn überhaupt nichts?"

Frau Adelsskjold hörte Frau Morgenstjerne hinter sich sprechen und sie sprach selbst und sie hörte Michaels Stimme. Aber sie *sah* nur den Diener, der, sich verneigend, ihren Wagen meldete.

Frau Morgenstjerne redete im Wagen unaufhörlich.

Plötzlich sagte sie: „Wie war der Herzog bleich."

„Ja," sagte Frau Adelsskjold und sah plötzlich Herrn de Monthieu vor sich, wie er sich zum Abschied verneigt hatte, und doch war es ihr, als hätte sie ihn gar nicht gesehen dabei.

Frau Morgenstjerne aber plauderte weiter, bis sie sagte: „Es ist trotzdem schade um ihn."

„Um wen?"

„Um den jungen Menschen," sagte Frau Morgenstjerne: „Denn wissen Sie, er ist und bleibt doch nur ein Modell, das in einen Käfig gesetzt ist – und dazu ist er viel zu gut. Denn er ist ein ganz prächtiger Mensch und Talent hat er auch. Und was hat er in dreihundert Jahren davon, daß er in den Museen hängt, mit ›Claude Zoret‹ unterzeichnet."

Frau Adelsskjold saß einen Augenblick still. Dann sagte sie: „Vielleicht macht er sich frei."

Und sie hielt so plötzlich inne, daß Frau Morgenstjerne sich im Wagen umwandte.

Michael lag im Schlafzimmer, wo die dunkelroten Stores vorgezogen waren, auf seinem Bett ausgestreckt und starrte zur Decke hinauf, deren Weiße wie von einem seltsamen, dunklen Feuer beleuchtet glühte.

Der Meister kam aus seinem Badezimmer. Aber das Bad hatte ihm nicht geholfen. Seine Augen waren so müde, als wären sie durch zu langes Lesen überanstrengt.

Prinzessin Zamikof sollte ihm heut zum letztenmal sitzen.

Und doch – und doch.

Es *war* nicht ihr Gesicht und es würde ihm nie gelingen.

Er ging in sein Atelier hinauf und wanderte rastlos auf und ab, die Hände vor sich in einer seltsamen Stellung, als faßten sie um einen Pfluggriff.

Er konnte es also nicht. Er konnte es also nicht.

Seine Unterlippe sank schlaff herab und gab ihm plötzlich ein greisenhaftes Aussehen, was er selbst merkte, und hastig veränderte er seinen eigenen Ausdruck.

Und das Bild sollte gemalt werden, *sollte* gemalt werden und seinen Namen tragen.

Ach, wenn ein Mensch wüßte, wie müde er war und wie gern er seinem eigenen Namen davongelaufen wäre.

Seinem Namen... und seinem Ruhm.

Der Ausdruck seines Gesichts hatte sich verändert und zeigte nur einen erbitterten Hohn.

Sein Ruhm und sein Name: Claude Zoret. Elf Buchstaben. Ein Name. Der Eisenpanzer seines Lebens. Ein Gürtel, der sein Herz beengte.

„Was gibt's?“ er wandte sich um.

Der Majordomus hatte die Portiere zurückgeschlagen.

„Fürstin Zamikof.“

„Ich lasse bitten.“

„Sie bereiten mir schlaflose Nächte,“ sagte der Meister laut zu Frau de Zamikof, die eintrat.

„Ganz wider meinen Willen,“ antwortete Frau de Zamikof und wandte ihm ihr sanftes Gesicht zu.

Und kurz darauf fügte sie hinzu: „Und heut ist ja außerdem alles vorbei.“

„Ja,“ antwortete der Meister.

Sein rechtes Augenlid fiel durch die Anstrengung des Sehens halb zu, während er ruhig vor dem Bilde auf und ab schritt.

Nein, es waren nicht ihre Augen.

Die Adern an seiner Stirn schwollen an, während er weiter arbeitete.

„Erzählen Sie mir etwas,“ sagte er.

Frau de Zamikof sah lächelnd zu ihm auf.

„Was soll ich Ihnen erzählen?“ fragte sie. „Habe ich nicht schon oft gesagt, Sie hören ja doch nicht zu.“

Der Meister antwortete: „Und habe ich Ihnen dann nicht erwidert, daß ich *Sie sehe*, wenn Sie sprechen?“

Sie begann vom Rennen zu erzählen, wo sie Herrn Michael gesehen hatte.

„Ja,“ sagte der Meister. „Der läuft in der letzten Zeit herum, als hätte er Quecksilber im Leibe.“

Und er fragte nach einer Neuigkeit aus Rußland und veranlaßte sie auf diese Weise, von ihrem ungeheuren Vaterland zu sprechen, als habe er die unbewußte Hoffnung, daß ihr Bild aus ihren Worten hervorwachsen würde – aus dem Boden der Heimat.

Frau de Zamikof begann, im Zusammenhang mit dem Rennen, von den Ritten daheim auf den großen Gütern zu erzählen, von den Ritten über Felder und über Stock und Stein; und sie erzählte von einem Jahrmarkt, zu dem sie in einer ganzen Kohorte geritten wären, einem jener russischen Jahrmärkte mit Tausenden von Baracken und schmutzigem Geld und bunten Farben und Zwiebelgestank und Staub.

Und der Meister setzte sich auf einen Stuhl, plötzlich vergnügt, ein letztes Mal hoffend, daß er ihr Gesicht fassen würde – bis er wieder aufstand und von neuem zu arbeiten begann.

Michael kam herein, von der Prinzessin flüchtig begrüßt, und setzte sich in eine Ecke. Das weiße Gesicht stützte er in die Hände, während er – mit einem Blick, den vielleicht seine Augen noch nie gehabt hatten – unablässig Frau de Zamikofs Büste betrachtete, ohne seine Augen höher zu erheben.

Niemand sprach, während der Meister unermüdlich mit niedergezogenen Brauen arbeitete, mit herabhängender Unterlippe, wie vorhin, als er allein war – in einer ohnmächtigen Erschlaffung, die Frau de Zamikof bemerkte. Und plötzlich empfand sie jenes unwillkürliche

Unbehagen der Jugend dem Alternden gegenüber – einem Alternden, dem sie in Gedanken vielleicht sehr nah gekommen war.

Der Meister wandte sich mit einem Ruck um.

„Nein," sagte er, „es will nicht."

Und indem er mit der rechten Hand die Staffelei drehte, sagte er: „Komm her, Michael.

Ist es ähnlich?"

Michael war aufgestanden. Eine halbe Minute vielleicht stand er vor dem Bild, ohne ein Wort zu sagen, während der Meister sein Gesicht beobachtete.

„Nein," sagte Claude Zoret, „du hast recht. Es ist verfehlt."

Und plötzlich wieder hoch aufgerichtet, halb ironisch, mit der Geste eines Riesen, der seinem Pflegesohn sein Schwert reicht, sagte er: „Versuch du es."

Michael zögerte eine Sekunde, während das weiße Gesicht noch weißer wurde.

Dann faßte er mit *einem* Griff Palette und Pinsel, und wie ein Tier am ganzen Körper zitternd, nur Arm und Hand sicher, änderte er mit vier Strichen, mit fünf Strichen, die Augen des Porträts – und trat zurück.

„Ja," rief der Meister und seine Augen leuchteten. „Das ist sie."

Frau de Zamikof hatte sich erhoben, während sie Michael mit einem einzigen Blick umflammte.

„Ja," rief der Meister, stramm dastehend, während er lachte. „Ich habe es ja immer gesagt, Michael hat mehr von Claude Zorets Bildern gemalt, als die Welt ahnt."

Der Meister blieb vor dem Bild stehen und betrachtete es mit einem neuen Ausdruck in den leuchtenden Augen.

„Ja," sagte er und lächelte seltsam, „das errät nur die Jugend."

Die Fürstin wollte sehen. Aber der Meister hielt sie zurück. „Noch nicht," sagte er. „In acht Tagen können Sie Ihr Porträt holen lassen."

Und als beende er eine Audienz, sagte er: „Adieu, Madame."

Frau de Zamikof ging.

Michael begleitete sie nicht. Noch immer zitternd, stand er gegen das Postament gelehnt, das den weißen Torso trug.

Der Meister ging auf und ab, die Pfeife im Mund, als Herr Schwitt hereinkam.

„Charles," rief der Meister, „ich bin fertig mit der Mänade."

Und indem er die Staffelei zurechtstellte, sagte er: „Michael hat ihr Augen gegeben."

Charles Schwitt war vor das Bild getreten, das er lange betrachtete.

„Aber du hast sie gemalt," sagte er mit seltsam leiser oder heiserer Stimme.

Es war am Tage, nachdem die Fürstin Zamikof ihr Bild erhalten hatte.

Der Meister arbeitete, während Michael las.

Der Majordomus teilte die Portiere und meldete: „Fürstin Zamikof."

„Was will sie?" rief der Meister, während Michael den Baudelaire mit einem Ruck zuschlug. „Führen Sie sie herein."

Die Fürstin war bereits einige Schritte näher gekommen.

„Guten Morgen," sagte der Meister.

Frau de Zamikof neigte den Kopf, so daß das Licht des Ateliers wie eine Glorie über dem aschblonden Haar lag.

„Ich komme," sagte sie und lächelte, „um Ihnen zu danken. Das hatten Sie mir erlaubt."

„Und," sagte der Meister und sprach mit ihr, die er gemalt hatte, wie mit einem Menschen, den er kaum je gesehen, „um nach dem Preis zu fragen."

Die Fürstin war stehen geblieben, mit starrer Miene, und Michael hatte sich erhoben, während jede Fiber in seinem Gesicht bebte.

„Es gibt keinen Preis," sagte der Meister. „Ich bin kein Porträtmaler. Und ein Geschenk von mir kann Sie nicht beleidigen."

Die Stimme des Meisters war gutmütig geworden, und er bat sie, Platz zu nehmen.

Frau de Zamikof dankte nicht. Während einiger Sekunden blieb noch dasselbe Starren in ihrem Blick (ein Starren wie auf etwas, das plötzlich zertrümmert ward) und sie sprach von Wind und Wetter, bis sie sich erhob.

„Adieu, Meister," sagte sie und schlug plötzlich die Augen zu Michaels bebendem Gesicht auf.

„Adieu, Herr Michael," sagte sie und umschlang ihn wieder mit ihrem Blick.

Der Meister reichte ihr zum Abschied die Hand.

„Michael," sagte er, „begleite die Fürstin hinaus."

Keiner von ihnen sprach, während sie die goldene Treppe hinabstiegen. Sie hörten nur das Plätschern der Springbrunnen. Michael zitterte, daß ihm die Zähne zusammenschlugen.

Das Vestibül war leer.

Die Hand, mit der Michael ihren Mantel nahm, war eiskalt. Seine Lippen schoben sich in einem Bogen nach aufwärts. Dann legte er den Mantel um sie, wobei er ihr sehr nahe trat. Und plötzlich, während es war, als sei ihre Kleidung mit ihrem Körper eins geworden und empfände wie dieser, sagte sie: „Woher wußtest du, daß es mein Gesicht war?"

Und sie begegneten sich in einem Kuß so fest, als wollten ihre Lippen und ihr Atem sich nie mehr trennen.

Der Meister war bereits auf dem Wege ins Eßzimmer, als Michael angestürzt kam und fast atemlos rief: „Entschuldige, daß ich so spät komme, aber ich komme direkt aus dem Bade."

„So spät?“ sagte der Meister.

„Ja, ich habe erst mit Monthieu gefochten.“

Sie setzten sich und fingen an zu essen. Der Meister aß langsam, wie jemand, der gut verdauen will, während Michael das Essen mit gierigem Appetit hinunterschlang und mit vollem Munde erzählte: Von Frau Adelsskjold, die er eben in ihrem Wagen gesehen hatte: „Wie sah sie elend aus,“ sagte er, „sie ist ganz mager geworden.“

Und von Versailles erzählte er.

„Bist du wieder dagewesen?“ fragte der Meister.

„Ja, ich male draußen,“ sagte Michael, „deshalb bin ich gestern nicht gekommen. Es wurde so spät und das Schloß war so schön.“

„Ja,“ sagte der Meister, „das Gebäude ist nur des Nachts schön.“

Michaels Augen funkelten und wurden veilchenfarben in ihrem Glanz: „Ja,“ sagte er und seine Stimme wurde eine andere, „es ist schön dort des Nachts.“

Und mit veränderter Stimme fuhr er fort: „Ich hab im Hotel Vatel zu Mittag gegessen... dem Theater gegenüber. Kennst du es nicht?“

„Ich habe mit Schwitt dort gegessen,“ sagte der Meister und lachte, „ich glaube, es ist eins seiner Verstecke. Er hat seine Nester überall hier in der Umgegend.“

Und Michael erzählte wie jemand, der erzählen *muß*, von dem kleinen Vorgarten bei Vatel und von dem Springbrunnen, vom Garten mit dem wahren Meer von Reseden; und von dem Restaurant, dem ganz stillen Restaurant: „Es ist so abgeschlossen,“ sagte er, „als wäre man in seinen eigenen vier Wänden, so herrlich.“

„Übrigens,“ fuhr er fort, „müßte man immer so klug sein, in englischen Hotels abzusteigen.“

„Wann bist du nach Haus gekommen?“ fragte der Meister, der beständig lächeln mußte, wenn Michael in diesem überlegenen Ton sprach, der an sein rasches Emporkommen aus dem Prager Gäßchen erinnerte.

„Ja," sagte Michael, der plötzlich etwas verwirrt wurde, „ich bin ja über Nacht dageblieben."

Der Majordomus meldete Herrn de Monthieu. Der Herzog bäte Herrn Claude Zoret adieu sagen zu dürfen.

„Will er denn verreisen?" wandte der Meister sich an Michael.

Michael war schon von seinem Stuhl aufgestanden, während er sehr rasch sagte: „Ich werde ihn empfangen. Ja, ich hatte vergessen, es dir zu erzählen."

„Nein," sagte der Meister, „laß den Herzog nur hereinkommen."

Herr de Monthieu stand schon in der Tür, und der Meister sagte: „Sie wollen verreisen, Monthieu? Und Michael hat kein Wort davon gesagt, obgleich er eben mit Ihnen gefochten hat."

Herr de Monthieu sah eine Sekunde zu Michael hinüber. Der Meister fuhr fort: „Setzen Sie sich, Verehrtester. Etwas Frucht kann man immer essen, auch wenn man nicht hungrig ist."

Michael, der blutrot geworden war, fing wieder an zu essen, während der Meister sagte: „Wo geht die Reise denn hin?"

„Ich reise nach Hause – in die Normandie," antwortete Herr de Monthieu.

„So plötzlich," sagte der Meister.

Herr de Monthieu sagte, über sein Glas gebeugt: „Es ist gar nicht so plötzlich. Es ist schon seit acht Tagen bestimmt."

„Was?" platzte Michael heraus, der mit einem Ruck den Kopf hob: er war zuletzt vor drei Tagen bei Adelsskjolds mit Herrn de Monthieu zusammen gewesen, und da war von einer Reise gar keine Rede.

Etwas hastig sagte Herr de Monthieu: „Und wohin gedenken Sie diesen Sommer zu reisen, Meister?"

„Ich weiß nicht. Jetzt arbeite ich ja am ›Cäsar‹. Und Michael macht Studien in Versailles. Er ist den ganzen Tag dort, so fleißig ist er geworden.“

Herr de Monthieu warf einen blitzschnellen Blick zu Michael hinüber, der unausgesetzt aß – unter der Haut brannten zwei hellrote Flecken auf seinen Backen – während Claude Zoret, dessen ganze Freude es war, Michael essen zu sehen, sagte: „Sehen Sie, Monthieu, wie Michael ißt, er ißt wie ein Raubtier.

Aber,“ fuhr er fort, „wir werden Sie vermissen, Herzog. Die langen Jahrhunderte schaffen leider meistens nur Taugenichtse. Aber einmal, Monthieu, taucht auch ein Mensch auf, und dann ist er ausgezeichnet... Wann reisen Sie?“

Herr de Monthieu, dessen Gesicht jetzt, wo man es im Licht sah, leise zitterte, antwortete: „Ich reise heut abend.“

Sie standen auf und der Meister reichte ihm die Hand: „Dann wünsche ich Ihnen einen glücklichen Sommer.“

Ein bebendes Lächeln glitt über Herrn de Monthieus Züge, als er sich verbeugte: „Meister,“ sagte er, „ich will Ihren Wunsch als Vorbedeutung nehmen.“

Der Meister aber faßte noch einmal seine Hand: „Mensch, Sie haben ja Fieber,“ sagte er.

Herr de Monthieu lächelte: „Unsere Familie hat einen unzuverlässigen Puls – so ist er immer gewesen. Entweder schlägt er zu schnell oder gar nicht.“

Michael begleitete Herrn de Monthieu hinaus. Er griff etwas unsicher nach dem ersten besten Thema und sprach von einem jungen Bekannten, der plötzlich gestorben war. Man sagte, er habe sich erschossen.

„Aber weshalb sollte er sich denn erschossen haben?“ fragte Michael.

„Wer weiß,“ sagte Herr de Monthieu, „er ist klug genug gewesen, es nicht zu verraten.“

Sie schwiegen einen Augenblick. Beide waren etwas verwirrt. Dann lächelte Michael, während er in die Sonne sah, die sich wie ein goldener Strom durch das mächtige, bunte Fenster des Vestibüls ergoß, und er sagte: „Wie dumm von ihm zu sterben – jetzt, wo es Sommer ist."

Der Herzog stand im Schatten: „Vielleicht," sagte er und starrte in die Sonne.

„Leben Sie wohl, Michael," sagte er dann und faßte Michaels Hand mit seltsam festem Druck.

„Leben Sie wohl, Monthieu, und glückliche Reise."

Der Herzog ging.

Michael aber öffnete singend die großen Fenster, als der Majordomus hereintrat.

„Ich öffne der Sonne die Tore," sagte Michael.

Der Majordomus setzte sich auf seinen Stuhl mit dem „Petit Journal".

„Herr Michael," sagte er, „ist es wirklich wahr, daß Herr d'Harcourt sich erschossen hat?"

„Man sagt es," antwortete Michael in die Sonne hinaus.

„Aber dann ist er wohl – gestört gewesen?"

„Ja," sagte Michael und lachte, „das muß er wohl sein, wenn er sich erschießt" – und es flog ein Hauch von einem Schatten über sein lachendes Gesicht –, „das ist auch eine Idee, wenn man Millionen hat."

Der Majordomus saß mit seiner Zeitung: „Es gibt wohl noch andere Sorgen als Geldsorgen," sagte er.

„Ja," sagte Michael und sah noch immer in die Sonne, „was für welche eigentlich? Geld, Jacques, viel Geld, macht das Glück noch glücklicher."

Er nahm seinen Hut.

„Bestellen Sie, daß ich zu Mittag komme," sagte er.

Und er ging.

Jules öffnete eine der Türen des Vestibüls. Der Meister habe Herrn Michael noch etwas zu sagen.

„Herr Michael ist schon fort,“ antwortete der Majordomus und sah nicht von seiner Zeitung auf.

Hinter seinem „Petit Journal“ murmelte der Majordomus ein paar stille Gebete für Herrn Louis d'Harcourt.

Er war so hübsch und so freundlich gewesen. Aber die d'Harcourts waren alle etwas sonderbar. Der Onkel, der auch so hübsch gewesen war, hatte seinem Leben auch selbst ein Ende gemacht – und ebenso plötzlich.

Und ähnlich war es mit den Monthieus. Es war, als ob sie vom Unglück verfolgt würden, soweit man zurückdenken konnte...

... Michael sah Frau de Zamikof im Gewühl des Bahnsteigs und schlüpfte in ihr Kupee.

„Dank, daß du gekommen bist. Küsse mich.“

Er deckte sie mit seinem Rücken gegen die Menge auf dem Perron und küßte ihren emporgewandten Mund.

„Es kam Besuch,“ sagte er, atemlos vor Glück.

„Wer?“ fragte Lucia.

„Monthieu.“

„Was wollte er?“

„Adieu sagen.“

„Wo reist er hin?“

„Nach Hause.“ Michael fing an zu lachen, glückselig: „Du, wir haben um die Wette gelogen,“ sagte er.

„Wer?“ fragte Lucia.

„Monthieu und ich, natürlich.“

Lucia wandte den Kopf: „Weshalb log er?“ fragte sie.

„Küsse mich," sagte Michael und antwortete: „Ich weiß es nicht. Aber er log – schauderhaft."

Das Pfeifen des Zuges ertönte und sie flogen an Straßen und Villen und Wiesen vorbei.

Wie ein Frühlingsregen fielen Michaels Küsse auf Lucias Gesicht, Kleider und Haar.

„Ich liebe dich. Ich liebe dich. Ich liebe dich," sagte er.

„Ja."

„Wie ich dich liebe," flüsterte er.

„Ja."

Wie heimkehrend glitten seine Lippen über ihr Ohr, um ihren Hals herum, und wieder über ihr Ohr: „Wie liebe ich dich," flüsterte er.

„Du erdrückst mich," sagte sie.

„Nein."

„Du erdrückst mich."

„Ja," sagte er: „Wie liebe ich dich."

„Ja." Plötzlich ließ er sie los und ergriff ihre Hand, deren äußerste Fingerspitzen er küßte: „Lucia, Lucia, du," flüsterte er, während seine Stimme zitterte.

Und plötzlich setzte er sich, plumps, mitten auf den Sitz ihr gegenüber. „Und nun sitzen wir still," sagte er.

Der Zug eilte dahin, während sie plauderten.

„Was hat er gesagt?" fragte Lucia plötzlich.

„Wer?"

„Herr Zoret," antwortete sie. Sie sagte nie mehr „Meister".

„Nichts" – Michaels Ton wurde gleichsam ein wenig knapper –: „Er glaubt ja, daß ich hier draußen male."

Er sah aus dem Fenster: „Sieh," sagte er, „der stand gestern auch da." Ein junger Mann stand an einer Barriere, und Michael lachte. „Er sieht aus wie seine eigene Großmutter," sagte er.

Lucia sprang auf. Ihr ganzes Wesen, ihre Gestalt, ihre Stimme war wie umwogt von Michaels Jugend.

„Jetzt kommen die Neuvermählten," sagte sie.

„Ja, ja."

„Winke, winke," rief Michael.

Und sie winkten beide mit beiden Händen zum Fenster hinaus, einem jungen Paar zu, das auf dem Altan einer Villa stand, der reich mit Blumen geschmückt war. Sie sahen sie jeden Tag. Michael hatte sie die „Neuvermählten" getauft.

Das junge Paar winkte auch und nickte und lachte.

„Vielleicht sind sie schon zwanzig Jahre verheiratet," sagte Michael.

Das Paar war nicht mehr zu sehen.

„Dann hätten sie sich verheiratet, als sie geboren wurden," sagte Lucia und lachte.

„Ja," lachte Michael, „wir müßten alle heiraten, wenn wir geboren werden."

Er schwang sie in dem engen Raum des Kupees herum: „Wir müßten alle in der Wiege verheiratet werden."

Sie waren in Versailles angelangt und nahmen sich jeder einen Wagen und fuhren beim Hotel an verschiedenen Eingängen vor.

Michael kam zuerst. Er sah sich in dem hell möblierten Zimmer um: Ja, der Tisch war gedeckt... Und richtig – er beugte sich eine Sekunde darüber – die Rosen in den Vasen auf der Veranda waren frisch.

Lucia kam herein.

„Willkommen," sagte Michael und verbeugte sich.

„Willkommen zu Hause," sagte er und drückte sie stürmisch an seine Schulter.

„Jetzt wollen wir essen," sagte er, und sie setzten sich zu Tisch.

Michael aß, als könne er vor Glück zu jeder Tageszeit und zu allen Stunden des Tages essen.

„Wie du essen kannst," sagte Lucia.

„Ich bin hungrig," lachte Michael.

„Das sehe ich."

„Du nicht?"

„Nein," sagte sie.

Sie sprachen dummes Zeug und sie lachten über nichts, und wenn der Kellner draußen war, warf Michael ihr Nußkerne an den Kopf.

„Laß," sagte Lucia.

„Nein," sagte er und fuhr fort damit.

Die Kerne flogen aus Michaels Hand gegen ihre Stirn, gegen ihre Wangen und gegen ihr Kinn.

„Au," sagte sie, „du willst wohl meine Nase treffen."

„Ja," lachte er.

„Jetzt kommt der Kellner," sagte sie, und die runden Kerne flogen noch immer.

„Ja," antwortete er und aß weiter, während die Sonne über den Fußboden und über die Rosen auf der Veranda fiel.

„Sieh, wie er funkelt," sagte Michael und hob das Glas mit dem Wein.

„Nicht wie in den englischen Gläsern," sagte Lucia. „Nein, das ist wahr."

Michael lachte: „Du, ich stehle sie."

Lucia lachte mit.

„Ja, ich leihe sie," sagte Michael und warf den Kopf zurück: „Ich leihe gewöhnlich – was ich will."

„Das glaube ich gern," lachte Lucia.

Sie lachte weiter, während sie sagte: „Was bezahlst du für diese Zimmer?"

Auch Michael lachte: „Fünfzig Franken den Tag."

„Und du hast?"

„Zweitausend Franken im Monat."

„Du bist vernünftig," sagte Lucia.

„Und du gebrauchst?" sagte Michael – ihre Worte flogen wie Federbälle, während sie lachten –

„Dreihunderttausend im Jahr."

„Und du hast?"

Die Worte flogen:

„Hundertfünfzigtausend."

Es wurde still – weniger als eine Sekunde.

„Schön," sagte Michael und schlug mit den Füßen gegen den Rohrteppich, „wir gehören zu den reichen Leuten in Frankreich."

Er lachte, während er sich in die Brust warf.

„Mahlzeit," und er faßte sie um die Taille, während sie auf die Veranda hinaustraten.

„Wie schön es hier ist," sagte sie und sah auf all die Rosen in den Vasen und die Rosen im Garten hin, die sich wie ein einziges Beet draußen breiteten.

„Ja, es ist herrlich hier."

Sie setzten sich beide und schwiegen lange, während die Sommersonne ihre Körper überströmte.

„Michael, Michael," flüsterte Lucia, an seine Schulter gelehnt.

Sein Gesicht war weiß, und unter den gesenkten Lidern erschienen seine Augen schwarz.

„Ja, Geliebte," flüsterte er zurück, zur Sonne hinauf.

Sie saßen wieder schweigend, bis Michael langsam die Hand nach dem Likör ausstreckte, der wie eine goldene Iris in dem gefüllten Glase funkelte.

„Wir wollen trinken," sagte er, und sie tranken beide aus demselben engen Glas, wie aus einem Blumenkelch, mitten im Sonnenschein.

Und wie berauscht, wie von Sinnen, glücksprühend, schob Michael Lucia von sich und ergriff die Gläser des Services, die Tassen, Gefäße und Kummen, und eins nach dem andern, Stück für Stück warf er sie in einem leuchtenden Bogen auf den Fußboden der Veranda, immer dieselben Worte wiederholend:

„Ich liebe dich.

Ich liebe dich.

Ich liebe dich," rief er, bis jedes Glas zersplittert war.

Und als wolle er die Plünderung vollständig machen und den ganzen Raum verwüsten, riß er die Rosen aus all den großen Vasen heraus und häufte sie auf den Fußboden, wie ein Meer von Weiß.

„Jetzt geh darüber hin," rief Michael.

Lucia, deren weit geöffnete Augen auf ihm ruhten, sagte, und ihre Stimme klang seltsam still und demütig:

„Ich würde mir die Füße verletzen."

Aber Michael sprang mit zwei Sätzen über Rosen und Scherben, und hob sie auf seine Arme.

„Verletzt du so deinen Fuß," sagte er und trug sie hinein.

Und ganz außer Rand und Band raste er um den Tisch herum, während Lucia auf seiner Schulter saß und langsam ihre Hände in sein schwarzes Haar grub, als tauche sie sie in ein Weihwassergefäß.

„Bück dich," rief Michael, und Lucia beugte ihren Kopf unter der Portiere zum Schlafzimmer.

Michael war pünktlich zum Mittagessen beim Meister erschienen, an dem auch Herr Schwitt teilnahm.

„Gesegnete Mahlzeit," sagte Michael und hob den eichenen Stuhl im ausgestreckten Arm in die Höhe.

Der Meister lachte: „Schließlich hebt er noch das ganze Haus mit seinen Armen hoch."

„Oder er schlägt das Dach ein," sagte Herr Schwitt.

„Kann schon sein," antwortete Michael, der an der Tür zum Wohnzimmer die Hacken zusammenschlug.

Herr Schwitt setzte das Tischgespräch über Geld und Anlage von Geld fort: es gäbe Leute, man sagte, auch die Rotschilds gehörten dazu, die ihr Kapital jetzt in Galizien anlegten. Es solle unglaublich sein mit dem Petroleum in gewissen galizischen Gegenden.

„Ich bewahre mein Gold in Frankreichs Bank auf," sagte der Meister.

„Du bewahrtest es wohl am liebsten in deinen Strümpfen auf," sagte Herr Schwitt.

„Ja," sagte der Meister lachend, „als die Strümpfe voll waren, war Frankreich reich."

Michael, der auf der Treppe saß und die Hände auf und nieder bewegte, als spiele er mit Kugeln, sagte: „Ich habe kein Talent, Geld aufzubewahren."

„Aber es auszugeben," sagte der Meister.

„Michael, du ißt Geld."

Michael saß eine Weile still. Dann sagte er in die Luft hinein, in einem ganz selbstverständlichen Ton: „Geld ist notwendig."

Und strahlenden Auges fügte er tief aufatmend hinzu: „Wenn man glücklich ist."

Der Meister warf ihm einen raschen Blick zu.

„Ja," sagte er, „das ist wahr."

Michael war aufgestanden.

„Gehst du?" fragte der Meister etwas schroff.

„Ja. Ich will ins ›Vaudeville‹."

„Was wird da gegeben?"

„L'Amoureuse," sagte Michael.

„Adieu."

Claude Zoret und Charles Schwitt saßen eine Weile schweigend beisammen, bis der Meister sagte: „Ich wäre eigentlich selbst gern hingegangen. ›L'Amoureuse‹ ist doch wenigstens ein ordentliches Schauspiel. Warum die Réjane es wohl wieder in ihr Repertoire aufgenommen hat?"

Charles Schwitt lachte. „Das tut sie ja immer," sagte er, „wenn ihre Kasse es ihr erlaubt."

„Ja, das ist wahr," sagte der Meister.

Und kurz darauf fügte er hinzu: „Herr Portoriche ist klug. Er schreibt Stücke, in die die Leute nicht zu gehen wagen. Ich denke manchmal, ich müßte Bilder malen, die kein Mensch anzusehen wagte."

Er schwieg, bis er seinen vorigen Gedankengang fortsetzte und sagte: „Aber jetzt komme ich selten ins Theater."

Charles Schwitt hob den Kopf. „Ja, weshalb? Man sieht dich nirgends mehr."

Claude Zoret zündete seine Pfeife an und antwortete: „Ich bin ja immer mit Michael hingegangen."

„Ja," antwortete Schwitt, und die beiden Buchstaben klangen hart und kurz.

Der Meister wandte bei diesem Laut fast überrascht den Kopf. Charles Schwitt aber sagte: „Du bist bald der einzige, der nichts weiß."

„Wovon?" fragte der Meister.

„Von Michael und Frau de Zamikof."

Der Meister hatte sich Charles Schwitt zugewandt: „Also *die* ist es geworden?" sagte er dann und schwieg wieder.

„Ja," sagte Charles Schwitt und machte eine Bewegung mit der Hand, „sie ist wohl nicht gerade die Beste."

Der Meister saß einen Augenblick nachdenklich. „Wer ist die Beste? Die man nötig hat, ist die Beste."

Und kurz darauf sagte er: „Und Michael ist stark."

Herr Schwitt lachte.

„Ja," sagte er.

Bald darauf ging er.

Der Diener kam herein und stellte den Schachtisch zurecht.

Der Meister saß noch auf derselben Stelle.

„Herr Michael ist fortgegangen," sagte er.

„Herr Michael ist..."

„Ja," sagte der Meister.

Der Diener schlug den Tisch wieder zusammen und stellte ihn beiseite.

Der Meister war allein. Das Wasser rann langsam in die goldenen Bassins, während das Licht der Lampen gedämpft über die Bilder an den Wänden fiel.

Frau de Zamikof glitt durch die warme Luft der Loge an dem wartenden Michael vorbei.

„Bist du da?“

„Ja.“

„Schon lange?“

„Ja.“

„Hast du dich nach mir gesehnt?“

Michaels Lippen streiften, hinter seinem schützenden Chapeau claque, Lucias Schulter.

„Ja.“

Die Hitze des Parketts und der Duft von parfümiertem Puder stiegen zu ihnen herauf, während Lucia sich hinter ihrem großen Fächer versteckte und Michael seinen Oberkörper so weit vorbeugte, daß sie ganz dicht Schulter an Schulter saßen.

„Wie weit ist das Stück?“ flüsterte sie und betrachtete die Réjane durchs Opernglas.

„Sie hat den Schmuck bekommen,“ flüsterte er zurück.

Schon wurde aus den Logen um Ruhe gebeten, während aller Augen Frau Réjane folgten, Germaine, die sich, bürgerlich keusch, um ihren Mann, um Etienne, bewegte.

„Jetzt kommen die Bücher,“ flüsterte Michael.

„Ja.“

Das Stubenmädchen auf der Bühne brachte ein Paket mit Büchern, das die Réjane auspackte, ehe sie das erste Buch nahm und den Titel las: „Ein Frauenherz“.

Während Herr Guitry, Etienne, ihr Gatte, ironisch auf dem nächsten Band las: „Unser Herz“.

Und der Hausfreund, Pascal, der das dritte Buch nahm, sagte lachend: „Ihre Herzen“ – die Herren im Parkett lachten.

Frau Réjane aber sagte ruhig, mit einer Handbewegung, als zöge sie einen Kreis oder eine Schlinge um die beiden Männer und sich selbst: „Drei Herzen“. Und sie blieb, das Buch in der Hand, lächelnd zwischen ihrem Mann und seinem Freund stehen.

Es ging ein Murmeln durch das Haus und die Köpfe im Parkett neigten sich wie eine Woge.

Pascal, der Hausfreund, aber sagte und legte das Buch fort, indem er die Achseln zuckte: „Liebesgeschichten.“

„Ehebruchsromane,“ sagte Etienne und sah seine Gattin an.

„Bücher über die Leiden der Frau,“ antwortete sie und die Stimme der Réjane klang fast betrübt.

Etienne aber sagte barsch zu seinem Freund: „Da siehst du, was sie liest.“

Plötzlich änderte sich der Ausdruck in Frau Réjanes Gesicht und vollkommen treuherzig sagte sie: „Ich lese, was ich verstehe.“

Ein paar leise Ausrufe stiegen aus dem Gewühl des Parketts herauf, während Michael, in der Loge, seine Lippen auf Lucias Ohr herabneigte und flüsterte – und wie ein Jubel klang es durch sein Flüstern: „Was liest du?“

Lucia lächelte nur, während ihr Atem hastig über ihren Fächer hinstrich, als verwehe er Hunderte von gedruckten und toten Worten – und Michael lächelte wie sie.

„Lucia, du,“ flüsterte er.

Er drehte sich plötzlich um und nahm sein Opernglas.

„Da ist ja Adelsskjold,“ sagte er.

„Wo?“ fragte die Fürstin und wandte den Kopf.

„Dort,“ sagte Michael und zeigte auf die Gitterloge, dicht neben der Bühne.

„Und Monthieu,“ fügte er im selben Augenblick hinzu, so überrascht, daß er sich mit einem Ruck in den Stuhl zurückwarf.

Frau de Zamikof lachte leise... „Also weiter ist Herr de Monthieu nicht gereist...“

„Lucia...“

Adelsskjold saß vorn in der Loge. Sein großer Kopf sah aus der Öffnung wie der Kopf eines Tieres aus einem Käfig, während er die Réjane unverwandt betrachtete.

Sie ging an ihrem Mann, Etienne, vorbei und schlug ihm ganz leicht auf die Schulter – und doch faßte ihre Hand wie im Krampf um sein Schulterblatt – während sie lächelte und sagte: „Dich verlassen... nein, mein Freund, niemals...“

Und ihren Ton zu einer scherzenden Drohung verändernd, fuhr sie fort: „Glaube das nicht, mein Freund, rechne darauf nicht, niemals. Das ist die Mühe nicht wert, *die* Hoffnung mußt du nicht haben.“

Ihre Augen blitzten hinter den halbgeschlossenen Lidern im Triumph der Besitzenden und ihre Stimme klang fast als diktiere sie ein Urteil: „*Was* ich auch tue und was *du* auch tust – ich *bleibe*.“

Tiefe Stille herrschte im Raum. Aber es war, als ob sich unter den elektrischen Lampen, die still und verständnisvoll brannten, zitternde Fäden durch die Luft spannen.

Frau Morgenstjerne, die neben ihrem kleinen Mann mitten im Parkett saß, hatte ihre Augen auf Adelsskjolds Loge gerichtet, in deren Halbdunkel sie Alices weißes Gesicht erkannte.

Frau Réjane fuhr fort: „Ich bleibe hier in deiner Nähe, unter deinem Dach, in deinem Hause, an deiner Seite, immer, tagein und tagaus trotz allem, wie eine Klette.“

Die Réjane sprach ruhig, während Etienne mit scheu flackerndem Blick flüsterte: „Du bist entsetzlich.“

Die Réjane aber lachte.

„Wir beide," sagte sie, „wir bleiben zusammen bis in alle Ewigkeit."

„Hu," sagte Frau Morgenstjerne zu ihrem Mann und wandte die Augen nicht von Adelsskjolds Loge, „man bekommt förmlich eine Gänsehaut."

Aber ein junger Bergener, der hinter ihnen saß und Angst schwitzte, sagte zu seinem Freund: „Es ist wahrhaftig nicht leicht, ein Frauenzimmer loszuwerden."

Adelsskjold hatte das Gesicht seiner Frau zugewendet, während Herr de Monthieu, der zwischen ihnen saß, den Operkörper vorbeugte, fast als wolle er Frau Alice vor Herrn Adelsskjolds Blicken schützen.

Michael hatte seine Beine um Lucias Stuhl geschlungen.

„Du, du," flüsterte er und hob ihren Sitz etwas in die Höhe, als wolle er sie wie in einem Triumphwagen vor sich herschieben, während der Freund Pascal oben auf der Bühne zu Etienne sagte: „Ja, mein Junge, man wird dich dereinst mit deiner geliebten Gattin zusammen begraben."

Etienne hatte sich dicht an der Rampe auf einen Tisch gestützt. Er sprach von der glücklichen Zeit der Befreiung, die kommen würde, von dem Frieden, wenn man endlich alt geworden und das Haar ergraut sei, wenn man nichts mehr fühlte und die Triebe erstorben wären.

„Dann werde ich sechzig Jahre alt sein und *Frieden* haben."

Es glitt ein Murmeln durch die Reihen, wie das Murmeln vor einem Beichtstuhl.

Pascal aber sagte zu Etienne und lachte: „Sechzig – aber du bist erst dreiundvierzig."

Das Gesicht der Réjane leuchtete unter dem Wellenkamm des blonden Haares und sie rief aufjubelnd:

„Ja, erst dreiundvierzig."

Toll, der neben Graf Hamilton, dem ersten Attaché der Gesandtschaft, auf dem Balkon saß, hielt sein Glas unverwandt auf Frau Adelsskjold gerichtet.

„Du,“ sagte er, „hol mich der Teufel, so schön ist sie nie gewesen.“

„Nein,“ antwortete Hamilton, „was ist mit ihr los?“

Auf der Bühne sagte die Réjane: „Noch zwanzig Jahre zum leben – noch zwanzig Jahre zum lieben.“

Frau Adelsskjolds Kopf war gegen die Logenwand gesunken, während Adelsskjold vor sich hin sagte: „Hab ich es nicht immer gesagt, es gibt doch noch Dichter.“

Die Réjane flüsterte Etienne zu: „Zwanzig Jahre... Mut, Geliebter.“

Michael hatte in seiner Loge das schimmernde Gesicht erhoben, und strahlend blickte er über das weite Parkett hin, wo die Nackenkämme der Damen über dem hochgekämmten Haar leuchteten.

„Sieh nur,“ sagte er, „sieh“ – und sein Malerauge ergötzte sich daran – „sieh, die Kämme strahlen wie Kronen.“

Und gleichzeitig hatte er sich vorgebeugt und Lucias Diamantenkamm geküßt.

Frau de Zamikof aber beugte sich, plötzlich besorgt, daß jemand sie gesehen haben könnte, in die Loge zurück und sagte: „Da unten sitzt Herr Schwitt.“

„Ja,“ lachte Michael, „seine Nase ist unverkennbar.“

Herr Schwitt grüßte gerade Herrn de Monthieu mit ein paar Augen, die hinter dem Kneifer funkelten; und der Herzog sagte plötzlich zu der zusammengesunkenen Frau Adelsskjold, als wolle er sie wecken: „Guitry ist doch vorzüglich.“

Frau Réjane verließ die Bühne.

Und plötzlich erhob sich ein halblautes Summen wie von einem Bienenschwarm im ganzen Hause. Die Herren in den Logen beugten sich flüsternd über die Schultern der Damen, deren farbige Boa über die samtbezogenen Brüstungen hinabrieselten – wie Schlangen, die spielten und sich paarten.

Adelsskjold hatte sich tiefer in die Loge zurückgesetzt. Den Oberkörper gegen die Wand gelehnt, saß er wie ermüdet da, während ihm die Schweißtropfen über den Kragen rannen.

Plötzlich sagte er zu Herrn de Monthieu: „Was hat er sonst noch geschrieben?“

Herr de Monthieu wandte den Kopf.

„Herr de Portoriche? Seine Schauspiele stehen in einem Band: ›Das Theater der Liebe‹.“

„Aber wie heißen sie?“ fragte Adelsskjold, der noch immer in derselben Stellung dasaß.

Herr de Monthieu hatte Adelsskjolds Frage wohl nicht gehört, aber Herr Adelsskjold wiederholte seine Worte und der Herzog sagte hastig: „Der Treulose,“ und gleich darauf fügte er hinzu, während ein Aufblitzen über sein Gesicht flog: „Und ›Die Vergangenheit‹.“

„Ich will sie lesen, wirklich, ich will sie lesen,“ sagte Adelsskjold und konnte die hungrigen Augen nicht von dem Hals seiner Frau losreißen.

Herr de Monthieu hatte sich zu Frau Adelsskjold gewandt, die noch immer regungslos dasaß, und er sagte: „Ihre Freundin, Frau Morgenstjerne, ist hier.“

„Ja, ich habe sie gesehen,“ sagte Frau Adelsskjold und richtete sich plötzlich auf, da sie Graf Hamiltons Glas auf sich gerichtet sah.

„Sehen Sie Frau Adelsskjold an, sehen Sie nur,“ sagte Toll und stieß Hamilton an.

Germaine und ihr Mann waren allein auf der Bühne, und die Réjane reckte ihre Arme.

„Endlich, endlich sind wir allein.“

Und mit einer fast knabenhaften Ausgelassenheit lief sie auf ihren Mann zu und rief: „Laß mich dich küssen... nein, nicht heftig... nur ganz sanft, ganz sanft,“ während alle Operngläser mit einem knisternden Laut, fast wie fernes Gewehrfeuer, sich auf sie richteten.

Aber Etienne, dessen Augen plötzlich aufflammten, antwortete: „Küsse mich, wie du willst..."

„Wie ich will," antwortete die Réjane und sie wiegte seinen Kopf in ihren Händen, das Gesicht ganz nahe dem seinen.

„Wie ich will?"

„Ja," flüsterte Etienne, „dein Geliebter erlaubt es dir."

„Aber mein Mann verbietet es mir."

Sie küßte ihn, während sie noch immer seinen Kopf festhielt.

„Es ist genug," flüsterte Etienne.

„Noch einen..."

„Ich habe zu tun."

„Noch einen... nur noch einen."

Sie hielt noch immer seinen Kopf fest, als lege sie all ihre Frauenmacht in ihre schönen Hände.

„Noch einen."

„Ja, den letzten," flüsterte der Mann.

„Bei meiner Ehre," murmelte die Réjane, „den letzten."

Und sie küßte ihn wieder.

Im Saal war es so still, als seien all die Hunderte nur vier Sekundanten, die auf dem Walplatz, stumm, einem Duell beiwohnen.

Michael hatte den Kopf gesenkt und trank mit seinen Lippen den Duft von Frau de Zamikofs Haar.

Frau Réjane hatte sich gesetzt. Auf der Kante eines Stuhles saß sie mit geschlossenen Augen und wippte mit den Füßen, während sie vom Glück der Nacht sprach. Adelsskjold hatte wieder vorn in der Loge Platz genommen. Kurz atmend und verwirrt saß er und streichelte unausgesetzt den behandschuhten Arm seiner Frau, während er Frau Réjane ins Gesicht starrte. Herr de Monthieu hatte sich erhoben und stand an die Logenwand gelehnt, und Frau Adelsskjold schirmte ihr Gesicht mit dem Fächer wie mit einer Maske, die nichts verbergen konnte.

Frau Réjane aber war aufgestanden.

Sie fuhr sich mit den Händen durch das rote Haar und hob dessen goldenen Kamm wie einen Streithelm über ihre Stirn. „Der Tag, ach, der Tag ist mein Feind. Wenn er kommt, erlangst du deine Vernunft zurück. Du wirst wieder verständig. Du wirst wieder klardenkend. Du wirst grausam. Ach, nur die Nacht gehört mir. Wenn der Tag kommt, hört meine Macht auf, meine Übermacht stirbt mit der Dunkelheit. Und ich habe einen Fremden vor mir, einen Mann, den ich zurückerobern muß, und ich weiß nicht einmal, ob ich es kann…“

Die Herren im Parkett hatten die Hälse vorgereckt und starrten auf die Bühne mit Augen, die vor Neugierde oder vielleicht vor Haß funkelten. Rings auf dem Balkon saßen Frauen mit niedergeschlagenen Lidern wie Musikliebhaber, die in einem Konzertsaal lauschen. Frau Morgenstjerne hatte wieder den Kopf zu Adelsskjolds Loge gewandt: der Fächer war Frau Alices Hand entfallen, und in dem Rampenlicht, das seinen Schein über die Loge warf, saß sie unbeweglich, als sei alles Leben in ihr erloschen. Frau Réjane aber sprach weiter mit Germaines Worten. Lauter, mit den Händen die Hüften hinunterstreichend, sagte sie: „Ach, warum schwindet der Augenblick so schnell, wo ich so ganz dein bin, dein halbes Ich? Weshalb haben zwei Wesen verschiedene Gedanken, wenn zwei Körper Genüsse haben, die so gleich sind? Aber es ist so und wird immer so sein; wenn der Augenblick vorbei ist, sind wir wieder Zwei, zwei Wesen, zwei getrennte Wesen – zwei Feinde… Wie ist es dumm, wie ist es wahnwitzig…“

Einige Damen hatten sich über die Logenbrüstung gebeugt, und ihre Büsten schimmerten wie die Brust weißer Vögel.

Der Bergener biß auf den goldenen Knopf seines Stockes, daß seine norwegischen Zähne Spuren neben seinem Namenszug hinterließen.

Schwitt aber hatte sein Gesicht den Frauen in den Logen zugewandt, deren Diamanten auf den atmenden Hälsen blitzten.

„Sehen Sie," sagte er zu seinem Nachbar und lachte. „Sehen Sie nur, wie viele sich verraten."

Michael hatte hastig Lucias Schulter mit seinen Lippen berührt: „Germaine, Germaine, Germaine," flüsterte er und ließ den fremden Namen des Schauspiels, den er wieder und immer wieder sagte, wie einen Strom von rieselnden Küssen über die Haut der Geliebten hinabgleiten.

Frau Réjane aber fuhr fort, Etienne mit ihren Worten wie mit einer steigenden Woge überflutend: „Du bist kein Mann. Du bist nur der ewige Liebhaber. So lange du lebst, wirst du lieben und geliebt werden."

Lucia hatte ihr Gesicht erhoben und während ihre Augen den Ausdruck des Porträts bekamen, flüsterte sie: „Michael, Eros, mein Geliebter..."

Der Vorhang fiel.

Die Damen zogen die Vorhänge der Logen vor, daß sie in ihren Ringen rasselten, und die Herren im Parkett, die aufgesprungen waren, riefen die Réjane mit rasendem Händeklatschen hervor, indem sie die rechte Hand gegen die linke schlugen, als sei die linke ein heimlich gehaßtes Wesen, dem sie ins Gesicht schlugen.

„Réjane, Réjane, Réjane," klang es, von oben und unten, aus allen Ecken und von allen Seiten, wie ein Schrei: „Réjane."

Michael war aufgestanden. „Komm," sagte er.

„Ich kann nicht."

„Komm," wiederholte er und seine Augen leuchteten aus dem Hintergrund der Loge.

„Ich kann nicht. Man muß mich erst mit Frau Simon zusammen gesehen haben."

„Wann kannst du kommen?" fragte Michael, während die Réjane sich wieder auf der Bühne zeigte.

„Bald."

„Sobald du kannst?" seine Augen trafen ihre wie Blitze.

„Ja."

„Lebwohl."

Und er sprang wie ein Füllen davon.

Das Publikum brach auf und es gab ein Gedränge in allen Gängen.

Frau Morgenstjerne, die neben dem Bergener ging, der purpurrot bis an die Haarwurzeln war, drängte sich bis zu Frau Adelsskjold und deren Mann durch und sagte: „Wißt ihr, Kinder, es sind ihre Hände, die so unanständig wirken."

„Ja, weshalb aber?" fragte der Norweger in seiner schleppenden Sprechweise.

„Weil, weil," sagte Frau Morgenstjerne, „weil sie alles weitere erzählen."

Adelsskjold sagte nur ganz verwirrt und ganz langsam: „Ja, lieber Freund, Alice will nach Hause... das ist doch ganz unverständlich."

Frau Morgenstjerne warf einen raschen Blick auf Frau Adelsskjold. Sie sah in ihrem weißen, langen Mantel aus wie eine Ritterfrau auf einem Sarkophag, die sich erhoben hat, um ihre Glieder zu strecken.

Und Frau Morgenstjerne sagte: „Aber liebe Alice, Sie sind ja krank."

Und indem sie vor Frau Adelsskjold trat, fast als wolle sie sie verbergen, fügte sie hinzu: „Lieber Adelsskjold, lassen Sie doch Ihre Frau nach Hause fahren."

„Ja, Alice, wenn du willst...

„Es muß doch sein," sagte Frau Morgenstjerne, die bereits im Begriff war, sich durch das Gedränge hindurchzuwinden, während Frau Adelsskjold ihr folgte und mit tonloser Stimme sagte: „Es geht ja vorüber, sobald ich nach Hause komme."

Aber plötzlich faßte sie Frau Morgenstjernes Hand so fest, als wolle sie sie nie wieder loslassen.

„Gute Nacht," sagte sie.

Frau Morgenstjerne, die ganz blaß geworden war, sagte leise und scheinbar recht zusammenhanglos: „Ich habe es ja immer gesagt, Sie hätten schon längst aufs Land müssen."

Frau Adelsskjold ging weiter und wußte gar nicht, daß sie Toll und Hamilton gegrüßt hatte.

Kurz darauf stießen die beiden Schweden auf Monthieu, der sich vorwärts drängte, den Mantelkragen hoch geschlagen.

„Guten Abend," grüßten sie.

Aber Herr de Monthieu hörte es nicht und hastete nur weiter.

„Er sah merkwürdig aus," sagte Hamilton und sah ihm nach.

„Ja," antwortete Toll, der an seinem Schnurrbart kaute, „aber es geschehen auch merkwürdige Dinge."

Graf Toll unterbrach sich selbst und sagte: „Wollen wir zu Frau de Zamikof hinaufgehen? Haben Sie bemerkt, wie üppig sie geworden ist?"

Adelsskjold hatte Frau Alice auf die Straße hinunter begleitet und über das Trottoir zu einem Wagen: „Liebe Alice," sagte er, „soll ich dich denn nicht begleiten?"

Und er wiederholte, während sein Blick hastig ihren Nacken streifte: „Darf ich dich nicht begleiten?"

Er streckte ihr seine Hände hin, die sie nicht sah. In ihrem weißen Mantel stieg sie in den Wagen und war im nächsten Augenblick davongefahren.

Ein Herr kam gelaufen, hielt den Wagen an, gab dem Kutscher ein Geldstück und öffnete die Wagentür.

„Alice, ich bin es."

Auf dem Boden des Wagens niederkniend, lag der Herzog von Monthieu vor ihr.

„Alice, Alice, Alice," sagte er wieder und wieder und küßte ihre Hände.

Sein Mantel war zurückgeglitten, daß er aussah wie der Kragen eines Kreuzritters.

„Alice, du weißt ja, daß du mein bist. Du weißt, daß du mich liebst."

Frau Adelsskjolds Kopf aber fiel gegen sein Haar wie etwas, über das man keine Macht mehr hat.

„Mein Freund, mein Freund," sagte sie, und die Tränen liefen ihr über die Backen und legten sich wie Tau auf Herrn de Monthieus blondes Haar, „weshalb nur mußten wir denn alle so unglücklich werden?"

Michael hatte eine Stunde gewartet. Er hatte sein Gesicht gebadet. Er war durch die Zimmer gewandert. Er hatte Licht angezündet und es wieder gelöscht. Er war wiederholt zur Tür gestürzt.

Aber jetzt...

Jetzt war sie es wirklich. Jetzt kam sie.

Er ergriff einen Kandelaber, und er verneigte sich vor Lucia, die in ihrem goldenen Mantel in der Tür stand.

„Der königlichen Herrschaft wird geleuchtet," sagte er und stieg ihr voran die Wendeltreppe zum Schlafzimmer hinauf, wo der Junimond leuchtete.

„Setz dich," sagte er.

Und sie setzte sich in den Schein des Mondes.

„So," sagte er und änderte ihre Kopfhaltung.

Er brachte ihr Trauben und er brachte ihr Wein und sie aß und sie trank und er brachte mehr Trauben –, es war ganz still, und sie saßen im Licht des Mondes.

„*Meine* Geliebte," flüsterte er.

„Ja," murmelte sie.

Plötzlich aber erhob er sich und er schob die klaren Gardinen zurück, so daß all der schöne silberne Schein hereinfiel über sie, und ohne ein Wort, in einem unendlichen Jubel, hob er das funkelnde Glas dem Mond zum Gruß entgegen.

Lucia hatte sich erhoben. Keiner von ihnen sprach. Nur ihre Körper bebten ganz leise.

„Lucia."

„Ja."

„Lucia," und Michaels weißes Antlitz war dem Licht zugewandt, während seine Stimme fast unmerklich zitterte.

„Lucia, wenn es eine Ewigkeit gibt, so ist dies die Ewigkeit..."

Lucia ruhte auf Michaels Bett und sah zum „Sieger" hinauf, der sich im Licht abzeichnete.

„Michael," rief sie.

„Ja," antwortete er aus dem Ankleidezimmer.

„Was mag ›der Sieger‹ wohl wert sein?"

„Der Sieger," rief Michael, der hereingelaufen kam.

„Der Sieger," wiederholte er, und mit beiden Händen um das Fußende des Bettes greifend, schwang er mit steifen Armen den weißen Körper, der im Mondlicht leuchtete, in die Höhe. „Der Sieger," lachte er noch einmal, während er sich wie ein Akrobat über das Bett hinschwang, bis er am Kopfende saß.

„Der ›Sieger‹ ist ein Vermögen wert," sagte er und lachte wieder. „Zweihundert Tausend ist er wert. Nun weißt du es."

Lucia lag ganz still, den Kopf hatte sie gegen seine Knie gelehnt.

„An was denkst du?" flüsterte er.

Ihre Stimme klang wie aus weiter Ferne, als sie sagte:

„Ich denke an das Glück."

„Lucia,“ flüsterte er, „sieh mir in die Augen.“

Der Meister drehte sich nicht um, als der Diener den Namen des Bankier-Barons nannte.

„Was will der?“ fragte er.

Der Diener verneigte sich. „Der Herr Baron haben sich nicht darüber geäußert.“

„Ich habe jetzt keine Empfangszeit,“ sagte der Meister.

Der Diener blieb stehen. „Der Herr Baron wußte es.“

Der Meister erhob sich. „Führen Sie ihn herein,“ sagte er, „sagen Sie, er sei willkommen.“

Er stand vor einem Tisch, als der Finanzmann hereinkam.

„Ich komme zu ungelegener Zeit,“ sagte der Baron, der seinen hohen Hut und den Stock auf eine ganz eigene Art, dicht an den Körper gedrückt, hielt.

„Ein wenig ungelegen,“ sagte Claude Zoret, und mit einer kurzen Handbewegung fügte er hinzu: „Wollen Sie nicht Platz nehmen?“

„Danke sehr, lieber Meister,“ und es glitt ein fast unsichtbares Lächeln über das bartlose, englische Gesicht des Bankiers, „da ich weiß, wie kostbar Ihre Zeit ist, will ich Sie nicht lange aufhalten, sondern - – gleich zur Sache kommen.“

Claude Zoret hatte bei der fast unmerklichen Betonung der Worte den Kopf gehoben.

„Es handelt sich um Herrn Michael,“ sagte der Baron, „und es ist an und für sich eine reine Bagatelle.“

„Wieso?“

„Ja, lieber Herr Zoret,“ sagte der Baron, dessen Vater schon das Vermögen des Meisters verwaltet hatte und der jetzt in ganz anderem Ton sprach, „es ist gar nichts Besonderes. Nur Leute, die einander schätzen, halten es für ihre Pflicht, einander von solchen Dingen Mitteilung zu machen."

Der Meister rührte sich nicht. Die Hand hatte er auf einen Tisch gelegt.

„Herr Michael hat in der letzten Zeit... mehrere Male Geld bei mir geliehen."

Der Meister sah ihn an. „Was soll das heißen? geliehen?" fragte er (und er bemühte sich plötzlich, ganz ruhig zu sein).

„Was heißt das?"

„Das Ganze," sagte der Baron, „ist ja ganz gleichgültig (er machte eine ganz kleine Pause). Aber ich hatte nun einmal beschlossen, es Ihnen zu sagen... aus verschiedenen Gründen."

Der Meister hatte ihn wohl kaum gehört. Er verarbeitete in seinem Gehirn zwei Gedanken: er machte erst einen hastigen Überschlag über all die Summen, die Michael in der letzten Zeit bekommen hatte, und dann dachte er den anderen Gedanken: Michael hat mich übergangen, Michael hat sich hinter meinem Rücken an einen Fremden gewendet.

Aber er sagte, indem er die Hand hob, fast munter: „Na; die Jugend tobt sich aus, und muß es wohl auch."

Und ohne nach der Größe des Darlehns zu fragen sagte er: „Ich bitte Sie, die Summe zu buchen."

Der Bankier beugte zustimmend den Kopf, während der Meister aufstand.

„Und in Zukunft leihen Sie ihm nichts mehr," sagte er. „Sie wissen," – und Claude Zoret lachte, obgleich er in Wirklichkeit seinem innersten Gedanken Ausdruck gab, – „wir Bauern haben vor nichts solche Angst wie vor Darlehn. Durch sie werden wir schließlich unseres Grund und Bodens beraubt."

Der Finanzmann lachte, als der Meister plötzlich seine Hand ergriff. „Und im übrigen... haben Sie Dank," sagte er.

Und er begleitete den Bankier bis zur Tür.

Der Meister wollte in sein Atelier hinaufgehen, aber er blieb dann und wann stehen, als würde sein Schritt von einem Gedanken oder vielleicht von einem körperlichen Schmerz gehemmt. Sein Arzt hatte in der letzten Zeit wieder ein paarmal darauf gedrungen, sein Herz zu untersuchen.

Oben im Atelier zog er den Arbeitskittel an. Das Modell war nicht bestellt. Er arbeitete an den Augen des Germanen: sie sollten leuchten, während er auf Cäsar eindrang.

Es war ja ganz begreiflich, daß Michael Geld brauchte. Die Freude kostete Geld. Sonne kostete Geld. Des Lebens Licht kostete Geld.

Der Meister hielt inne und lächelte: er erinnerte sich eines Winters im südlichen Algier, wo er mit Michael Studien machte. An einem Abhang hatte er zwei junge Palmen gesehen, und er hatte gedacht, so wie die beiden wüchsen, so schlank und so frei, ihre herrlichen Blätter im Licht breitend - so wollte er einen Menschen leben lassen, so sollte Michael sich in der Sonne entfalten.

Der Meister ging zu seiner Leinwand zurück.

Die Augen sollten leuchten.

Vor Unverstand des Lebens sollten sie leuchten, während er auf Cäsar einschlug.

Der Meister ließ seine Gerätschaften sinken und ging mit geschlossenen Augen, wie ein ortskundiger Blinder, durch das Atelier. Nur daß Michael zu diesem fremden Mann gegangen war, es vorgezogen hatte, zu einem fremden Menschen zu gehen, obgleich er doch wußte...

Plötzlich öffnete der Meister die Augen und lachte: Aber er hatte sich allerdings reichlich bei ihnen beiden versehen.

Claude Zoret stopfte die Pfeife mit seinem breiten Daumen; und mit ganz verändertem Gesicht, als meißle seine Willenskraft plötzlich seine Züge in Bronze, machte er sich wieder an den Germanen.

Jetzt malte er die Hand aus dem Gedächtnis – wo hatte er doch solche Hand schon gesehen? – Diesen Griff der Hand um die Waffe, die Cäsar zerfleischt.

Zwei Stunden waren vergangen, als der Diener meldete, daß das Frühstück angerichtet sei.

„Schön," antwortete der Meister. Er fragte nie mehr, ob Michael gekommen sei, er ging gleich zu Tisch.

Er nahm in dem leeren Eßzimmer Platz und er begann zu essen. Man hörte nichts weiter als den einförmigen Laut von des Meisters Messer und Gabel.

Der Diener trug die Speisen herein und hinaus. Als er den zweiten Gang brachte, meldete er Herrn Adelsskjold. „Führen Sie ihn nur herein," sagte der Meister.

Herr Adelsskjold kam herein – seine starken Arme hingen seltsam schlaff herab, während er durch das Zimmer schritt. „Entschuldigen Sie," sagte er, „daß ich gerade zur Frühstückszeit komme."

„Aber bester Adelsskjold," sagte der Meister, „setzen Sie sich doch und essen Sie mit."

„Ja," sagte Adelsskjold, „ich laufe so herum und weiß nicht, was ich anfangen soll, seit Alice fort ist."

Er wollte gerade Michaels wartende Serviette ergreifen, als der Meister zum Kammerdiener sagte: „Bringen Sie noch ein Gedeck."

Das Gedeck wurde aufgelegt, und die beiden Männer aßen und begannen zu sprechen und verstummten wieder, und saßen sich schweigend gegenüber wie Leute, die vergessen, daß sie miteinander reden wollten.

„Wie geht es ihr?" fragte der Meister und seine Stimme klang ungewöhnlich weich.

Und er fügte hinzu, ohne eine Antwort abzuwarten: „Mensch, essen Sie doch. Man muß essen, wenn die Nerven gesund bleiben sollen."

Adelsskjold bediente sich. „Es ist ja herrlich in der Normandie," sagte er, als Antwort auf Claude Zorets Frage.

„Ja," sagte der Meister, der scheinbar nur halb zugehört hatte, „es ist herrlich bei Monthieus."

Während sein Blick auf Michaels Kuwert fiel, kam ihm plötzlich eine Frühstücksstunde ins Gedächtnis, als Michael im ersten Jahr bei ihm war. Michael, der sonst immer munter plauderte, wenn sie allein waren, hatte ganz schweigsam am Tisch gesessen, und als er, darauf aufmerksam geworden, zu ihm hinübersah, hatte der Junge große Tränen in den Augen gehabt.

„Was fehlt Ihnen, Michael?" hatte er gefragt.

„Nichts."

„Irgend etwas fehlt Ihnen. Na?"

„Mein Namenstag ist heute," platzte Michael dann heraus.

„Ihr Namenstag, lieber Gott." – „Ja, heute." – „Was geschah denn zu Hause in Prag an Ihrem Namenstag?"

Michael hatte einen Augenblick nachgedacht. „Es wurden Lampen über die Tür gehängt," hatte er dann gesagt.

„Lampen? Wir können auch Lampen anzünden," hatte er geantwortet.

Und abends war das ganze Haus erleuchtet worden, und Michael hatte drinnen auf der Treppe gesessen und sich mit strahlenden Augen umgesehen...

Der Meister hörte plötzlich Adelsskjold sprechen und sagen: „Und Briefe erzählen so wenig."

„Ja," antwortete der Meister und wußte selbst nicht, daß er antwortete.

„Aber wenn Alice Ruhe haben und allein sein will," sagte Adelsskjold in seinem beschwerlichen Französisch, „dann soll sie Ruhe haben."

Sie schwiegen wieder, während jeder mit dem Schälen einer Frucht beschäftigt war, bis Adelsskjold sagte: „Wo ist Michael?"

Der Meister antwortete: „Er malt."

„Ja," sagte Adelsskjold und sah vor sich hin, „wenn man nur fleißig ist."

Sie saßen sich wieder schweigend gegenüber, bis der Meister sich erhob und die Stühle in der stillen Stube zurückgeschoben wurden.

Die beiden Männer gingen ins Wohnzimmer, wo das Wasser wie ein ewiger Regen in den Rodinschen Bassins plätscherte.

„Adieu," sagte Adelsskjold und drückte dem Meister die Hand.

„Adieu, lieber Freund," sagte der Meister und erwiderte den Händedruck. Claude Zoret kehrte in sein Atelier zurück und zog seinen Arbeitskittel an.

Wieder stand er vor dem „Germanen".

Sein Gesicht wollte er sehen, sein Gesicht – seine Augen.

Seine Augen sollten leuchten.

Vor Lebenslust sollten sie leuchten.

Der Meister wanderte von neuem mit geschlossenen Augen umher und zwang sich mit einer letzten Willensanstrengung zum Sehen. Wenn er doch die Lebenslust der Jugend in seinen Augen fangen könnte. Was kümmerte ihn Cäsar? Was ging ihn Cäsar an? Der Germane haute drein, weil er zwanzig Jahre alt war, weil sein Blut blank und rot, weil seine Zähne weiß und seine Muskeln stark waren. Weil er *war* – hieb er drein und zerfleischte Cäsar.

Ja, die Jugend sollte in seinen Augen strahlen.

Plötzlich öffnete der Meister die Lider und es flog ein Lächeln über sein Gesicht.

Wie konnte man sich nur so irren.

Die ganze Komposition mußte er ändern.

Der Soldat war der Mittelpunkt und die Hauptfigur. Ob es Cäsar war, den der Knabe verwundete, oder ein anderer, das war ganz gleichgültig.

Auf den *Hieb* kam es an. Auf den Streich, der fiel, weil er fallen *mußte*. Claude Zoret hatte sich gesetzt. Die geballten Fäuste gegen die Knie gestemmt, glich er einem Riesen an Statur.

Michael aber mußte dennoch lernen, daß es Grenzen gab. Sonst wurden es schließlich Summen, kleine Vermögen, die er für „Licht" verausgabte.

Hm, seine Verhältnisse erlaubten es ihm natürlich – der Meister lächelte – gewiß erlaubten sie es ihm. Und Michael verbrauchte wohl auch nicht mehr als zum Beispiel der junge Herzog von Ségonsac verbrauchte.

Der Meister richtete sich in seiner Arbeitsbluse höher auf. Konnte es nicht auch einmal einen Fürstensohn unter den Künstlersöhnen geben? *Einen* wahren Herzog (in Claude Zorets Augen blitzte es wie vom Haß des Bauern) unter all diesen Herzögen....

Aber dennoch, dennoch gab es Grenzen.

Na (der Meister fuhr zusammen) das war Michael... er hörte seine Schritte auf der Treppe. Der Meister nahm seine Palette, bevor Michael halb eilig und halb zögernd die Portiere zurückschlug.

„Du malst," sagte er, als er hereinkam.

„Ja, wie gewöhnlich," antwortete der Meister, dessen Gesicht, ohne daß er selbst es wußte, plötzlich seltsam müde aussah.

„Und du?"

Michael hatte sich gesetzt und sprach in einem mutlosen, mißvergnügten Ton: „Schließlich weiß man nicht mehr, ob man überhaupt etwas kann."

„Weshalb?" sagte der Meister. „Aber jede Sache muß natürlich ihre Zeit haben."

Michael antwortete merkwürdig gereizt: „Dadurch, daß man darauflos klext, kommt das Talent wohl nicht."

„Nein, das ist wahr," antwortete der Meister, der Michael nie mehr widersprach, seit er ihm so merkwürdig fremd geworden war. Und ein harmloses Thema suchend, sagte er: „Adelsskjold hat hier gefrühstückt."

Michael antwortete, als sei ihm ein Vorwurf gemacht worden: „Ich habe bei Toll gefrühstückt."

Aber der Meister, der eilig arbeitete und jetzt das Gesicht des Germanen vorgenommen hatte, setzte sein Gespräch über Adelsskjold fort: „Er ist ein merkwürdiger Mensch. Er faßt alles im Leben ungeschickt an, seine Freude wie seinen Kummer."

Michael hob den Kopf. „Seinen Kummer?" sagte er. „Weiß er denn etwas?"

Der Meister wandte sich um. „Was sollte er wissen?"

Michael hatte sich abgewandt. „Vielleicht hat er Geldsorgen," sagte er plötzlich wie jemand, dessen Gedanken sich mit dem gleichen Punkt beschäftigen.

Der Meister lachte.

Seine eigenen Gedanken hatten unablässig um Michaels Geld gekreist. Aber er fand keine Möglichkeit, darüber zu sprechen. Es war ihm überhaupt immer peinlich gewesen, mit Michael von dem Geld zu sprechen, das er ihm beständig gab.

„Na," sagte er munter, „wie steht's mit deinem Geld?"

„Es läuft mir nur so durch die Finger," sagte Michael und wußte selbst nicht, daß er plötzlich froher sprach, weil vielleicht Aussicht war, etwas zu bekommen.

Der Meister, der sich noch immer hinter einer lachenden Miene verbarg, sagte: „Du machst doch keine Schulden?"

Michael hatte ein Bein über das andere geschlagen. „Wie sollte ich das wohl anfangen?"

Einen Augenblick war es, als sänke des Meisters Kopf vornüber, bevor er sagte: „Nein, leicht wäre es wohl nicht."

Und es wurde still im Atelier.

„Ich habe mir überlegt,“ sagte der Meister, „daß wir es in Zukunft so ordnen wollen, daß du dein eigenes Konto bei meinem Bankier bekommst...“

Und er fügte hinzu: „Wo du dann... auf einer *leeren* Seite anfangen kannst.“

Eine tiefe Röte breitete sich wie in Streifen über Michaels Gesicht, während der Meister von der Leinwand zurücktrat und die beiden Männer schweigend aneinander vorbeigingen.

Also wußte Claude es. Der Bankier mußte es ihm gesagt haben.

Michael hatte sich in seinem Schreck dem Bild genähert. Aber plötzlich blieb er stehen, als wäre seine Brust von einer Bajonettspitze getroffen. Er blieb stehen und starrte auf das Gesicht des Germanen, blieb vielleicht eine halbe Minute stehen, weiß wie Königin Margheritas Marmortorso hinter ihm.

Bis er sich plötzlich beim Klang von Herrn Schwitts Stimme umwandte, der beim Eintreten mit schneidender Stimme sagte: „Sie sind da, Michael?“

„Ja.“ Michael entfernte sich von dem Bilde.

Herr Schwitt hatte Platz genommen und füllte das ganze Atelier mit seiner Zungenfertigkeit und seinen Neuigkeiten. Adelsskjold sei ihm eben begegnet, er sähe aus wie einer der Eisbären im Jardin des Plantes in der Sommerhitze, sagte er. Er hätte „die erste Dame der Republik“ besucht, sie sei bald ebenso verstaubt wie der Wahlspruch der Republik über dem Rathause „Freiheit, Gleichheit, Brüderlichkeit“.

Plötzlich kam er wieder auf Adelsskjold und sagte: „Der Mann ist übrigens nicht ungefährlich. Er tut vielleicht eines Tages etwas, was man nicht erwartet.“

Der Meister, der, gedankenabwesend, die Pfeife zwischen den Lippen hielt, sagte, während Michael abseits auf einem Stuhl saß, von wo aus er beständig den Germanen anstarrte: „Er hat hier gefrühstückt. Er sah so traurig aus.“

Herr Schwitt lachte und sagte: „Ja, das glaube ich.“

„Gib mir Feuer, Michael,“ sagte der Meister.

„Ja.“

Michael erhob sich von seinem Platz – in seinen Augen lag ein Ausdruck wie in denen eines Kindes, dem etwas zerbrochen ist – und er brachte ihm Feuer.

„Deine Hand zittert,“ sagte der Meister.

„Das tut die Jugend bisweilen,“ sagte Herr Schwitt, der die Worte in demselben Ton wie vorhin herausstieß.

Michael machte eine halbe Wendung mit dem Kopf, aber, ohne zu antworten, ging er zu seinem Stuhl zurück, von wo er den brutalen Germanen sehen konnte. Er fühlte tief in der Brust einen brennenden Schmerz, einen sprengenden Knabenschmerz fast, während sein Herz hämmerte, als wolle es gegen die Lehne des Stuhles schlagen. So also dachte er. So dachte Claude von ihm. So lebte er in seinen Gedanken.

Michael schloß die Augen, als fürchte er, daß Tränen unter ihren Wimpern hervorquellen würden. Weshalb? Weshalb nur? Das mit dem Geld hätte er ihm ja so gern gesagt. Und des Geldes wegen war es auch nicht. Claude dachte ja nie an Geld.

„Adelsskjold hat einige Bilder verkauft,“ sagte Herr Schwitt.

Es war, als erwache der Meister, der an diesem Vormittag irgendwo in seinem Gehirn beständig rechnete, bei dem Wort „verkauft“.

„Vielleicht täte man klug, zu verkaufen,“ sagte er.

Herr Schwitt ließ seine Blicke durch den Raum schweifen. „Wird hier im Hause soviel verbraucht?“ sagte er, „oder wird alles zu Vatel getragen?“

Michael rührte sich nicht.

Aber der Meister begann plötzlich davon zu sprechen, daß ein Verkauf das Klügste, das einzig Richtige sei, ein großer Verkauf, ein einmaliges Unter-den-Hammer-Bringen.

Da war „Eros“ und da war „Alkibiades auf dem Markt“. Da war der „Athener“ und „Brutus, der Cäsars Schriften liest“.

„Aber auf alle Fälle,“ sagte er, „will ich den ›Germanen‹ verkaufen.“

Er zählte alle seine Bilder auf, und er nannte ihre Preise, er, der sonst nie von seinen eigenen Werken sprach und sich nur verriet, wenn er alle fünf Jahre einmal plötzlich vom Wert seiner Bilder sprach. Er warf mit großen Summen um sich, häufte die Hunderttausende nur so auf, ließ das Gold in übergroßen Schätzungen glitzern, so wie es seinen Bauernvorfahren in Strömen vor den Augen flimmerte, als sie nach Kanada zogen.

Herr Schwitt, der kein Auge von Claude Zoret verwandte und ihn unausgesetzt beobachtete, als läse er in seinem Gesicht durch eine Lupe, sagte: „Du kannst natürlich den ›Germanen‹ verkaufen. Aber der ›Sieger‹ hat den größten Wert.“

Michael hatte seinen Blick vom „Germanen“ losgerissen, als sei er durch den Klang des vielen Goldes plötzlich geweckt worden.

Herr Schwitt, dessen Augen fast wie die eines Spielers funkelten, sagte: „Der ›Sieger‹ ist mindestens seine hundertundfünfzigtausend wert.“

Michael hatte, während er zuhörte, den Kopf in die Hände gestützt und starrte Claude Zoret in einem plötzlichen Zorn an, den er selbst nicht verstand, als habe ein Sturm sein ganzes Wesen aufgewühlt, eine zornige Erbitterung gegen diesen Mann da, der mit seinem Gold rasselte und mit der Übertreibung des Genies in seinem eigenen Genie schwelgte.

Seine schwindelnde Wut, die ihm unversehens gekommen war, steigerte sich dermaßen, daß ihn die Lust überkam, diesen Menschen zu rütteln, der dort auf seinem Sessel saß, so hoch und fern wie auf einem Berge, während die Adern an den zitternden Händen, mit denen er den Kopf stützte, anschwollen.

„Den ›Germanen‹ verkaufe ich sofort,“ wiederholte der Meister wie einen Refrain.

Da konnte Michael nicht länger an sich halten. In einem Ton, den der Meister noch nie von ihm gehört hatte, in dem Ton eines Feindes oder eines zu Tode Verwundeten, sagte er: „Ja, das tu nur."

Einen Augenblick war es still.

Dann stand Herr Schwitt auf, und der Meister sagte, während eine Blässe über sein Gesicht flog: „Ja, Michael, ich *muß* es tun."

Wieder war es still, so still, daß man das Wasser in den Bassins des Wohnzimmers plätschern hörte, bis Herr Schwitt mit seiner schnarrenden Stimme sagte und leise auflachte: „Ja, du kannst ja auch eine Auktion veranstalten. Ebenso wie bei Zamikofs."

Er wandte sich zu Michael: „Haben Sie nicht im ›Gaulois‹ gelesen, daß die Zamikofschen Güter in Rußland unter Administration gestellt sind? Für die Fürstin bedeutet das wohl den Bankrott."

Michael rührte sich nicht, nur die Pupillen in seinem weißen Gesicht erweiterten sich, wie aus Angst, während ihm Schweißperlen auf die Stirn traten.

Der Meister betrachtete ihn einen Augenblick.

„Ich will arbeiten," sagte er und stand auf.

Michael wußte selbst nicht, was er gestammelt hatte, während er durch das Zimmer und hinausgegangen war. Er wußte kaum, daß er sich unten auf der Straße in einen Wagen geworfen und dem Kutscher zugerufen hatte: „Schnell."

Als könne er mit Hilfe eines Pferdes zu ihrer Rettung eilen. Er dachte nur das eine: Also hatten die Leute wahr gesprochen. Also hatte Monthieu recht gehabt. Also verhielt es sich wirklich so.

So stand es um seine arme, seine arme – seine geliebte Lucia. Und in derselben Sekunde trat der Gedanke an Unglück und Krach zurück und wurde völlig verdunkelt von seiner Sehnsucht, der Sehnsucht nach ihr, ihr selbst, so übermächtig und stark, daß sie sein ganzes Sein erfüllte.

Meine Lucia, meine geliebte Lucia.

Menschen kamen auf der Brücke an ihm vorbei und er sah sie nicht. Das Pfeifen der Dampfer ertönte von der Seine her und er hörte es nicht.

Nur sie sehen, sie in seinen Armen halten, ganz der ihre sein. Und plötzlich rief er dem Kutscher zu: „Fahren Sie schneller. Ich habe Eile."

„Ja, Herr," sagte der Kutscher, und indem er sich auf dem Bock umwandte, sagte er zu Michael, den er vom Halteplatz an der Rue de Rivoli kannte: „Man fährt so mancherlei Leute, und alle haben sie es eilig."

Michael mußte lachen.

„Ja," sagte er, „das ist wahr." Und plötzlich war er in die Wirklichkeit zurückgerissen, zu dem, was geschehen war, zu Straße und Steinen, über die er fuhr: Die Administration, die Schulden, der Bankrott – der Skandal, der über Lucia hereinbrechen würde.

Und in weniger als einer Sekunde durchliefen seine Gedanken, die mit den Pariser Verhältnissen vertraut geworden waren, alles das, was er nur zu gut kannte: Interviewe, Reporter, Zeitungen, Caféklatsch, Salongerede, der ganze lärmende Boulevard, alles schrie, hetzte, kläffte gegen Lucia an.

Gegen Lucia.

Aber das konnte nicht sein. Es durfte nicht sein – es sollte nicht sein.

Er mußte ihr helfen.

Und mitten in seinem Schmerz und seiner Verwirrung stieg ein fast knabenhaftes Gefühl des Stolzes in ihm auf.

Er mußte sie, die sein eigen war, beschützen und verteidigen.

Der Wagen fuhr bei seinem Gartengitter vor und er sprang heraus.

„Die Fürstin ist da," sagte der Diener im Vestibül, der sich erhob.

„Gut," sagte Michael und zwang sich, vor den Augen seines Dieners die Treppe langsam hinaufzusteigen.

Im Wohnzimmer war sie nicht. Im Kabinett war sie nicht. Dann stürmte er die Wendeltreppe hinauf und sah Lucia auf seinem Bett liegen und ihm zulächeln: „Ich bin schon lange da,“ sagte sie und reichte ihm, wie sie zu tun pflegte, die Hand zum Kuß.

Michael blieb verwirrt vor dem Bett stehen, die ungeheure Erleichterung wirkte wie ein Rückschlag, der seinen ganzen Körper zum Beben brachte, und er dachte blitzschnell:

„Also ist es nicht wahr. Es ist Erfindung, es ist Lüge.“

Und er begann mit Lippen, die noch kalt waren vor Angst, ihr Haar, ihre Stirn, ihre Wange zu küssen, als wäre es ihr erstes Zusammensein – bis er sich, wie von einer plötzlichen Müdigkeit gelähmt, auf den Boden sinken ließ, wo er auf dem Teppich sitzen blieb, den Kopf gegen den Bettrand gelehnt.

Lucia lag eine Weile still und lauschte Michaels Atemzügen, die tief waren wie die eines Schlafenden.

Dann sagte sie: „Wovon habt ihr beim Meister gesprochen?“

Michael bedachte sich eine Weile. „Von seinen Bildern.“

Michael schwieg wieder, und indem es ihm war, als höre er Schwitts Stimme, sah er unwillkürlich zum „Sieger“ auf.

„Es war von den Preisen die Rede,“ sagte er.

„Dann habt ihr wohl im Golde geschwelgt?“

„Ja,“ sagte Michael, der immer noch den „Sieger“ anstarrte.

„Das muß angenehm sein,“ sagte Lucia, deren Augen beständig an der rot beleuchteten Zimmerdecke hingen.

„Ja,“ ertönte Michaels Stimme.

Wieder wurde es still, bis Michael den Kopf wandte und sagte: „Ich bekam übrigens einen furchtbaren Schreck.“

„Wieso?“ fragte Lucia und sah auf ihn nieder.

„Schwitt erzählte,“ sagte Michael, und seine Angst wuchs von neuem bei dem Ausdruck ihres Gesichts, „was im ›Gaulois‹ gestanden hat.“

„Ja," sagte Lucia, ohne ihre Stellung zu verändern, „das ist leider wahr."

Michael hatte sich auf die Knie erhoben und stützte sich mit den beiden geballten Händen auf die Bettkante: „Was sagst du?"

„Daß es wahr ist."

Und plötzlich fing Lucia an zu weinen, ohne ihre Stellung zu verändern, ein stilles, krampfhaftes Weinen, das ihren ganzen Körper und das Bett, auf dem sie lag, zum Beben brachte.

„Lucia, hör doch, Lucia."

Michael war aufgesprungen, aber er berührte sie nicht.

„Weshalb hast du es mir nicht gesagt? Weshalb hast du mir nie ein Wort davon gesagt?"

Und als ob diese eine Frage das ganze Unglück und seine Lösung enthielte, wiederholte er sie unausgesetzt, verwirrt und verzweifelt, während er im Zimmer auf und ab schritt, die Hände gegen die Augen gepreßt.

„Weshalb sollte ich darüber sprechen?" sagte Lucia und richtete sich halb auf, „was konnte es nützen?"

Sie weinte wieder.

„Und glaubst du nicht, ich hatte einen Ort nötig, wo niemand etwas wußte und wo ich Frieden haben konnte?"

„Gewiß, gewiß..."

Lucia setzte die Füße auf den Boden und saß auf dem Bettrand.

„Was hat Herr Schwitt gesagt?" fragte sie und strich sich das Haar aus dem Gesicht.

Michael blieb in einer Ecke stehen.

„Schwitt?" sagte er, und beim Klang des Namens sah er wieder zum „Sieger" hinauf.

„Schwitt?“ sagte er und stand noch immer still, und seine Stimme klang so seltsam, als käme sie von weit her, „Schwitt hat nichts weiter gesagt, als was im ›Gaulois‹ stand.“

„Sieh mal,“ sagte Lucia, die sich erhoben hatte und sich gegen das Fußende des Bettes stützte, „es handelt sich ja nur um die erste Zeit. Später hilft uns der Kaiser sicherlich... wenn nur der erste Chok überwunden und alles wieder ins Geleise gekommen ist...“

Michael stand noch auf derselben Stelle. „Man muß Geld in die Finger bekommen,“ sagte er und sah unentwegt auf denselben Punkt.

„Ja.“

Michael rührte sich nicht.

„Sofort Geld,“ sagte er.

Und blitzartig arbeiteten die Gedanken in seinem Hirn, ordneten sich, Glied um Glied, folgerichtig, zu einem Plan – einem ausführlichen Plan.

„Der Sieger.“

Er konnte den „Sieger“ verpfänden. Nein, nicht verpfänden. Verkaufen. Ihn auf Sicht verkaufen. Ihn in London unter der Bedingung verkaufen, daß er fünf Jahre magaziniert werden solle.

Ja, das konnte er.

„Wollen wir hinuntergehen?“ fragte er.

„Ja,“ sagte Lucia, „ich muß nach Hause.“

Sie gingen die Wendeltreppe hinunter und ins Wohnzimmer hinein.

„Adieu,“ flüsterte Lucia.

„Adieu,“ antwortete Michael.

Lucia war fort, Michael stand und starrte auf seinen Schreibtisch.

Es lebte nur der eine Gedanke in ihm: er wollte noch heut abend nach London reisen. Mit dem Nachtzug Calais–Dover. Den Verkauf ordnen. Den Verkauf mit Herrn Pinero ordnen. Übermorgen wieder zurück sein.

Es war, als betäube ihn der Entschluß, fast, als handele er wie ein Schlafwandler.

Der Diener erschien auf sein Klingeln.

Michael sagte: „Packen Sie meinen kleinen Koffer. Ich verreise heute abend." Und gleich darauf fügte er hinzu: „Es braucht niemand zu wissen."

Der Diener verbeugte sich schweigend.

Michael speiste beim Meister zu Mittag. Er war lange nicht so vergnügt gewesen.

Nach Tisch spielten sie Schach.

Michael sagte während des Spieles: „Ich fahre morgen nach Versailles und bleibe drei Tage dort."

Der Meister machte einen Zug mit einem Springer.

„Das ist vernünftig," sagte er, „hier ist es auch unerträglich heiß."

Am Abend reiste Michael nach London.

3

Der Meister saß im Bibliothekzimmer an dem grünbezogenen Tisch. Er las in dem aufgeschlagenen Buch wieder und wieder dieselbe Seite, während seine geballten Fäuste krampfhaft zuckten.

Als Charles Schwitt hereinkam, hob Claude Zoret den Kopf, und in dem Licht, das durch das breite Fenster drang, sah Charles Schwitt zum erstenmal, daß die weißen Streifen im Bart des Meisters sich verdichtet hatten.

„Wer hat dies geschrieben?" fragte der Meister und hob die Hand.

Schwitt betrachtete Claude Zorets zitternde Hand, deren Adern unter der Haut schwollen.

„Ich weiß es nicht," sagte er, „und ich will es nicht wissen. Oder hast du etwa deine eigenen Zweifel zu Papier gebracht?"

Der Meister antwortete nicht und sah fort, während Charles Schwitt sein Gesicht betrachtete, das mit den niedergeschlagenen Lidern wie eine gelbe Maske aussah, die seine Gedanken oder seine Furcht verbergen sollte.

Charles Schwitt sagte über den Tisch hinüber: „Ich begreife nur nicht, weshalb Herr George Pinero den Artikel in seine Zeitschrift aufgenommen hat."

Der Meister hob den Kopf.

„Denn Herr George Pinero ist doch der Herausgeber," sagte Charles Schwitt.

„Ja," antwortete Claude Zoret und starrte vor sich hin.

„Und," sagte Charles Schwitt und warf dem Meister einen raschen Blick zu, „er...verkauft doch deine Bilder?"

„Ja," sagte der Meister und rührte sich nicht.

Sie schwiegen eine Zeitlang.

Claude Zoret heftete seine Blicke wieder auf das Buch und las wieder dieselben Zeilen. Es war, als würden die Buchstaben unnatürlich groß und so deutlich, wie Eisenschrift auf Marmor.

„Wer nüchtern durch den Lichtnebel zu sehen vermag, mit dem der Weltruf, oder besser gesagt, die Reklame zweier Weltteile Claude Zorets Bilder umhüllt hat, wird zu der Erkenntnis gelangen, daß auch in der Kunst alles nur eine ewige Wiederholung ist. Denn genau wie die Napoleon-Mythe ihren David hatte, hat jetzt die Mythe des Hellenismus ihren Claude Zoret und beide sind einander verblüffend ähnlich. Beider Malerei ist Theater, und Herr Claude Zoret wird sich mit dem Ruhme eines Alma Tadema begnügen müssen."

Charles Schwitt beobachtete den Meister, während er las, aber das wachsgleiche Gesicht bewegte sich nicht, und die Augen waren unausgesetzt auf das Buch gerichtet.

„Will man wissen, wie weit Herr Claude Zoret sich vom wirklichen Leben entfernt hat, braucht man nur sein letztes Werk, ein Porträt der Fürstin Z., zu betrachten. Das Porträt ist ein gesunder Maßstab für die Empfänglichkeit eines Meisters dem Leben gegenüber und für seine Treue gegen das Leben. In Herrn Claude Zorets letztem Werk aber ist nicht ein echter Pinselstrich und nicht eine unverfälschte menschliche Farbe. Prinzessin Z. ist nur eine Theaterprinzessin mehr in seiner großen, bestechenden Theatergalerie. Nur die Augen bilden eine Ausnahme, und – so unwahr wirkt das übrige – man möchte fast darauf schwören, daß diese Augen von einem andern gemalt sind. Die lebendigen Augen wirken in diesem gemalten Gesicht wie die lebensprühenden Augen eines Menschen hinter einer Maske."

Claude Zoret hob den Blick und starrte leer vor sich hin, als seien seine Gedanken stehen geblieben.

Die Kaminuhr holte zum Schlage aus.

Und wieder wurde es still, während sie beide schweigend dasaßen.

Dann sagte Charles Schwitt: „Claude, wer kennt die Geschichte von den Augen der Zamikof?"

„Sie."

Es wurde wieder still, bis Schwitt zu dem schweigenden Meister hinübersah und vor sich hin sagte: „Und er."

Es ging ein Zittern über des Meisters Lippen, aber er rührte sich nicht.

Charles Schwitt aber sagte, und er richtete plötzlich den noch immer geschmeidigen Körper höher auf: „Er (er hatte „Michael" sagen wollen, aber es wurde zu „er") redet in der letzten Zeit Nachteiliges über dich, sowohl über dich wie über deine Bilder."

Der Meister antwortete nicht.

Schwitt fuhr fort: „Wer im Unrecht ist, wird stets noch mehr Unrecht begehen.“

Der Meister antwortete noch immer nicht.

Und beide hörten sie gleich deutlich das Ticken der Uhr, bis Charles Schwitt wieder sagte: „Einer muß dir wohl die Wahrheit sagen, und die Wahrheit ist, daß...“

Die gelbe Haut des Meisters wurde weiß, während er sagte, und es klang fast wie ein Schrei: „Charles, hör auf.“

Schwitt antwortete, während er sich auf die bebende Lippe biß: „Ich sage nichts mehr.“

Aber der Meister setzte Schwitts angefangenen Satz fort: „Die Wahrheit ist“ – und er lachte – „daß du Michael immer gehaßt hast.“

„Hm.“

„Ja,“ sagte der Meister und sprach heftig, als wolle er sich gegen die andern oder vielleicht gegen sich selbst verteidigen, „du haßt ihn und hast ihn vom ersten Tage an gehaßt.“

„Und weshalb?“ fragte Schwitt, der sich plötzlich erhob.

Auch der Meister war aufgestanden.

„Weshalb du ihn mit deinem Haß beehrst?“ sagte er, und sie sprachen beide, als schlügen die Flammen eines Feuers, das jahrelang geschwelt hatte, durch ihre Worte: „Weshalb? Wenn du mich fragst, will ich es dir sagen. Denn ich weiß es ebensogut wie du. Du hast ihn all diese Jahre gehaßt, weil er *hineingeschlüpft* ist, wo er nicht hineinschlüpfen sollte und durfte – weil er in mein Leben eingedrungen ist, wo niemand anders eine Rolle spielen sollte als ihr oder als du.“

Der Meister stand mitten vor dem Tisch, und Charles Schwitt bewegte die Lippen zu einer Antwort. Aber Claude Zoret schlug mit der Hand auf den Tisch.

„Laß mich ausreden,“ sagte er. „Ich spreche nicht oft, und was ich sage, ist wahr. Also höre.“

Und plötzlich begann er zu reden, wie einer, der eine große Abrechnung hält und Summe um Summe und Kolonne nach Kolonne ins Treffen führt, während Charles Schwitt seine Hände gegen die äußerste Kante des Tisches stützte wie gegen eine Schranke. „Als ich jung war, nahmt ihr von mir Besitz – vier, fünf Stück, die ihr damals wart. Ihr fandet mich und ihr legtet Beschlag auf mich. *Ihr* hattet mich entdeckt. Ihr rühmtet mich. Ihr schufet mich und disponiertet über mich. Und als ich ›berühmt‹ geworden war, hieltet ihr Wache um mich und sperrtet mich ein und bildetet einen Kreis um mich, bis der Kreis zu einer Mauer geworden war. Und hinter dieser Mauer durfte ich sitzen und Farben mischen und malen – als der Bauer, der ich war. Ja," – der Meister sprach lauter – „als der Bauer, der ich war. Denn für euch wurde ich nie etwas anderes als ein Bauer, der malen konnte..."

Charles Schwitts Augen schossen Blitze.

„Der das, was er malte, gut verkaufte."

„Ja, du hast recht, der das, was er malte, gut verkaufte," – und der Meister preßte die Knöchel gegen die Brust – „denn ein Bauer bin ich. Aber" – und Claude Zoret sprach wieder langsam, wie jemand, der zusammenzählt – „ihr hieltet mich gefangen, ihr, Pariser, die ihr wart, ihr, die ihr das Leben kanntet, euch Liebhaberinnen hieltet, in der Gesellschaft mitzähltet, das Leben genosset, während ich, der Bauernbursch, der Lebensdumme, nur malte – hinter Schloß und Riegel und Mauer und Berg saß und nur Genie hatte und euren Weg bahnte und euch doch stets ein Fremder blieb und einsam war."

„Mit deiner Frau," sagte Schwitt.

Der Meister schwieg einen Augenblick: „Ja," sagte er, „mit meiner Frau die mir eine Fremde geworden war durch euren Spott.

Das eine Mal, das einzige Mal, wo ich eine Statue gemeißelt habe, meißelte ich etwas, das zertrümmert war... Und ihr hattet sie zertrümmert."

Charles Schwitt hob den Kopf.

„Wirklich?“ sagte er. „Glaubst du das?“

Es war einige Augenblicke still, während Claude Zoret hin und her schritt, bis Charles Schwitt halblaut sagte: „Und weshalb sollten wir eigentlich all das getan haben?“

Der Meister wandte sich jäh.

„Weil ihr ein Haufe von Strebern wart. Ihr wußtet es vielleicht nicht, aber es war so. Ihr mußtet Platz haben. Und eine Schar, die Platz haben will, braucht einen Wimpel oder ein Stück Fahne. Mein Name wurde euer Fahnentuch. Und niemand anders durfte es tragen und kein anderer durfte teil daran haben. Und es durfte über niemand anders wehen als über euch, den Besitzern.“

Charles Schwitt machte einige Schritte und sagte nur: „Du redest heute so viel.“

„Ja.“

Der Meister nickte zweimal.

Charles Schwitt aber betrachtete seine Hände und sagte: „Und alles das hättest du dir dreißig Jahre lang von uns bieten lassen? Glaubst du das wirklich selbst?“

Claude Zoret sah ihn an.

„Ja, das habe ich mir bieten lassen.“

Charles Schwitt hob den Blick.

„Du, ein so energischer Mensch?“

Claude Zoret machte eine Bewegung mit der Hand.

„Ja, das habe ich erwartet. Jetzt mußtest du mit der Bauernzähigkeit und dem Eisenwillen und dem Rückgrat kommen, das sich nicht beugen läßt. Du, der doch wie kein anderer weiß, woraus meine Energie besteht und daß sie nur das Stahlnetz über meinem todmüden Gesicht ist. Todmüde – denn das bin ich seit fünfzehn Jahren gewesen. Todmüde von dem Wettlauf mit mir selbst. Nicht mit den anderen, denn die wandeln andere

Bahnen. Aber todmüde von dem Wettlauf mit mir selbst, um das Große zu schaffen, und nach dem Großen das Größere, und nach dem Größeren das Größte – das ich nie erreichen werde."

Claude Zoret starrte vor sich hin.

„Einst habe ich einen großen Traum geträumt. Was redet man immer vom Adel und von den alten Geschlechtern? Die Bauern von den Quellen haben dreihundert Jahre lang denselben Boden in demselben Kirchspiel gepflügt. Ich träumte einmal davon, daß nach der Niederlage aus Frankreichs Boden und aus Frankreichs Mark ein Mann erwachsen werde, der Frankreichs Namen ewig macht. Mein Traum war zu hochfliegend."

Der Meister schwieg. Charles Schwitt aber flüsterte: „Ich kannte deinen Traum."

Claude Zoret richtete seine Augen auf ihn. „Ja, du kanntest ihn. Und du warst froh, daß du ihn kanntest. Denn nun hattet ihr mich da, wo ihr mich haben wolltet: gebunden, festgenagelt – wie der von Golgatha festgenagelt war – an das Unerreichbare." Claude Zoret hielt inne und strich sich mit der linken Hand über die Augen. „Und so wurde ich der Mann, der nur malen konnte und doch das Höchste nicht zu malen vermag."

Es war einen Augenblick still, bis Charles Schwitt sagte:

„Und weshalb sollte es dir nicht gelingen, ›das Höchste‹ zu malen?"

Der Meister nickte mit dem Kopf.

„Weil ich es nie erlebt habe, und weil ich nicht einmal so leben durfte, daß ich es auch nur gesehen hätte."

Charles Schwitt antwortete nicht. Ein Zucken ging über sein Gesicht.

„So," sagte Claude Zoret und holte tief Luft, „jetzt habe ich gesprochen..." Er schwieg einen Augenblick.

„Und als ich dann alt geworden war, kam Michael in mein Leben."

Charles Schwitt hob den Kopf.

„Das heißt, du zogst ihn in dein Leben hinein."

„Zog?“

Charles Schwitt sah dem Meister ins Gesicht.

„Was ich gesagt habe, habe ich gesagt.“

Der Meister erwiderte seinen Blick.

„Und du haßtest ihn, weil er kam.“

Über des Meisters Gesicht glitt plötzlich eine Müdigkeit. Dann aber sah er wieder Schwitt an und sagte kurz: „Was hat Michael gesagt?“

Ein eigenartiges Lächeln huschte über Schwitts Gesicht.

„Er hat allerlei gesagt und an verschiedenen Orten.“

„*Was* hat er gesagt?“ fragte der Meister wieder.

„Wenn du es durchaus wissen willst,“ sagte Schwitt, auf den grünen Teppich blickend, „so sagte er neulich auf dem Fest in Poissy, daß es wohl keinen Zweck hätte, dich in dieser Zeit aufzusuchen, denn du seist seit zehn Tagen total betrunken.“

Es war, als liefe Blut über des Meisters Gesicht, und sein ganzer Körper wurde wie von einem mächtigen Ruck erschüttert. Aber dann sagte er ruhig und nur etwas heiser: „Vielleicht war es wahr.“

Auch Schwitt war rot und wieder blaß geworden.

„Verzeih mir,“ sagte er und vermochte nicht die Augen aufzuschlagen.

Der Meister antwortete, abgewandt, ebenso leise wie er: „Ich habe nichts zu verzeihen.“

Und indem er plötzlich auf Schwitt zuging, seine Hände ergriff und so fest drückte, daß es fast schmerzte, sagte er und konnte kaum sprechen: „Du hast zu verzeihen. Du bist dennoch treu – wie dein Volk.“

„Claude.“

Sie standen beide wieder schweigend, abgewandt, jeder an seinem Platz.

Da sagte Charles Schwitt und konnte fast nicht sprechen: „Claude, Claude, ich bitte dich, laß den Jungen gehen.“

Der Meister antwortete nicht gleich.

Sein Gesicht konnte Schwitt nicht sehen.

„Nein, Charles," sagte er dann, und der Freund erkannte seine Stimme kaum wieder. „Ein Bauer will nicht kinderlos sterben."

Sie saßen sich lange gegenüber. Keiner sprach ein Wort. Zwei Tränen waren Charles Schwitt über die Backen gelaufen.

Sie richteten sich beide auf, als der Majordomus die Tür öffnete und den Kunsthändler, Herrn Leblanc, meldete.

„Ich lasse bitten," sagte der Meister und stand auf.

Als Jacques fort war, fragte Herr Schwitt: „Willst du ihn jetzt empfangen?"

„Ja, weshalb nicht?" fragte der Meister, und er faßte wieder Schwitts Hand mit einem heftigen Druck.

„Adieu, Charles."

Als Herr Schwitt gegangen war, zog Claude Zoret die schweren Vorhänge halb vor das große Fenster und ging durch die Seitentür in sein Ankleidezimmer. Vor dem Spiegel wusch er sein Gesicht mit zwei Essenzen, die er in einer Schüssel gemischt hatte, und während er sich selbst betrachtete, bürstete er langsam seinen Bart, so daß die weißen Streifen schmäler erschienen. Dann kehrte er in die Bibliothek zurück, wo Herr Leblanc vor dem einzigen Gemälde des Raumes stand, vor einem Corot, auf dem der Herbststurm einem Riesenbaum die letzten Blätter raubt.

„Das ist ein herrliches Bild, Meister," sagte er und schlug die Hacken zum Gruß zusammen, während er auf das Corotsche Gemälde zeigte.

„Die Corots sind nicht mehr für Geld aufzutreiben."

„Herr Pinero" (Herr Leblanc sah den Meister einen Moment mit seinen Augen an, die wasserblau waren, aber jeden Augenblick die Farbe zu wechseln schienen), „Herr Pinero hat, wie man sagt, momentan auch einen Corot an der Hand. Aber, nicht wahr, man erfährt, was ein Mann an der Hand hat, und weiß darum noch nicht, wie er es erworben hat."

Herr Leblanc hatte seine Augen abgewandt und sagte, scheinbar ohne jeden Zusammenhang: „Nur die Nachwelt urteilt gerecht."

Der Meister hatte sich bereits gesetzt, bevor er auf einen Stuhl zeigte.

„Ich wollte mit Ihnen wegen des ›Germanen‹ sprechen," sagte er, „ich möchte ihn verkaufen, Herr Leblanc."

Eine Sekunde sah Herr Leblanc, der noch stand, auf den Meister herab.

„Sie wollen den ›Germanen‹ verkaufen, lieber Meister," sagte er, „was Sie sagen. Das ist ausgezeichnet. Das habe ich gar nicht geahnt" (Herr Leblanc glitt wie ein Aal durch alle Tonarten der Sprache). „Das hätte ich nicht geglaubt... Ich hätte es in diesem Augenblick nicht erwartet."

Der Meister antwortete nicht, aber Herr Leblanc ließ die Augen über Herrn Pineros Zeitschrift gleiten und sagte: „Lieber Meister, das ist ausgezeichnet. Sie wissen, daß ein Claude Zoret die Wünschelrute für meine Firma ist, das Hufeisen über der Tür. Und Sie wollen verkaufen – endlich einmal wieder und durch mich."

Herr Leblanc strömte über von Dankbarkeit, bis er plötzlich mit einem neuen Übergang fragte: „Und zu welchem Preis wollen wir ›Cäsar‹ ansetzen?"

Der Meister öffnete kaum die Lippen.

„Ich habe nur *einen* Preis," sagte er.

„Gewiß, ich weiß, natürlich, Sie haben nur einen Preis, wie es sich gehört," sagte Herr Leblanc.

Aber plötzlich hob er den Blick, der voll Bewunderung schien, zum Meister und sagte: „Aber, nein, für den ›Cäsar‹ setzen wir einen höheren Preis an. Wissen Sie, man muß immer der Klügere sein. In diesem Augenblick setzen wir einen höheren Preis an. ›Cäsar‹ hat außerdem..."

„Der ›Germane‹," verbesserte der Meister.

„Richtig, der ›Germane‹... der ›Germane‹, der Cäsar verwundet, hat außerdem ein ganz besonderes Interesse, lieber Meister. Ich meine, man könnte fast sagen, das Bild bedeutet einen Wendepunkt, ich meine... eine Phase in der Produktion des Meisters."

Herr Leblanc bewegte seinen kleinen Finger mit einer eigenartigen Bewegung über das grüne Tuch des Tisches, als stecke er Nadeln auf ein Kissen. „Und außerdem," sagte er, „muß das Genie vor allen Dingen seinen Preis behaupten."

Der Meister sagte, ohne sich zu rühren: „Sie verstehen mehr vom Handel als ich."

Herr Leblanc hob seine treuherzig bewundernden Augen. „Lieber Meister, man handelt nicht mit einem ›Claude Zoret‹. Man teilt der Kunstwelt die Chancen mit, nicht wahr, und die Käufer melden sich."

„Aber," fuhr er fort, „wir setzen einen höheren Preis an."

Und, indem er förmlich einen Satz auf Claude Zoret zu machte, fügte er hinzu: „Dann können wir auch mit uns handeln lassen."

Der Meister sah ihn an, während seine Brauen plötzlich zitterten. „Sie irren," sagte er, „ich lasse nicht mit mir handeln."

„Lieber Meister," sagte Herr Leblanc, der unausgesetzt von Tonfall zu Tonfall glitt. „Sie müssen doch Scherz verstehen. Selbstverständlich wird dieser Fall nie eintreten. Die Kenner werden herbeiströmen. Der Trocadero würde all die Menschen nicht fassen können, wenn wir den ›Germanen‹ dort zum Verkauf ausstellen würden – obgleich die Zeiten schlecht sind..."

Claude Zoret hatte die Hand auf dem Tisch geballt. „Der ›Germane‹ kann nach England gehen," sagte er.

„Natürlich," antwortete Herr Leblanc und betrachtete den grünen Tisch, „er könnte nach England gehen... er könnte vielleicht nach England gehen..."

„Aber?" sagte Claude Zoret, und das eine Wort schlug dem Kunsthändler wie eine Zornesflamme ins Gesicht.

„Ja, lieber Meister," sagte Herr Leblanc und legte die Hände mit den ausgespreizten Fingern vor sich auf den Tisch. „Ich bin ehrlich, nicht wahr, ich bin immer ehrlich... Ich meine nur, die Luft kann heiß sein, nicht wahr, und die Luft kann lau sein. Ich meine nur, daß jeder Augenblick, wenn ich so sagen darf, den Künstler und seinen Namen mit einer bestimmten Atmosphäre umgibt. Ein Augenblick ist günstig, nicht wahr... und ein anderer..."

Der Meister hob den Kopf. „Erscheint dem Krämer ungünstig, ja. Aber ich glaube nicht, daß gewisse Schreibereien eines Herrn Pinero an Claude Zoret rütteln können..."

Herr Leblanc fiel ein: „Ich habe keine Sekunde daran gedacht... Ich habe gar nichts gelesen..."

„Möglich. Das weiß ich nicht. Aber eben dieser Schreibereien wegen, Herr Leblanc, wünsche ich den ›Germanen‹ zu verkaufen – und zwar sofort. Der Preis bleibt der gewöhnliche."

„Wie Sie wünschen, Meister," antwortete Herr Leblanc.

„Wir pflegen sonst mit weniger Worten zu verhandeln," sagte Claude Zoret.

Und er machte eine Bewegung mit der Hand, als beendige er eine Audienz. Aber Herr Leblanc schien diese Bewegung nicht gesehen zu haben. Denn Herr Leblanc blieb sitzen und sagte nach einer ganz kleinen Pause: „Dann benachrichtigen wir also unsere Agenten – überall. Es gibt doch fünf Weltteile, nicht wahr? Nach dem Erfolg in Melbourne kommt auch Australien noch hinzu. Lieber Meister, der ›Germane‹ wird innerhalb acht Tagen verkauft sein – obgleich wir jetzt den ›Sieger‹ als Konkurrenten haben..."

Der Meister schien nicht gleich zu begreifen. Dann trat jäh ein Ausdruck in seine Augen wie in die eines Radfahrers, der sich plötzlich rettungslos einem ungeahnten Abgrund gegenübersieht, während seine Gedanken stocken.

Der „Sieger“, der „Sieger“ verkauft - -

Mit einer gewaltigen Willensanstrengung streckte er seinen Arm, der schwer wie Blei war und gar nicht zu seinem Körper zu gehören schien, nach seiner Pfeife auf dem kleinen Tisch aus. Aber er konnte die Pfeife nicht halten, weil er sie doppelt sah, und sie fiel zur Erde.

Herr Leblanc, dessen treuherzige Augen plötzlich wie Stahl so blank geworden waren, wollte sich bücken, um sie aufzunehmen.

Aber der Meister hatte sie schon ergriffen.

„Danke,“ sagte er und machte einige Schritte, bis er stehen blieb, das Gesicht der vorgezogenen Gardine zugewandt.

Herr Leblanc ließ, während er sprach, seine Stahlaugen unablässig auf seinem Rücken ruhen.

„Der ›Sieger‹,“ sagte er, und er schien geschäftsmäßig zu sprechen, während er trotzdem jedes Wort wie eine Kugel formte, „ist ja von dem Besitzer auf Sicht verkauft worden, um fünf Jahre in London magaziniert zu werden. Aber nicht wahr, lieber Meister, seien wir aufrichtig – was ist heutzutage eine Verpflichtung, nicht wahr... und was bedeuten fünf Jahre in einem Kontrakt für einen Mann, der Geld machen will und sich die augenblickliche Verlegenheit eines jungen Mannes zunutze macht? Herr Pinero hat den ›Sieger‹ gleich auf den Markt geworfen.“

Der Meister rührte sich nicht.

Der „Sieger“, der „Sieger“, sein Geschenk, verkauft.

Atemlos vor Schmerz hatte er die Lippen geöffnet. Dann preßte er die Zahnreihen wieder aufeinander, daß die Spitze der leeren Pfeife von seinen Bauernzähnen durchbissen wurde.

Der „Sieger“ verkauft, der „Sieger“, sein Geschenk, von Michael verkauft.

Herr Leblanc fuhr fort: „Und die Herren wissen, daß sie nichts dabei riskieren. Gar nichts, nicht wahr? Jedenfalls nichts im Verhältnis zu ihrem

Gewinn, das ist das Unglück. Die Herren brechen einen Kontrakt, und alles, was man ihnen dem Gesetz nach anhaben kann, ist, einen Prozeß gegen sie anzustrengen, einen gewöhnlichen Prozeß."

Der Meister antwortete nicht, vielleicht hörte er nicht.

Herr Leblanc aber fuhr fort zu sprechen, während er sah, daß Claude Zorets Schultern unter seiner Kleidung seltsam zitterten, wie wohl ein Tier, das gepeitscht wird, unter der Haut zittert.

„Und nicht wahr, was wird durch einen Prozeß gewonnen? Das wissen die Herren. Er würde vielleicht – in einer Angelegenheit wie dieser –für uns selbst am unangenehmsten werden, nicht wahr? Und das wissen die Herren."

Herr Leblanc hielt inne.

Die Stille, die eintrat, als er schwieg, weckte plötzlich den Meister, und er machte eine Bewegung mit der Hand, als wolle er seinen eigenen Schmerz knebeln.

Nein, diesem Schuft gegenüber wollte er sich nicht verraten. Er wenigstens sollte nie sein wahres Gesicht sehen.

Aber trotzdem drehte er sich noch nicht um. Er fürchtete seine Blässe und war seiner Stimme nicht sicher. Und er wußte nicht, ob der Mann weitersprechen würde. Aber er sprach nicht. Nein, weiter war es wohl nichts.

Claude Zoret ballte die Hände, als wolle er sich selbst in seinen Fäusten tragen, und plötzlich wandte er sich um, und sein Gesicht war ruhig.

„Wer hat den ›Sieger‹ zuletzt an der Hand gehabt?" fragte er, und seine Stimme klang, als spräche er mit seinem Stallknecht.

„Lieber Meister, Herr George Pinero hat ihn gehabt – die ganze Zeit über."

Herr Leblanc verwandte seine funkelnden Metallaugen keine Sekunde vom Meister.

„Darum, nicht wahr," sagte er, „ist der ›Sieger‹ auch wohl dem Tadel in Pineros Zeitschrift entgangen."

Und als wolle er Herrn Pinero höhnen, zitierte Herr Leblanc, was er nicht gelesen hatte.

„Darum ist wohl der ›Sieger‹ das einzige geniale Werk eines bedeutenden Talents? Lieber Meister, so handelt – ein Engländer."

Einen Augenblick starrte Claude Zoret in die leere Luft.

Dann begriff er.

Endlich, endlich verstand er. (Und er hob die Hand wie zum Schlage und wußte nicht, ob er ihn gegen den richten wollte, der ihn verraten hatte, oder gegen den, der den Verrat hinterbrachte.) Also Michael, Michael hatte seine geheimsten Selbstzweifel über das Meer getragen und sie in einer fremden Sprache verraten – als Zugabe zu seinem Handel.

„Ja," sagte Herr Leblanc, als der Meister nicht sprach, treuherzig, als setze er seinen Gedankengang von vorhin fort, „es gibt Verbrechen, die nicht bestraft werden können."

Die Lippen des Meisters waren weiß, als hätte sein Herz plötzlich mit einem Zuge alles Blut seines Riesenkörpers aufgesogen.

Plötzlich aber sagte er und sprach auf einmal kurz und klar wie ein Feldherr, der in der Gefahr einen Adjutanten ausfragt und seine Befehle erteilt: „Wo ist der ›Sieger‹ jetzt?"

„Herr Pinero hat ihn nach Paris gebracht."

„Wo ist er?"

„Bei Herrn Petit."

„In der Rue Blanche?"

„Ja."

„Gut."

Claude Zoret machte zwei Schritte.

„Dann kaufen Sie ihn zurück."

„Zurück?"

Herrn Leblancs Augen hatten ihre stahlartige Farbe verloren, und sein Blick glitt zur Seite, während er plötzlich von seinem Stuhl aufstand. Der Meister setzte sich an seinen Schreibtisch.

„Sie haben recht," sagte er, „ich hatte nicht bedacht, daß der ›Sieger‹ am Markt ist. Und der ›Sieger‹ und der ›Germane‹ dürfen nicht gleichzeitig ausgeboten werden."

Er legte die flache Hand so fest auf den grünen Tisch, als wäre sein krampfhaft gestreckter Arm ein Pfeiler, zur Stütze seines eigenen Körpers errichtet.

„Ich will," sagte er, „daß der ›Germane‹ zuerst verkauft wird, und der Preis soll nicht gedrückt werden."

Herr Leblanc murmelte eine Antwort.

„Darum kaufen wir den ›Sieger‹ zurück. Sie kaufen ihn für einen fremden Namen, und zwar sofort."

Mit seiner schweren Hand stellte Claude Zoret eine Anweisung aus.

„Der Preis ist gleichgültig."

„Bitte," sagte er und schob die Anweisung über den Tisch.

Herr Leblanc nahm sie mit seltsamem, nervösem oder unsicherem Zucken seiner Finger. „Natürlich," sagte er ganz ohne Sinn.

Der Meister fragte: „Wann kann der Handel abgeschlossen sein?"

Herr Leblanc, der vor dem Tisch stand, mit auf die Seite gelegtem Kopf wie ein Kontorist, der wartet, sagte: „In zwei Stunden."

„Gut. Dann lassen Sie das Bild hierher bringen."

„Ja, Meister."

„Adieu."

„Adieu," sagte Herr Leblanc, der sich gleichsam zweimal vor der Tür umdrehte. „Adieu."

Herr Leblanc ging hinaus, und die Tür wurde geschlossen.

Als er allein war, stand der Meister auf. Aber plötzlich fiel er vornüber wie ein entwurzelter Baum, zweimal schwankend, bevor er über den Tisch fiel. Aber, sich an der Tischkante festhaltend, bezwang er sich und richtete sich von neuem auf.

Er schleppte sich durch das Zimmer, und hinten in einer Ecke setzte er sich nieder, direkt auf den Fußboden, mit ausgestreckten Beinen, so wie seine Bauernväter auf der nackten Erde gesessen hatten.

Sein Kopf fiel auf seine Brust, und seine Schultern hingen schlaff herab. Die Hände lagen so matt im Schoß, als würden sie nie mehr ein Werkzeug umfassen. Nur sein Herz fühlte er, das wie ein blutrotes Eisen in seiner Brust brannte.

„Meister, Meister."

Der Majordomus klopfte an die verschlossene Tür.

Der Meister erhob sich und öffnete Jacques die Tür, der mit verstörtem Gesicht auf der Schwelle stand.

„Was gibt's?" fragte der Meister.

Der Majordomus stammelte.

„Herr Leblanc ist wieder da... Herr Leblanc - – mit einem Bild."

„Es ist gut."

Der Meister stand hochaufgerichtet mitten im Zimmer: „François soll es sofort zu Herrn Michael hinüberschaffen. Und in einer halben Stunde soll angespannt werden."

„Ja, Meister," murmelte der Majordomus.

„Und mach ein Halbbad zurecht," sagte der Meister und wandte sich ab.

Jacques' zitternde Hände fanden den Türgriff nicht gleich, als er hinausging.

Der Meister blieb einen Augenblick stehen, und mit seinen Augen und den schlaffen Schultern machte er den Eindruck eines Wanderers, der in einer neuen und unbekannten Gegend nicht mehr weiß, wohin er seine Schritte lenken soll. Dann nahm er die Zeitschrift und legte sie fort, ohne einen Blick darauf zu werfen, mit einer wunderlichen Bewegung, als verbrenne er sich die großen Hände an dem Heft. Er klappte das Tintenfaß zu und legte die Feder darauf, wie ein Mensch, der aufräumt, oder wie einer, der mit etwas abgeschlossen hat, das nie wiederkehrt.

Aber plötzlich sah er Michael wieder vor sich – wie er so manchen Abend in den ersten Jahren lesend mit gesenktem Kopf an diesem Tisch unter der Lampe gesessen hatte, Stunde um Stunde in derselben Stellung.

„Michael," hatte er gerufen.

Michael hörte kaum: „Ja."

„Du liest und liest."

„Ja."

„Aber wozu?" hatte er wieder gefragt.

„Ja, ich muß doch alles wissen – alles das, wovon ihr sprecht," hatte er gesagt, und er hatte weitergelesen, die Hände in den Haaren vergraben; wie ein Knabe, der „Die drei Musketiere" liest, hatte er gesessen und gelesen.

Des Meisters Ausdruck veränderte sich.

„Er war eigentlich fleißig gewesen während der ersten Jahre und hatte viel gelernt... viel auf vielen Gebieten. Arbeitskraft war in ihm, das hatte Monthieu auch immer gesagt."

Der Meister atmete tief auf. Kraft, Kraft war in ihm. Aber vielleicht arbeitete er jetzt, vielleicht malte er. Er mußte erst sehen, was er malte.

Der Meister stützte sich gegen den Rand des Tisches, als sei er müde von einer langen Wanderung.

Er setzte sich in seinen Stuhl, und während die Arme schlaff herabhingen, dachte er wieder an die fernen Zeiten: als Michael hier gesessen und seine ganze „Berühmtheit“ aus allen Zeitungen der Welt ausgeschnitten und mit Schere und Kleister gewirtschaftet und vorgelesen und seine ewigen „Scrap Books“ geordnet hatte.

Wo mochten die eigentlich sein? Sie standen sicher noch hier – irgendwo auf den Regalen. Rote Einbände hatten sie, daran erinnerte er sich. Claude Zoret erhob sich und trat zu den Bücherbrettern: Richtig, da standen sie, eine ganze Reihe. Elf Stück... Der Meister nahm einen Band heraus und schlug das Buch auf: Hm, das waren die Kritiken von jenem Sommer, als er in London ausgestellt hatte... Ja, wie hatte Michael sich damals gefreut.

Der Meister begann zu lesen. Er hatte selbst nie all diese Lobgesänge gelesen.

Aber es waren doch Leute darunter (Claude Zoret hatte sich gesetzt und fuhr fort zu lesen), Leute, die begriffen, Menschen, die Verständnis hatten für das, worüber sie schrieben, Leute, die erkannten, wer er eigentlich sei... Männer, die verstanden, auf was es ankam...

Claude Zoret fuhr fort, die Blätter des Buches umzuschlagen, Seite um Seite, während Tränen in die seltsam erloschenen Greisenaugen traten, die auf dem Buche ruhten: „Claude Zoret steht in der heutigen Kunst stolz und isoliert da. Im Kampf um die große Schönheit hat er nur einen einzigen Waffengefährten: sein Genie.“

Die Tränen rannen über die gelben Backen des Meisters wie Tau über ein welkes Blatt, während er weiterlas. Plötzlich aber stand er auf und schob das Buch beiseite. Jacques kam und meldete, das Bad sei fertig.

„Danke,“ sagte der Meister mit abgewandtem Gesicht, und als Jacques gegangen war, stellte er das Buch wieder an seinen Platz. Er ging ins Schlafzimmer, entkleidete sich und öffnete die Tür zum Baderaum. Er stieg die drei Stufen hinab und legte sich ausgestreckt in das laue Wasser der marmornen Wanne. Es war, als besänftige das Bad einen Schmerz in seinem Körper, oder als löse es nur eine Müdigkeit, die ihm in allen Gliedern saß.

Man müßte immer malen – malen und nichts als malen, bis der Tag käme, an dem der Pinsel der toten Hand entfiele.

Der Meister hob die Augen, und sie fielen auf die Marmorfriese des Badezimmers. Wie lange war es her, seit er sie beachtet hatte: die badenden Römerkörper waren gut. Dubois hätte sich immer an den Lehm halten sollen. Die Farbe erstarb ihm stets gewissermaßen unter dem Pinsel.

Claude Zoret starrte weiter zu Paul Dubois' Friesen hinauf.

Diese Römer hatten also nur die Adern durchschnitten, mit einem Messer durchschnitten, und das Blut war in das laue Wasser geflossen. Herausgeronnen. Ganz langsam herausgeronnen.

Der Meister schloß die Augen.

Sein Riesenkörper glich dem eines schlummernden Flußgottes unter dem Wasserspiegel.

Und das Blut hatte das Wasser hellrot gefärbt und dunkelrot und blutrot – ganz langsam, nach und nach.

Claude Zoret schlug die Augen auf. Es war, als freue sein Malerauge sich an der zunehmenden Farbe, der seltsamen und herrlichen Farbe des Blutes.

Aber Michaels Arbeit mußte er sehen. Jetzt konnte er wohl die ganze Frau malen.

Der Meister erhob sich aus dem Wasser, und vor dem Spiegel trocknete er seinen Körper. Er rieb die starken Glieder tüchtig mit den rauhen, warmen Decken, und das Blut zirkulierte rascher durch seine Adern. Nein, er wollte ihnen zeigen, daß er nicht tot war, sondern daß er lebte. Es war noch eine Wand im Luxembourg zu vergeben, mochte Herr David allein in seinem Louvre hängen bleiben.

Er kleidete sich an und ging ins Wohnzimmer. Auf der goldenen Treppe zum Atelier blieb er stehen und betrachtete den riesigen Saal, als wolle er sein Eigentum messen und abschätzen, wie der Bauer sein Feld mit den zahlreichen Saatfurchen überschaut und den Acker, den er bebaut und gepflügt hat.

Er wollte weitergehen, als Jules den Wagen meldete.

„Gut," sagte er und ging durch das Vestibül an dem Majordomus vorbei, in dessen Gesicht alle Falten zitterten, und er nickte seinem Kutscher zu, bevor er in den Wagen stieg.

Er fuhr durch den Hof der Tuilerien und über die Brücke. Er grüßte ruhig wieder, wenn er gegrüßt wurde. Er rief am Kai sein lautes „Guten Tag" einem Buchhöker zu, dem er gelegentlich alte Stiche abkaufte, und rollte hochaufgerichtet in seinem Wagen weiter.

Als er aber das Gitter vor Michaels Haus sah, erbebte er am ganzen Leibe, so daß er sich mit einem Griff auf den Rand des Wagens stützen mußte, als er ausstieg.

Er ging durch den Garten und klingelte an dem verschlossenen Haus.

Der junge Diener stürzte herbei, ganz weiß in seinem Lakaiengesicht und so verwirrt, daß er kaum die Tür zu öffnen vermochte.

„Ja, ich bin es," sagte der Meister.

Er ging ins Vestibül, wo er den ›Sieger‹ an die Wand gelehnt stehen sah, in ein grünes Tuch gehüllt, und eine Blutwelle schoß ihm ins Gesicht.

Der Diener, der seine Knie zittern fühlte, wollte die Treppe hinauflaufen.

„Du bleibst hier," sagte der Meister und wandte ihm das Gesicht zu. Die Adern an seiner Stirn waren wie Schriftzeichen geschwollen.

Und der Diener blieb stehen und lehnte sich an die Wand, während der Meister an ihm vorbei zu den Zimmern hinaufstieg.

Er öffnete die Tür zum Wohnzimmer und trat ein. Er schaute von Wand zu Wand, als suche er doch auf den leeren Flächen das Bild, von dem er doch wußte, daß es nicht da sei. Er betrachtete das Zimmer des Schahs und er hob die schweren Goldstickereien in die Höhe, als wolle er sie in seiner Faust wägen. Eine Sekunde zögerte er vor der Wendeltreppe. Seine starren Augen fielen auf die tanzenden Amoretten, die ihr Spiel mit den zierlichen Fackeln trieben. Dann stieg er hinauf.

Er riß die Tür zum Atelier mit einem Ruck auf und blieb eine Sekunde auf der Schwelle des blitzblanken, schmucken Raumes stehen.

Dann ging er hinein, und ruhig wie ein Taxator vor der Auktion prüfte er die Skizzen an den Wänden, Stück für Stück, während seine Schulter hin und wieder gegen die Mauer sank, prüfte alle die Skizzen, die er kannte.

Es waren keine andern da.

Keine.

Aber er suchte weiter.

An den Wänden, hinter den Decken, längs der normannischen Kisten suchte er nach einer Studie, nach einer Skizze von Poissy, von St. Germain, von Versailles. Nach einer einzigen Studie nur von all den Orten, wo Michael seiner Aussage nach gemalt hatte.

Aber es fand sich keine.

Also hatte Michael gelogen.

Wie ein gestürzter Ritter sich in seiner Rüstung vorwärts schleppt, ging Claude Zoret langsam zu den drei Staffeleien und blieb vor der halbleeren Leinwand stehen, auf der nichts gearbeitet war.

Plötzlich aber riß er die trockene Palette von ihrem Nagel herab und wühlte mit seinem Daumen in dem Farbenstaub, als wühle er mit den Fingern in einer offenen Wunde, die seinem eigenen Körper weh tat.

Plötzlich griff er mit der Hand nach der Armlehne des Kardinalstuhles und setzte sich nieder. Seine rechte Hand lag offen auf seinem Knie, als wäre ihr ein Stab entglitten.

Er hob den gesenkten Kopf und überschaute den Raum wie eine Brandstätte, während abgebrochene Klagen sich aus seiner Brust losrangen, wie das Winseln eines Hundes.

Dann erhob er sich, und seine stieren Augen betrachteten den Stuhl, auf dem er gesessen.

Plötzlich aber sah er, dort, in dem goldenen Schnitzwerk der Rückenlehne, ein paar lange, blonde Haare, und in einer Wut, die ihn wie eine Woge überwältigte, während bäuerliche Wirtshausflüche sich aus seiner zusammengeschnürten Kehle hervorpreßten, riß er die Haare heraus, eines nach dem anderen, und bedeckte sie, eines nach dem anderen mit den Wirtshauslästerungen seiner Bauernheimat.

Und von einer ziellosen Raserei übermannt, stürzte er sich plötzlich auf den Florentiner, den ewigen Sänger, und packte ihn an der Kehle, als wolle er seinen singenden Bronzehals würgen.

Plötzlich aber durch die Berührung seiner Hand mit der kalten Bronze zur Besinnung gebracht, richtete er sich auf und ging weiter.

Er öffnete die Tür zum Schlafzimmer, und er sah das seidengedeckte Bett und im Ankleidezimmer Prinzessin Zamikofs Unterröcke, die an einem Ständer hingen, und er klingelte.

Der Diener kam herein, mit seltsam geducktem Kopf, als erwarte er einen Schlag ins Gesicht.

„Bring den ›Sieger‹ herauf," sagte der Meister, der am Fußende von Michaels Bett stand.

„Ja, Meister."

„Der Kutscher soll helfen."

„Ja, Meister."

„Und bring eine Leiter."

„Ja, Meister," antwortete der Lakai, vor dessen Augen es flimmerte.

Der Meister blieb wartend auf derselben Stelle stehen.

Sie kamen herein, das gewaltige Bild schleppend.

„Jetzt die Leiter," sagte der Meister, der noch an derselben Stelle stand.

Sie brachten die Leiter mit zitternden Armen.

„Dort soll es hängen,“ sagte der Meister und deutete mit erhobener Hand auf die Wand über dem Bett.

„Habt ihr Nägel?“

„Ja, Meister.“

„Und einen Hammer?“

„Ja, Meister.“

„Gut.“

Der Meister stand noch immer auf derselben Stelle.

Der Diener stieg die Leiter hinauf. Aber der Hammer in seiner zitternden Hand traf den Nagel nicht.

Der Meister stand auf derselben Stelle.

„Was machst du mit dem Hammer?“ sagte er, „schlag doch zu.“

Der Diener schlug zu.

Er war in der Mauer auf Holz gestoßen, das hohl klang, als schlüge er auf einen Deckel.

„Schlag zu,“ sagte der Meister.

„Ja, Meister,“ antwortete der Diener, und der Hammer fiel wieder nebenbei.

„Laß mich selbst,“ sagte der Meister, „gib mir den Hammer.“

Er stieg die Leiter hinauf und schlug den Nagel ein, als schlüge er ihn in einen Balken.

„So,“ sagte er und stieg hinunter. „Hängt das Bild auf.“

Die beiden hängten es auf und stiegen wieder hinunter, während der Meister unbeweglich am Fußende des Bettes wartete.

„Gut,“ sagte er, „jetzt hängt es an seinem Platz.“

Und zum Kutscher gewandt, sagte er: „Wir wollen nach Hause, Denis.“

Der Meister drehte sich um und ging durch das Haus zu seinem Wagen.

Wieder fuhr er über den Kai, hochaufgerichtet auf seinem Sitz, die Arme gegen den Rand des Wagens gestemmt. Die Schüler, die aus den staatlichen Kunstschulen kamen, grüßten ihn und entblößten ihre Köpfe.

So erreichte er die Brücke, und Claude Zoret wandte den Kopf: in einem vorüberfahrenden Wagen sah er, hinter dem Fenster, wenige Meter von sich entfernt, Herrn de Monthieu über Frau Adelsskjold gebeugt, ihre Hand in der seinen.

Im ersten Moment begriff er nicht, er, der menschliches Gerede hörte und doch nicht hörte.

Dann hatte er sich erhoben: aufrecht in seinem Wagen stehend, die Hände geballt, starrte er Herrn de Monthieus Wagen nach, mit geöffneten Lippen, als wolle er einen Fluch ausstoßen.

Und während er sich wieder setzte, sprach er ins Blaue hinein, als müsse sein dumpfer, unerträglicher Schmerz sich Luft machen und einen Gegenstand haben, an dem er sich auslassen konnte, sprach so laut, daß der Lärm des Wagens seine Stimme kaum übertönte – eine Flut von Schmähworten gegen Monthieu und seine Geliebte, seine Buhlerin, ausstoßend.

Er fuhr durch den Hof der Tuilerien, und plötzlich wurde er wieder ruhig, als ob die Steinmassen der Paläste ihn bezwungen und zur Ruhe gebracht hätten.

Er kam nach Hause, und im Vestibül grüßte er den Majordomus mit einem Nicken.

„Laß anrichten," sagte er und ging hinauf.

Der Majordomus meldete, das Mittagessen warte, und der Meister setzte sich zu Tisch. Der Majordomus servierte selbst, trug die Gerichte auf und wieder hinaus. Der Meister aß wie einer, der vierundzwanzig Stunden lang gehungert hat.

„Bring mehr Wein," sagte er.

„Ja, Meister."

Der Majordomus brachte noch eine Flasche, und der Meister schenkte sich ein und leerte das Glas wie jemand, der den Wein nicht schmecken, sondern sich nur mit Wein füllen will – während der Majordomus aus einer Ecke scheu sein Gesicht beobachtete.

Der Meister stand auf.

Er stieg langsam die Treppe zum Atelier hinauf und noch höher, bis er die Tür zum Balkon öffnete.

Mit erhobenem Kopf schaute er auf den Tuilerienpark hinunter. Statuen, Bäume und Laternen wurden von den schweren Dünsten verschleiert, die nach dem glühenden Tage der brennenden Erde entstiegen und sich mit des Himmels Brand vermischten, der grauschwer herniedersank und auf dem Dach des Louvres lagerte.

Der Meister hatte die Arme gekreuzt.

Er betrachtete die Konturen der Steinkolosse, die in dem Dämmer der Hitze zitterten, so daß sie fast verwischt wurden, während die Linien des Louvres in der Glutluft zu wanken schienen.

Der Meister stand noch immer unbeweglich. Sein ergrauender Bart schimmerte durch das Halbdunkel.

Dann ging er hinein.

Auf der Treppe aber griff er vor sich durch die Luft, als wolle er plötzlich vornüber fallen. Es war, als ob alle Sehnen und alle Gelenke seiner Glieder schmerzten und weh taten. Er schleppte sich seine eigenen Treppen hinunter, als trüge er an einer Bürde. Und sein Gehirn war leer, als ob alle Gedanken es verlassen hätten, alle – außer dem einen, daß er dies vergessen wollte. Für sich selbst wollte er gestorben sein und es vergessen!

Er ging in sein Schlafzimmer und entkleidete sich. Er goß den weißen Schlafsaft in ein Glas und trank es aus. Aber der Schmerz, der sein Herz verbrannte, schlug in Blasen nach außen und bedeckte seinen Riesenkörper wie mit Aussatz und quälte ihn, als würde er mit Nadeln gestochen.

Halb im Schlaf stand er wieder auf und füllte das Glas von neuem und leerte es mit einem Zuge wie ein Durstender.

Dann sank er zurück.

Der Majordomus kam über den Teppich herangeschlichen, und dicht neben dem Bett stehend, betrachtete er den Meister.

Das Gesicht war ruhig.

Ein leichter Schaum stand vor den halboffenen Lippen.

Der Majordomus ging zurück. Er wachte auf der Schlafbank, bis der Morgen kam.

Der Meister lag seit acht Tagen im Bett.

Er wachte auf und verlangte zu trinken, er schlummerte und er trank wieder.

Schleim trat ihm aus der stöhnenden Brust auf den geöffneten Mund, und der rinnende Schweiß lag unter ihm wie ein See.

Der Majordomus saß an seinem Bett.

Wenn der Meister aufwachte, brachte er ihm Speise, die der Meister verschlang, gierig und rasch, als hätte er den Gebrauch von Messer und Gabel verlernt.

Dann legte er sich wieder nieder. Der ergrauende Bart lag ungekämmt auf den befleckten Kissen, und die weit aufgerissenen Augen in dem geschwollenen Gesicht schienen von Glas, hinter dem das Licht erloschen war.

Wenn der Majordomus sprach, antwortete der Meister nicht, und in seine Augen kam kein Leben – bis er wieder einschlief.

Kein Mensch kam und ging auf den öden Treppen. Jules erhob sich im Vestibül von seinem Stuhl, und mit einem „Der Meister ist verreist“ nahm er die Karten der Besucher entgegen.

Und es wurde wieder still im Hause, in dem der Majordomus alle Türen geschlossen hielt.

Nur Charles Schwitt ging unbehindert durch das Vestibül.

Der Majordomus kam ins Wohnzimmer, nachdem er alle Türen von Zimmer zu Zimmer geschlossen hatte.

„Wie geht es?“ fragte Charles Schwitt.

Der Majordomus antwortete: „Ebenso.“

Charles Schwitt fragte, während seine Lippen sich kräuselten vor Ekel über ein Laster, das seine Rasse nicht kennt: „Wie lange kann es noch dauern?“

„Man weiß es nicht,“ antwortete der Majordomus.

Charles Schwitt hob plötzlich den Blick zu Jacques' unbeweglichem Gesicht: „Aber wodurch kam es?“ fragte er.

Der Majordomus verzog keine Miene: „Der Meister war wohl müde,“ sagte er.

Aber indem er sich zum Gehen wandte, fragte Charles Schwitt, als wolle er den Befragten überrumpeln: „Wo ist Michael?“

Der Majordomus antwortete wie vorhin: „Herr Michael ist auf dem Lande.“

„Ach so,“ sagte Schwitt und ging.

Der Majordomus kehrte vorsichtig durch alle Türen zurück.

Der Meister stöhnte im Schlaf, während ihm der Schweiß über die Backen und von der Stirn rann.

In der Nacht erwachte Jacques.

Der Meister wälzte sich in seinem Bett: „Jacques.“

„Ja, Meister.“

„Jacques, ich kann nicht schlafen.“

„Meister, Sie haben so viel geschlafen,“ sagte Jacques.

Claude Zoret antwortete nicht.

Kurz darauf aber sagte er: „Leg dich jetzt nieder" – er nahm des Majordomus Hand –, „du hast wohl viel gewacht."

Ein Augenblick verging.

Dann sagte er: „Welcher Tag ist heut?"

„Sonnabend, Meister."

Ein Beben ging über das verschwollene, maskenartige Gesicht des Meisters, aber er sagte nur: „Schlafe jetzt nur."

In seinem Bett ausgestreckt, hörte er bis zum hellen Morgen die tiefen Atemzüge des Majordomus.

Um neun klingelte er mit einer Glocke, die neben seinem Bett stand, um Jacques zu wecken. Der Diener fuhr aus dem Schlaf auf und sagte erschreckt, während sein Blick die Gläser auf des Meisters Tisch streifte: „Sie wecken mich so spät, Meister."

„Du solltest doch schlafen," sagte der Meister und rührte sich nicht.

Jacques ging und brachte ihm Zeitungen, und Claude Zoret faltete sie auseinander. Er versuchte zu lesen. Aber es war, als ob seine Gedanken die Buchstaben nicht zusammenhalten konnten oder als ob seine Augen ihre Sehkraft verloren hätten.

„Hilf mir beim Aufstehen," sagte er.

Jacques half ihm einige Kleidungsstücke anziehen, und mit zitternden Knien, die ihn kaum zu tragen vermochten, ging der Meister ins Ankleidezimmer. Er betrachtete sein geschwollenes Gesicht im Spiegel, die Säcke unter den erloschenen Augen, und er wusch sich, doch nur die Hände. Noch scheute er Reinigung und Wasser.

Er ging hinaus und wanderte ruhelos durch das ganze Haus. Die Kleider, die viel zu weit schienen, schlotterten um den zusammengefallenen Körper. Der Durst plagte ihn, und es war keine Stelle am Körper, die ihm nicht weh tat.

„Ich will zu Bett," sagte er, und der Majordomus entkleidete ihn, ehe er frostschauernd unter die Decke kroch.

Den ganzen langen Tag hindurch ging er zu Bett, stand auf, legte sich von neuem nieder und stand wieder auf.

Vier Tage und vier Nächte hindurch schlief er nicht. Er starrte die langen Nächte, auf dem Rücken liegend, schlaflos zum Baldachin des Bettes hinauf, während seine Gedanken langsam zurückkehrten und das Gehirn seine Denkkraft zurückerlangte.

Als Jacques ihm am fünften Abend den Schlafsaft reichte, griffen die Hände des Meisters zitternd um das Glas: „Jetzt, Jacques," sagte er, „bete zu deinen Heiligen, denn wenn ich jetzt nicht schlafe, verliert Claude Zoret seinen Verstand."

Aber diese Nacht schlief er, einen qualvollen Schlaf, zwölf Stunden lang. Sein Körper war wie zerschlagen, als er aufwachte, aber sein Kopf war klar.

„Mach das Bad zurecht," sagte er, und während der Majordomus das Bad bereitete, las er die Zeitungen, aufrecht im Bett sitzend.

Er ging ins Badezimmer und legte sich ins Bassin. Als er wieder aufgestanden war, setzte er sich vor den Spiegel, und mit müden Händen, von einem brennenden Schmerz erfüllt, begann er noch einmal wieder Claude Zorets Maske herzustellen.

Er kam fertig angezogen heraus und ging in sein Atelier. Er blätterte in alten Kupferstichen, während die Stunden verstrichen.

Beim Mittagessen fragte er: „Ist Charles Schwitt heut nicht hier gewesen?"

„Doch," antwortete der Majordomus.

„Aber," sagte der Meister, „du hast ihn nicht hereingelassen."

Der Majordomus antwortete nicht.

„Hm," sagte der Meister, „es ist vielleicht besser so. Was er nicht gesehen hat, kann er nicht niederschreiben."

Nachts schlief er nur wenig. Er lag bis zum Morgen wach, mit strahlenden Augen. Wie Kampfwagen rückten die Gedanken wieder in sein mächtiges Gehirn ein. Er klingelte frühzeitig.

„Ich will malen," sagte er und ging zum Bade.

Jacques war ihm behilflich. Plötzlich schlug der Meister ihm leuchtenden Auges auf die Schulter.

„Jacques," sagte er, „vielleicht werde ich doch noch ein Maler."

„Das sind Sie doch, Meister," sagte Jacques.

„Nein, alter Jacques, noch nicht."

Claude Zoret wollte gehen. Aber plötzlich wandte er sich um und ergriff die Hände des Majordomus.

„Danke, mein Freund," sagte er und ging.

Und hochaufgerichtet, so elastisch wie nur je einer seiner Bauernvorfahren an einem Märztage zur ersten Feldarbeit geschritten war, ging er durch sein Haus in seine Werkstatt hinauf.

Auf der untersten Stufe der Treppe stehend, hörte der lauschende Majordomus, daß der Meister bereits seine Leinwand spannte.

Mittags kam er herunter. Er sprach nicht, während Jules die Speisen auftrug.

„Mach in der Bibliothek Licht," sagte er, als er den Stuhl zurückschob.

Der Majordomus sah ihn durch die Tür in der großen Bibel lesen. So saß er bis tief in die Nacht hinein. Sein mächtiger Bart fiel über die Blätter des Buches Jesaias.

Am Morgen fragte Jacques: „Soll jemand vorgelassen werden, Meister?"

„Nein, niemand. Ich will Ruhe haben," antwortete der Meister.

Der Majordomus öffnete den Mund zu einer Frage. Aber er schwieg.

Der Meister wandte den Kopf und fragte unvermittelt: „Ist Michael auf dem Lande?"

Es war das erstemal, daß er seinen Namen nannte.

Der Majordomus antwortete leise: „Ich weiß es nicht."

Der Meister ging zur Tür.

„Für Herrn Michael soll gedeckt werden," sagte er und ging in seine Werkstatt.

Die Tage vergingen und wurden zu Wochen. Der Meister kam und ging zu seinen einsamen Mahlzeiten. Sein Gesicht war zerfurcht wie ein Acker, aber seine Schultern waren straff. Die Schiebetüren des Ateliers waren geschlossen, und niemand durfte sie öffnen.

Der Majordomus schlich sich bis zur höchsten Stufe der Treppe hinauf. Des Meisters Schritte ertönten drinnen. Und jetzt sprach er – sprach laut.

Der Majordomus ging leise die letzte Stufe hinauf.

Ja, er sprach, schrie laut.

Angstvoll beugte Jacques sein Ohr zur Spalte der Schiebetür nieder, so daß er hören konnte: Jetzt schwieg er. Jetzt ging er drinnen auf und ab. Jetzt sprach er wieder.

Der Kopf des Majordomus fiel gegen die Tür, ohne daß er es merkte, während die Stimme des Meisters drinnen von neuem einsetzte. So hatte der Meister nie gesprochen, so nie.

„Der Tag müsse verloren sein, darinnen ich geboren bin, und die Nacht, da man sprach: ›Es ist ein Männlein empfangen.‹ Derselbe Tag müsse finster sein, und Gott von oben herab müsse nicht nach ihm fragen, kein Glanz müsse über ihm scheinen. Finsternis und Dunkel müssen ihn überwältigen, und dicke Wolken müssen über ihm bleiben."

Der Meister sprach lauter, immer lauter, als wolle er seine Hand, sein Auge und sein Hirn unter die mächtigen Klagen der Bibel zwingen und seine Seele und das Gewebe seiner Nerven und sein Wesen mit dem Jammer des Testamentes füllen, so daß er sie sah, die letzte Verzweiflung mit seinen eigenen Augen sah: „Warum bin ich nicht gestorben vom Mutterleibe an? Warum bin ich nicht umgekommen, da ich aus dem Leibe kam? Warum bin ich mit Brüsten gesäuget? So läge ich doch nun und wäre still, schliefe und hätte Ruhe."

Der Majordomus hielt sich am Geländer der Treppe fest. Und während er die Treppe hinunterstieg und zweimal förmlich in die Knie sank, hörte er noch immer des Meisters Stimme laut durch die verschlossene Tür dringen: „Warum ist das Licht gegeben dem Mühseligen und das Leben den betrübten Herzen? Denn wenn ich essen soll, muß ich seufzen, und mein Heulen fähret heraus wie Wasser."

Der Majordomus lauschte noch, gegen das Geländer gestützt, auf der untersten Stufe. Plötzlich aber lief er, lief durch das Wohnzimmer und zur Tür hinaus, ins Vestibül hinunter, wo Jules saß.

„Was ist los, Alter?" fragte Jules, der sich erhob.

Der Majordomus antwortete nicht. Er biß die falschen Zahnreihen aufeinander, während er zitternd in einen Stuhl sank.

Es klingelte an der Haustür.

Es war Charles Schwitt, und der Majordomus erhob sich, als er ins Vestibül trat.

„Wie geht es?" fragte er.

„Der Meister arbeitet," antwortete Jacques, aber seine Stimme zitterte.

„Woran?" fragte Schwitt.

„Ich weiß es nicht."

Schwitt bedachte sich einen Augenblick.

„Weshalb sehen Sie morgens nicht nach?"

„Die Tür ist verschlossen," antwortete Jacques, und während er wieder zu zittern anfing – aus Angst vor *dem*, was er immer fürchtete und nie zu sagen wagte – fügte er hinzu: „Aber er spricht – immerfort."

„Spricht?" sagte Schwitt. „Was spricht er?"

„Ich weiß nicht," antwortete Jacques. „Aber… aber" (und er sagte es ganz leise) „ich glaube, es ist aus der Bibel."

Über Charles Schwitts Gesicht glitt ein Aufleuchten.

„Das kann sein," sagte er; und plötzlich fügte er hinzu: „Wir wollen hinaufgehen."

Sie gingen beide die Treppe hinauf, unwillkürlich so leise, als schliefe jemand, der nicht geweckt werden dürfe. Und der Majordomus öffnete die Wohnstubentür: „Hören Sie," sagte er.

„Ja."

„Er spricht wieder," flüsterte Jacques, der auf der Schwelle stehen blieb, während sein runzeliges Gesicht aussah, als sei es mit Kalk übergossen.

Die Schiebetüren waren zurückgeschoben, und nur die Portiere verschloß das Atelier, wo die Stimme des Meisters beständig dieselben Worte wiederholte: „Der Tag müsse verloren sein, darinnen ich geboren bin, und die Nacht, da man sprach: ›Es ist ein Männlein empfangen!‹ Ihre Sterne müssen finster sein in ihrer Dämmerung; sie hoffe auf das Licht und komme nicht, und müsse nicht sehen die Augenbrauen der Morgenröte."

„Was liest er?" flüsterte Jacques, der sich an den Türrahmen lehnte.

Charles Schwitt antwortete nicht.

Der Schweiß rann ihm über die Stirn, als wäre er selbst es, der sich der Anstrengung des Meisters unterwerfe.

„Was liest er?" flüsterte Jacques wieder und reckte die Hände Charles Schwitt entgegen.

Der Meister sprach von neuem, aber es war, als preßten sich die Worte nur mit Mühe aus seiner angestrengten Brust hervor: „So läge ich doch nun und wäre stille, schliefe und hätte Ruhe."

Charles Schwitt hatte sich nicht gerührt.

Der Meister schwieg, und sie hörten nur seine Schritte im Zimmer und das Wasser, das langsam in den goldenen Bassins plätscherte.

Plötzlich schlug Claude Zoret die Portiere zur Seite und stand auf der Schwelle.

Die Furchen auf seinen Wangen waren wie mit dem Messer hineingeschnitten.

„Bist du hier?“ sagte er zu Charles Schwitt, und als ob er ihn schon wieder vergessen hätte, sagte er, zum Majordomus gewandt, und zeigte auf die Bassins: „Stell das Wasser ab.“

Der Majordomus ging durch das Zimmer und stellte mit seinen zitternden Händen die Springbrunnen ab.

„Und laß anspannen,“ sagte der Meister, „ich will ausfahren.“

Claude Zoret kehrte in seine Werkstatt zurück.

Herr Schwitt folgte dem Majordomus.

„Jetzt wird er Ruhe haben,“ sagte Charles Schwitt, und Jacques erkannte seine Stimme fast nicht wieder.

Als Herr Schwitt die Treppe im Vestibül hinunterstieg, kam Herr Adelsskjold ihm entgegen. Er sah ganz sonderbar aus, als säße sein blonder Bart ihm lose im Gesicht.

Charles Schwitt sah ihn an. „Sind Sie es?“ sagte er. „Wo sind Sie denn so lange gewesen?“

„In Finnland,“ antwortete Adelsskjold, der unausgesetzt mit demselben flackernden Blick vor sich hinstarrte.

„So weit?“ sagte Schwitt. „Und Frau Adelsskjold geht es gut?“

Adelsskjold sah hastig auf: „Meine Frau ist doch in der Normandie.“

Und wie ein Mann, der den einzigen Gedanken aussprechen muß, um den sein Gehirn kreist, fügte er hinzu: „Sie ist bei der Herzogin-Witwe von Monthieu zu Besuch.“

Charles Schwitt ließ vielleicht eine halbe Minute vergehen, bevor er antwortete: „Ach richtig, das habe ich ja gehört.“

Er wippte einen Augenblick mit seinem Stock: „Zoret empfängt nicht,“ sagte er dann, „er arbeitet.“

Adelsskjold, der, wenn er angeredet wurde, zusammenfuhr wie ein Mann, der eine Fliege von seiner Stirn verjagt, sagte: „Ich will nur meine Karte abgeben.“

Und sie trennten sich.

Herr Adelsskjold ging ins Vestibül und gab Jules seine Visitenkarte.

„Vielleicht kann ich hier einen Augenblick sitzen," sagte er, „ich bin etwas müde."

Und er setzte sich mechanisch in einen der großen Stühle, ins Leere starrend, unbeweglich, wie ein Mensch, für den die Welt stillsteht.

Der Meister hatte sein Gesicht gebadet und sich umgezogen. Er kam rasch durch die Vorhalle.

„Was? Sie sind da?" sagte er, als er Adelsskjold sah, der sich erhob. Und sehr sanft fügte er hinzu: „Wollen Sie nicht mitfahren? Frische Luft tut gut."

Adelsskjold faßte des Meisters Hand: „Danke," sagte er.

„Aber sprechen kann ich nicht," sagte Claude Zoret, als sie in den Wagen stiegen, „ich arbeite."

Die Lider bebten über Adelsskjolds trockenen Augen: „Wirklich?" sagte er.

„Ja," antwortete der Meister, „und meine Gedanken wollen nicht zur Ruhe kommen."

Adelsskjold starrte mit demselben Blick geradeaus wie vorhin im Vestibül.

„Nein," sagte er, „die Gedanken wollen nicht zur Ruhe kommen."

Die beiden Männer fuhren zusammen über den Boulevard.

Ab und zu bewegten sich die Lippen des Meisters, als flüstere er unhörbare Worte. Adelsskjold sank auf dem Sitz zusammen und richtete sich wieder auf. Keiner von ihnen sprach – nicht ein Wort.

„Leben Sie wohl, mein Freund," sagte der Meister, als sie wieder schieden.

Der Tonfall der Worte drang Adelsskjold ins Bewußtsein, und es ging ein Zittern über sein vergrämtes Gesicht. „Danke, Claude Zoret," sagte er.

Und er ging.

Claude Zoret blieb einen Augenblick in der Halle stehen.

Seine Mundwinkel sanken herunter wie vor Müdigkeit oder vielleicht vor Schmerz...

Als der Meister zur Mittagszeit ins Eßzimmer trat, kam Michael durch die gegenüberliegende Tür herein – vielleicht hatte er draußen gewartet – und er ging, mit einem „Guten Tag", das lustig klingen sollte, aber ihm kaum über die Lippen wollte, an seinen Platz. Seine Augen glänzten, als hätte er eben einen rasch wirkenden Likör genossen.

Der Meister hatte mit der linken Hand nach dem Rücken gegriffen, als fühle er einen Stich unter dem Schulterblatt. Aber er begann sofort munter von Wind und Wetter zu reden und zu fragen, wer in Trouville gewesen sei, wo Michael, wie er sagte, herkam.

„Wir trinken eine Flasche Burgunder," sagte er zum Majordomus gewandt, und wie um die Bestellung des seltenen Weines zu erklären, fügte er für Michael hinzu: „Ich arbeite so viel in dieser Zeit."

„Woran?" fragte Michael, der die Lippen sehr wenig öffnete.

„Man glaubt wohl stets, daß man sein größtes Werk schafft," sagte der Meister, der Michaels Tonfall überhört zu haben schien.

Michael antwortete im selben Ton, aber der Schweiß stand ihm auf der Stirn: „Es muß herrlich sein, wenn man das glauben kann."

Ein Funke blitzte in des Meisters Auge. „Ja," sagte er und stemmte die Hand gegen den Tisch.

Der Majordomus kam mit dem Wein.

„Bringen Sie die englischen Gläser," sagte der Meister.

Der Majordomus blieb stehen, wartend, und eine Sekunde verging, bevor Michael stotternd sagte: „Ich habe sie mir ausgeliehen."

Es lauerte fast wie Freude in des Meisters Augen – als empfände er zum erstenmal eine gewisse Freude darüber, zu sehen und zu messen, wieweit

Michael zu gehen wagte. „Das ist vernünftig," sagte er und lachte, „dann nehmen wir andere."

Der Majordomus schenkte in die herbeigebrachten Gläser ein und ging.

Michael fragte, während seine Stimme plötzlich ganz leise zitterte: „Malst du ohne Modell?"

„Ja," sagte der Meister und fügte merkwürdig langsam hinzu, „diesmal male ich nach der Erinnerung."

Er trank sein Glas aus: „Aber für die Luft habe ich die Studien aus Algier verwendet."

Michael hob den Kopf. „Ja," sagte er hastig, „die sind gut."

Er blieb ein paar Augenblicke sitzen, als sei er plötzlich von einem Gedanken ergriffen, den er weiterverfolgte.

„Die sind gut," wiederholte er unwillkürlich, wie ein Auktionator, der einen Preis festsetzt.

Der Meister rührte sich nicht. Er sprach wieder munter von Jacques' Gicht und von all den Lügenbüchern, die er des Abends läse, um sich zu betäuben, so munter, als hätte Michael erst gestern auf seinem gewohnten Platz gesessen oder als hätte er – ihn nie gesehen.

„Aber," sagte er plötzlich, „ich habe doch das Verlangen, fertig zu werden und etwas herauszukommen."

Michael hob den Kopf. „Ja," sagte er und sprach in dem Ton, der noch aus dem Prager Gäßchen stammte und den Claude Zoret nur ein einziges Mal gehört hatte, damals, als sie im Atelier von dem „Germanen" sprachen, „hier ist es nicht amüsant."

Der Meister schwieg einen Augenblick. Dann sagte er mit einem Lächeln: „Darum suchst du deine Freuden ja auch außerhalb des Hauses."

Michael warf den Kopf zurück, so daß das schwarze Haar sich wie ein Eisenkamm über seiner leichenweißen Stirn erhob: „Ja, glaubst du vielleicht," und die Worte flogen über seine zitternden Lippen, „daß es angenehm für mich ist, hierher zu kommen, wo du mit mir sprichst, wie du mit Herrn Leblanc sprichst, wenn du ihm deinen Hohn wie Peitschenhiebe in sein Krämergesicht schlägst...?" –

„Michael..."

„Jawohl, ich kenne dich" – fuhr Michael fort, während seine Augen ganz grün waren und seine Worte wie Schläge dem Meister ins Gesicht fuhren –, „ich kenne dich, dich und deine Munterkeit, in die du dich wie in einen Schlafrock einhüllst, weil es dir nicht einmal der Mühe lohnt, dem andern deine Verachtung zu zeigen. Und doch wären Peitschenhiebe – das weißt du – nicht so grausam wie deine eisige Munterkeit. Weißt du, wem du ähnelst, wenn du lachst? Einem Granitgott, der uns andere, uns Erbärmliche, verhöhnt, – so bist du. Und ich muß es mir gefallen lassen, denn du hast ja ein Recht, mich zu verachten. Ohne zu fragen, ohne zu sprechen, ohne zu verstehen, ohne den Versuch zu machen, zu verstehen, verachtest du von der Höhe deines Genies herab."

Der Meister sagte und bewegte die Lippen kaum: „Wen verachte ich?"

Michael lachte: „Steig auf deine Höhe hinauf und sieh zu, wen du *nicht* verachtest. Ich kenne dich, dich und deine Freundschaft. Du nimmst dir das Recht, mit jedem Wort, das du zu sagen geruhst, zu beleidigen. Und beleidigt ein Freund dich nur mit einem Blick, so treibst du ihn aus deinem Leben heraus ohne ein Wort, ohne eine Miene zu verziehen, treibst ihn wie einen Lumpen auf die Straße hinaus. Er hat die Ehre gehabt, eine Figur in deinem Leben gewesen zu sein. Er ist es nicht mehr. Er kann gehen. Für dich reißt kein Band, denn es hat nie eines bestanden.

Aber was sind es auch für Freunde, die dir geblieben sind? Adelsskjold, den du verachtest wie einen Ochsen auf dem Felde, und Schwitt, Herr Charles Schwitt, mit dem du sprichst, als wenn du in den Phonographen der Ewigkeit hineinsprächest, der deine unsterblichen Worte auf seinen Walzen aufbewahren soll. Ja, wenn du einmal stirbst, wirst du ihm deinen letzten Willen diktieren, und du wirst ihm die Hand drücken und ihm keinen Gedanken schenken, sondern nur den *einen* Gedanken haben, *wie* Claude Zoret stirbt. *Das* ist deine Freundschaft – und das sind deine Freunde."

Der Meister hatte die Augen geschlossen. „Hast du das alles schon lange gewußt?" sagte er, und seine Worte waren kaum zu verstehen.

„Ja," rief Michael, „ob ich das lange gewußt habe. Ich kenne dich, Claude Zoret, dich und dein Herz. Herrn Claude Zorets Herz (es war, als ob ein unhörbares Schluchzen Michaels ganzen Körper durchbebte). Du könntest mich totschlagen… und du *kannst* totschlagen, Körper und Seele bloß mit einem Wort – du könntest mich totschlagen und du würdest mir keinen Gedanken schenken, sondern nur den Deckel über einer neuen Leiche zuschlagen. Und du würdest weiterschreiten und liebenswürdig sein, weil es das bequemste ist, und würdest aus Gleichgültigkeit mitleidig sein und das *große Herz der Kunst* genannt werden, weil du alle fünf Jahre eines deiner berühmten Gemälde zugunsten der Armen verlosen läßt. Ich bin nie etwas anderes für dich gewesen als ein Gegenstand, der sich zum Malen eignete."

Claude Zoret öffnete die Augen. Seine Hände, die weiß geworden waren, als wären sie kalt, umfaßten die Kante des Tisches: „Glaubst du?" fragte er, und Michael wandte die Augen ab. Gleich darauf aber fügte er hinzu: „Ich werde dir hierauf nie etwas erwidern, Michael."

Der Majordomus brachte den Nachtisch herein, und die beiden aßen vor Jacques Augen, der doch alles wußte, so ruhig, als säßen sie in einem Restaurant neben der Oper, das voll von Bekannten war. Sie sprachen nicht, während sie in der großen Wohnstube den Kaffee tranken.

Michael erhob sich.

„Adieu," sagte er.

„Adieu einstweilen," antwortete der Meister und blieb in dem großen Stuhl sitzen.

Als der Majordomus hereinkam, um die Tassen zu holen, sah er den Meister umhergehen und alle Uhren zum Stehen bringen: „Jetzt muß es hier still sein," sagte er, „denn jetzt soll hier gearbeitet werden."

Er nahm am Tisch vor der aufgeschlagenen Bibel Platz, und plötzlich sah er zu Jacques auf und sagte, während der Majordomus ihn verständnislos ansah: „Vielleicht war auch dieses noch nötig."

Er senkte den Kopf von neuem und las im Buche Hiob: „Da fuhr der Satan aus vom Angesicht des Herrn und schlug Hiob mit bösen Schwären von der Fußsohle an bis auf seinen Scheitel. Und er nahm einen Scherben und schabte sich und saß in der Asche."

Um elf klingelte der Meister und ging in sein Schlafzimmer. Der Majordomus kam und half ihm.

„Jetzt habe ich ihn gesehen," sagte der Meister.

„Wen, Meister?" fragte Jacques.

„Hiob," antwortete der Meister, und der Majordomus verstand ihn nicht.

Es vergingen drei Monate. Der Meister arbeitete rastlos.

Nachmittags kam Adelsskjold und wartete in der Halle wie ein Hund, der vor einer Tür wartet. Der Meister kam hinunter, und sie fuhren Seite an Seite über die winterlichen Boulevarde, beide schweigend, aber doch zusammen.

„Adieu, Zoret," sagte Adelsskjold, wenn er ausstieg und vornübergebeugt, wie er jetzt immer ging, davonschritt.

Der Meister nahm die Mahlzeiten in seinem Atelier ein.

Er fragte: „Ist Herr Michael da?"

„Ja, Meister," antwortete der Majordomus.

„Grüß ihn," sagte der Meister.

„Meister, Sie essen nicht genug," sagte der Majordomus.

Claude Zoret antwortete: „Ich kann nicht, ich muß arbeiten."

Und der Majordomus trug die Speisen hinaus.

Charles Schwitt kam hin und wieder.

Er ging in die stille Wohnstube hinauf und wanderte dort auf und ab, bis er wieder fortging.

Eines Tages, als er wieder da war, öffnete der Meister die Tür zum Atelier: „Bist du es?“ sagte er und blieb auf der Schwelle stehen. „Jetzt ist es fertig, du kannst es sehen.“

Wie eine weiße Flamme schlug eine Blässe über Charles Schwitts Gesicht: „Danke,“ sagte er.

Und er ging die Stufen hinauf, ins Atelier hinein, und blieb vor drei Gemälden stehen.

„Das ist Hiob,“ sagte der Meister.

Und Charles Schwitt sah auf einem graugelben Felde unter einem graugelben Himmel ein zerschmettertes Etwas, etwas wie ein zertrümmertes Tongefäß, von einem Tuch bedeckt, ein totes Etwas, das dennoch lebte.

„Das ist Jesaias,“ sagte der Meister und deutete auf das nächste Bild.

Charles Schwitt blieb bleich wie vorhin vor dem Propheten stehen, der, allein, mit gekreuzten Armen, auf einer Klippe stehend, dem Volk den Fluch des Herrn verkündete, während die Ausdünstungen der Horden zu ihm heraufzusteigen schienen und seinen Mantel mit einer dunklen Wolke umhüllten.

Der Meister aber zeigte auf das letzte Bild. „Und dies ist die Wahrheit,“ sagte er.

Charles Schwitt hob die Augen zu dem riesigen Bilde. Hoch und sieghaft führte ein Jüngling, dessen dunkles Haar den Kopf wie eine Krone schmückte und dem eine lichte Frau unzertrennbar zur Seite stand, die Zügel eines goldenen Triumphwagens, der über Wolken dahinzog – Wolken, die Schleiern glichen, um die mächtigen Leiber gefesselter Giganten gehüllt, dunkle Wolken, blutgerändert.

Charles Schwitt sprach nicht. Er ließ nur lange den Blick von Bild zu Bild wandern, bleich aus Ehrfurcht vor dem Größten, oder vielleicht bleich vor Schmerz.

Dann sagte er mit trockenem Gaumen: „Claude, nun hast du es erreicht."

Der Meister antwortete nicht gleich. Dann sagte er: „Wer kann das wissen."

Kurz darauf aber sagte er mit einer Stimme, die wie eine Saite sprang: „Aber, Charles, jetzt hab ich wenigstens gelebt."

Und er kehrte sich ab.

Kurz darauf aber wandte er wieder den Kopf: „Diese Bilder will ich ausstellen," sagte er.

„Ausstellen? Wo?"

„Hier," antwortete der Meister, „hier in Paris."

Und sie gingen zusammen die Treppe hinunter und trennten sich ohne ein Wort.

4

Der Meister blieb einen Augenblick auf dem Trittbrett des Kupees stehen, als suche er jemand in dem Gewimmel des Perrons.

Dann aber senkte er die Augen und stieg hinunter, während der wartende Majordomus sein Gesicht betrachtete: ja, des Meisters Gesichtsfarbe war noch immer gelb.

Herr Adelsskjold hatte nach ihm das Kupee verlassen, und vor dem Bahnhof bestiegen sie den Wagen. Sie waren eine Weile gefahren, als Adelsskjold sagte: „Diese drei Wochen in Versailles haben Ihnen doch gut getan."

Der Meister nickte.

„Jetzt kommt es nur darauf an, sich einige Tage ruhig zu Hause zu halten. Und dann den Stoß entgegennehmen."

„Ja," antwortete Adelsskjold wie jemand, der bereits vergessen hat, wovon die Rede war.

Der Meister hatte ihm das Gesicht zugewandt.

„Aber Sie hätten sich mehr als drei Tage gönnen sollen."

Adelsskjold antwortete nicht. In stummem Starren ruhte sein Blick auf der Menschenmenge, die sich auf den Fußsteigen des Boulevards drängte.

„Adelsskjold," entfuhr es dem Meister, fast so laut, als riefe er ihn an. Dann aber brach er jäh ab und rief dem Majordomus zu: „Wir fahren zu Adelsskjolds."

Es war, als erwache Adelsskjold beim Wenden des Wagens.

„Wo wollen Sie hin?" fragte er.

„Ich will Sie nach Hause fahren," antwortete der Meister.

„Danke," sagte Adelsskjold.

Seine müde Zunge fand fast nie ein anderes Wort als „danke".

Aber Claude Zoret, der mit ihm sprechen wollte, reckte sich im Wagen und sagte: „Wie ist die Luft heut milde. Man könnte glauben, wir wären im April. Man kann schon merken, wie die Hecken duften."

„Es ist ja März," sagte Adelsskjold, der nur den Namen des Monats in Claude Zorets Worten aufgefangen hatte.

Sie fuhren auf den Triumphbogen zu, der seine mächtige Pforte vor ihren Augen auftat.

Claude Zoret betrachtete den Bogen und plötzlich begann er zu lachen.

„Ja," sagte er, „man hat seltsame Ideen, wenn man jung ist. Als ich fünfundzwanzig Jahre alt war, ging ich jeden Abend oder jede Nacht hierher, den ganzen Weg vom Quartier Latin, und wanderte dreimal um diese Steine herum, bis ich wieder nach Hause trabte und ins Bett kroch."

Adelsskjolds Gesicht leuchtete plötzlich auf, und er hob den Kopf.

„Dies war auch die erste Stelle, die wir aufsuchten, Alice und ich, als wir hierher kamen," sagte er.

Er schwieg einen Augenblick und fügte dann im selben Ton hinzu: „Das war im Mai."

Und wie immer in den letzten Monaten, begann er von alten Erinnerungen zu erzählen, Erlebnissen aus den ersten Jahren ihrer Ehe.

„Das war damals, als wir uns unseren Hausstand zusammenkauften," sagte er. „Wie billig Alice zu kaufen verstand, sie, die doch so reich gewesen war!"

Der Meister hatte wohl nicht gehört, was Adelsskjold erzählte, denn er sagte plötzlich – es ging übrigens beiden oft so, daß der eine im Osten und der andere im Westen war: „Aber es ist ein schlechtes Zeichen, wenn das Frühjahr erst anfängt uns Schmerz zu bereiten."

Adelsskjold wandte ihm das Gesicht zu.

„Ja," sagte er, und sie schwiegen wieder.

Sie bogen in eine Seitenallee ein, wo Adelsskjolds Haus lag, und Adelsskjold rückte unruhig auf seinem Platz hin und her und nahm seine Reisetasche auf den Schoß. Er sprang aus dem Wagen, fast ehe er hielt.

„Zu Hause ist doch zu Hause," sagte er und ergriff hastig des Meisters Hand. „Adieu."

„Ich warte," sagte der Meister, „um zu hören, wie es Ihrer Frau geht."

Adelsskjold ging durch den kleinen Garten, am Haupteingang vorbei, um das Haus herum – und die Treppe zur Veranda hinauf.

Die englischen Fenster waren geöffnet und nur die Läden deckten die Fensteröffnungen, so daß er drinnen sprechen hören konnte – ja, es wurde drinnen gesprochen..

Es war Monthieu, der sprach...

Monthieu sprach, und Alice antwortete.

Monthieu sagte „du“ und Alice... Alice antwortete ihm mit „du“....

Adelsskjold klammerte sich an die Läden. Die Sprossen schlugen klappernd zusammen und klemmten seine Finger wie Schrauben, und er merkte es nicht, sondern taumelte zurück gegen eine Säule der Veranda und schwankte die vier Stufen hinunter, wie ein Betrunkener, der aus dem Wirtshaus kommt. Er gelangte durch den Garten und starrte auf den Wagen des Meisters, und sich mit Mühe entsinnend, wer es sei, sagte er leise: „Es geht ihr gut.“

Des Meisters Hand aber packte Adelsskjolds Arm wie eine Kralle, und er sagte: „Adelsskjold, fahren Sie mit mir nach Hause.“

Aber wie ein angeschossenes Tier riß Adelsskjold sich los. „Was wollen Sie von mir, Mensch – fahren Sie zu.“

„Adelsskjold, Adelsskjold,“ sagte der Meister wieder. Aber plötzlich hielt er inne – der Majordomus hatte den Kopf gewandt. „Vorwärts,“ rief er, und der Wagen rollte davon.

Adelsskjold blieb stehen, gegen sein eigenes Gitter gestützt. Dann fing er an zu gehen und wußte nicht wohin. Als er aber plötzlich den Triumphbogen sah, ging er über den Platz und setzte sich auf einen der Steine, an denen die Ketten befestigt sind, und mit seinem verstörten Gesicht – seinen Hut hatte er auf die Erde gestellt – sah er aus wie ein verkommener Bettler, der um ein Almosen bittet.

Plötzlich aber stand er auf, und wie ein Mensch, der geradeaus geht, auf einen eingerammten Pfahl zu, ging er nach Hause.

Er klingelte, und rot im Gesicht und dann wieder blaß bei den Blicken seines eigenen Dieners, fragte er: „Ist die gnädige Frau zu Hause?“

„Ja, gnädiger Herr,“ antwortete der Diener, der keine Miene verzog, „die gnädige Frau ist im Wohnzimmer.“

Adelsskjold ging durch das Vorzimmer, aber vor der Wohnstubentür blieb er stehen. Er wagte es nicht, sie zu öffnen.

Aber dann öffnete er sie, und er sah Alice, die am Fenster stand, den Rücken ihm zugewandt, und sie drehte sich nicht um, und sie grüßte ihn nicht.

Und auch über seine Lippen kam kein Wort – bis er in Tränen ausbrach.

Er begann im Zimmer auf und ab zu gehen, immer auf demselben kleinen Fleck, auf und ab, bis er ihr, die sich nicht gerührt und nicht umgewandt hatte, plötzlich ganz sinnlos und nur von einem Schmerz übermannt, der keinen Ausweg fand, zurief: „So setz dich doch."

Und Alice setzte sich, ohne ein Wort, mit schlaffen Händen, weiß im Gesicht, weiß wie vor Entsetzen.

Adelsskjold aber wanderte weiter hin und her, bis er plötzlich vor ihr stehen blieb, dicht vor ihren Knien, und mit bebender Stimme sagte: „Sprich doch, Mensch."

Und von der schrecklichen Eifersucht des Leibes in der Nähe ihres Körpers ergriffen, rief er wieder, während seine Hände zitterten: „Sag doch etwas."

Und entfernte sich wieder, aus Furcht vor dem, was seine Hände verüben könnten.

Frau Alice rührte sich nicht.

„Was soll ich sagen?" fragte sie. Und noch leiser fügte sie hinzu: „Was könnte ich dir jetzt sagen... was dir nicht weh tun würde?"

Adelsskjold war beim Klang ihrer Stimme stehen geblieben. Auf einen Stuhl, der hinter zwei Palmen verborgen war, warf *er* sich nieder und schluchzte wie jemand, der alles weiß und es doch nicht fassen kann.

Plötzlich aber erhob er sich, und es war, als ob das Soldatenblut seiner Rasse ihn aufrichtete oder ihm doch wenigstens die Fähigkeit des Denkens zurückgab. Nur der Anblick ihres Körpers schmerzte ihn, so daß er ins Leere blickte, als er sagte: „Ich verreise also."

Er blieb stehen, seine heimlichen Gedanken fortsetzend, alles ordnend, wie es sich für ihn als Soldatenkind von selbst verstand, bis er wieder sagte: „Und du empfängst morgen wie gewöhnlich."

Er atmete tief, als sei keine Luft mehr in seinen Lungen.

„Und Freitag gehst du zu Claude Zorets Ausstellung und entschuldigst mich mit Kranksein."

Frau Adelsskjold saß auf dem Sofa, die Arme gegen die Lehne gedrückt, als wolle sie ihren schlanken Körper stützen.

Mit den geschlossenen Augen glich sie einer aufrecht sitzenden Toten.

Adelsskjold sagte im selben Ton wie vorher: „Entschuldigst mich bei allen."

Frau Adelsskjold öffnete die Lippen, und während sie plötzlich die gefalteten Hände vor ihrer Brust auf- und niederbewegte, nannte sie Adelsskjolds Namen zweimal.

„Alexander, Alexander." Ohne Klang, fast ohne Laut.

Aber Adelsskjold, dessen Gehirn nur für den einen Gedanken Raum hatte, den er nicht loslassen durfte, ging auf die Tür zu, die sich seinem Blick zu entrücken schien – und war fort.

Als der Meister die Halle betrat, fragte er, indem er sich mit der Hand über die Stirn strich: „Ist Herr Michael hier gewesen?"

„Ja," antwortete der Majordomus, „jeden Tag."

Claude Zoret machte einige Schritte.

„War er oben im Atelier?" fragte er.

„Ja, Meister."

Und mit abgewandtem Gesicht, während ihm eine Röte ins Gesicht stieg, sagte Claude Zoret: „Hat er etwas über meine Bilder gesagt?"

Des Majordomus Lippen zitterten.

„Herr Michael spricht nie mehr mit uns."

Und der Meister ging.

Der Meister, der am Fuße der Treppe des Wohnzimmers stand und jedem seiner Gäste die Hand gab, ging mit zwei Schritten der Herzogin-Witwe von Monthieu entgegen und bot ihr den Arm.

Indem sie ihren Arm in Claude Zorets legte, sagte sie hastig: – „Haben Sie meinen Sohn gesehen?“

Und der Meister antwortete, indem dieselbe Unruhe durch seine Stimme zu klingen schien: „Nein, noch nicht.“

Doch im nächsten Augenblick fügte er hinzu: – „Aber er wird wohl gleich kommen.“

Sie kamen nur langsam die Treppe hinauf, auf der die Seidenschleppen der Damen wie ein bunter Strom ineinanderglitten und auf der die Herren, indem sie stehen blieben, um Platz zu machen, das Gedränge noch verschlimmerten.

Alles sprach, oben und unten, nickte und grüßte; die französische Sprache übertönte wie eine hohe Woge singend alle anderen Mundarten, und ein brausendes Summen schwoll ihnen aus der Tür des Ateliers, fast wie das Brausen einer Hymne, entgegen.

Charles Schwitt kam ihnen auf der Treppe entgegen, weiß im Gesicht, mit geblähten Nasenflügeln, aufgeregt wie an seinen eigenen Vorlesungstagen in der Sorbonne, und er sagte, indem er sich an den anderen vorbeidrängte und die Herzogin ganz vergaß: „Claude, Claude, es ist erreicht,“ und er preßte des Meisters Arm mit seiner linken Hand wie in einem Schraubstock.

Frau Morgenstjerne, die immer einen Ton lauter sprach als alle anderen, rief mitten auf der Treppe einem Sekretär von der österreichischen Gesandtschaft zu: „Können Sie begreifen, wo Toll bleibt? Er sollte mich doch Punkt zwei im Vestibül erwarten.“

Und indem sie plötzlich Claude Zorets ansichtig wurde, der seinen Kopf gewandt hatte, platzte sie heraus: „Da ist der Meister.“

Alle wandten den Kopf nach Claude Zoret um und drückten sich zusammen, so daß ein Weg für ihn und die Herzogin zur Tür des Ateliers frei wurde, wo zwei Amerikanerinnen, die bereits am Vormittag Brillanten trugen, sich plötzlich vordrängten und den Eingang sperrten, indem sie Claude Zoret und die Herzogin mit ihren kleinen Apparaten, die sie unter den Spitzen ihrer Taillen verborgen hielten, photographierten. Der Meister hatte die Schwelle seiner Werkstatt erreicht, und während er sich vor der Herzogin von Monthieu verneigte und alles sich reckte und streckte, um zu sehen, wurde es eine Sekunde ganz still im Raum, bis sich aus dreihundert Kehlen ein einziger, schwellender Vivatruf erhob, wie die Ouvertüre zu Claude Zorets Triumph.

Der Meister hatte den Kopf gebeugt, so wenig, daß man es kaum sah. Nur das Herz klopfte ihm in der Brust, unregelmäßig und heftig.

Der Vivatruf erhob sich von neuem, während der Schwarm wieder zur Tribüne hindrängte, von wo aus die Bilder gesehen werden sollten, und zwei Reporter, die ihre Notizbücher gegen die Bretter der Estrade hielten, notierten sich Namen. Herr Leblanc, der mit einem Ausdruck von fast bestürzter Untertänigkeit umherlief, stolperte beinahe über die Herren von der Presse und sagte: „Nicht wahr, nicht wahr, das ist eine Überraschung. Eine ungeheure Überraschung.

Aber," sagte er, „Claude Zoret wird uns noch mehr Überraschungen bereiten, bis –" und sein Gesichtsausdruck veränderte sich plötzlich – „bis er eines Tages verrückt wird."

Claude Zoret ging an zwei belgischen Malern vorbei, die in die Betrachtung von „Hiob" versunken waren, als starrten sie auf einen Altar. Und den nicht erkennend, der ihn gemalt hatte, wiederholten sie unablässig: „Wo hat er das Graugelb her, wo hat er nur dieses Graugelb her, womit er es gemalt hat?"

Die Herzogin von Monthieu war vor dem österreichischen Minister stehen geblieben, und nach der Begrüßung fragte sie, während ihre Augen beständig durch den Saal schweiften: „Haben Sie meinen Sohn nicht gesehen? Ich begreife nicht, wo er bleibt."

„Nein, ich habe ihn nicht gesehen," sagte der Minister und verneigte sich vor Frau de Monthieu, wie er sich vor einer Frau verneigt haben würde, die über Frankreich herrscht.

Und indem er sich zu den Bildern des Meisters wandte, fügte der Minister hinzu: „Herzogin, Frankreichs Genie ist doch unüberwindlich."

Frau de Monthieu richtete ihre Augen auf Hiob, der sich unter seinem Tuch zu bewegen schien, und sie sagte, als ob die Stimme ihr den Dienst versagte: „Ja, Windischgrätz, es ist entsetzlich."

Der Minister, der mit eigenen Augen gesehen hatte, wie sein Geschlecht dahingemäht wurde wie grünes Korn, betrachtete noch immer das Bild: „Dieses Tuch," sagte er, „bedeckt einen Mann, der alles verloren hat."

Frau de Monthieu durchschauerte es eiskalt: „Ja," sagte sie fast unhörbar, und sie blieb neben dem Minister stehen, die Augen zu „Hiob" erhoben, während ihr Witwenschleier sie fast wie ein Mantel umhüllte.

Alles rings umher sprach und alle Sprachen flossen ineinander.

Zwei Ungarn, die vor Jesaias standen, gestikulierten mit den Händen und sprachen von Munkaczy und von seinem „Christus vor Pilatus", während die Damen, die bis auf die Balustrade gelangt waren, mit halbgeöffneten Lippen hinter den paillettenbesetzten Schleiern die herrlichen Körper der „Wahrheit" betrachteten.

Skandinavier standen mitten im Saal und die Norweger sprachen am lautesten, den Raum mit ihren schallenden Stimmen erfüllend, während Frau Morgenstjerne, die in ihrer goldgestickten Taille fast alle Herren überragte, lachte und sagte: „Ja, Kinder, wir anderen können alle einpacken."

Und ein Däne, dessen dünner spanischer Bart ausgerissenen Nervenfäden glich, sagte, während er seine Hände zusammenpreßte, die kalt waren vor Ergriffenheit: „Der Mann hat ja bis heute nie gemalt."

Frau Morgenstjerne hatte den Kopf gewandt, und ihr Blick fiel auf Frau Adelsskjold, die am Arm des österreichischen Gesandtschaftssekretärs durch die Tür trat.

„Da ist Frau Adelsskjold,“ sagte sie und ging ihr ein paar Schritte entgegen.

Frau Adelsskjold grüßte die Herren aus dem Norden, indem sie den Kopf seltsam automatisch neigte wie königliche Herrschaften, die aus ihrem Wagen grüßen, während Frau Morgenstjerne sie fragte: „Haben Sie Graf Toll nicht gesehen?“

„Nein, ich habe ihn nicht gesehen,“ antwortete Frau Adelsskjold und reichte Frau Morgenstjerne eine Hand, die kalt war wie Eis, – bevor sie am Arm des Österreichers weiterschritt.

Als sie fort war, sagte ein kleiner Däne, der sich immerfort den Mund leckte: „Wo ist Adelsskjold denn heute?“

„Ja, zum Teufel, wo ist Adelsskjold?“ sagten einige andere und riefen seinen Namen ganz laut.

„Schreien Sie doch nicht so,“ sagte Frau Morgenstjerne und faßte den einen am Arm.

Im selben Moment dachte sie: Gestern war er auch nicht zu Hause – gestern am Empfangstage war er auch nicht da.

Und sie machte einige Schritte, als wolle sie Frau Alice folgen, und – blieb wieder stehen, indem sie mit ganz abwesendem Blick zu dem jungen Bergener sagte: „Hier können Sie ganz Paris kennen lernen.“

Frau Adelsskjold war auf die Prinzessin von Sagan zugegangen, die, ihre Unterhaltung mit dem Gesandtschaftssekretär unterbrechend, plötzlich mit einem Lächeln, das ihre Lippen kaum streifte, zu Frau Adelsskjold sagte: „Wo ist denn Herr de Monthieu? Seine Mutter hat eben nach ihm gefragt.“

Die Prinzessin sah Frau Adelsskjold unentwegt an, während Frau Adelsskjold mit einem Lächeln antwortete: „Ist die Herzogin wirklich von Versailles hereingekommen? Wie das den Meister freuen wird.“

Und indem sie den Kopf wandte und „Hiob“ mit Augen betrachtete, die genau so viel sahen wie die eines Blinden, sagte sie: „Was für wundervolle Farben.“

Charles Schwitt kam auf sie zu, nach rechts und nach links grüßend, Hände schüttelnd, atemlos von dem Triumph, als wäre es sein eigener Sieg: „Wollen Sie nicht auf die Tribüne hinauf?“ sagte er und führte die Damen durch das Gedränge, während Frau Morgenstjerne, unbeweglich inmitten der Gruppe von Skandinaviern, den Blick nicht von Frau Adelsskjolds Nacken abwandte.

Das Gedränge wurde dichter, während alle Mundarten der Welt sich in der heißen Luft des Ateliers kreuzten. Zwei Spanier küßten mitten im Zimmer den Meister auf beide Wangen, während sie sagten: „Benlliure y Gil ist überwunden, Ulpiano Checa ist tot,“ und sie küßten Claude Zoret wieder, während sie von der „Wettfahrt in Rom“ sprachen.

Charles Schwitt konnte auf der Tribüne nicht vorwärts kommen, wo alles sich zusammenstaute und alle sehen wollten. Drei Amerikanerinnen sperrten den Aufgang zur Treppe, während ein Zeichner aus Chikago hinter ihrem Rücken eine Skizze für seine Zeitung stahl.

Endlich kam Herr Schwitt durch, und mitten auf der Tribüne, vor den anderen, blieb er stehen und sagte: „Ja, von hier aus muß man sie sehen.“

Und gegen das Geländer gelehnt, sagte Frau Adelsskjold, die beständig auf dieselbe Weise lächelte, als wenn sie nicht imstande wäre, ihr eigenes Lächeln zu verwischen: „Ja, von hier aus muß man sie sehen;“ nur die Worte wiederholend, die sie kaum verstanden hatte.

Charles Schwitt hatte bei dem seltsamen Klang ihrer Stimme den Kopf gewandt: „Kommen Sie, gnädige Frau,“ sagte er, „hier können wir nicht bleiben.

Frau Adelsskjold blieb stehen. Ihre Hände griffen nach dem Geländer. Unten im Saal, mitten im Gedränge sah sie die Herzogin von Monthieu, deren Augen noch immer vergeblich und angstvoll durch den Raum spähten.

„Kommen Sie?“ wiederholte Schwitt.

Und Frau Adelsskjold setzte ihre Füße in Bewegung.

Charles Schwitt hatte den Kopf gehoben und blickte über die Hunderte hin, die im Saal versammelt waren; Claude Zoret überragte sie alle, unbeweglich, mit dem weißen Bart auf der gewaltigen Brust. Eine junge Dame, die seinem Blick gefolgt war, legte unwillkürlich ihre Hand auf den Arm des Kritikers: „Wie muß er glücklich sein, wie muß er glücklich sein,“ sagte sie und schlug vor Freude ihre Hände gegeneinander, fast als applaudiere sie.

„Frankreich muß glücklich sein,“ antwortete Schwitt.

„Ja, das ist wahr,“ sagte das junge Mädchen und riß plötzlich die Augen weit auf.

Eine junge Engländerin war auf den Meister zugetreten, und indem sie sich auf die Zehenspitzen erhob, küßte sie schnell wie ein Blitz einen goldenen Lorbeerzweig und heftete ihn dem Meister an die Brust: „Seht, seht nur,“ rief man von der Tribüne, und Bravorufe schallten durch den Saal.

Charles Schwitt aber wandte sich wieder zu Frau Adelsskjold, und als sie die Treppe der Estrade hinuntergekommen waren, sah er sie an und sagte: „Wissen Sie, Frau Adelsskjold, ich kann nie an Sie denken, ohne mich Ihrer Angst vor dem Tode zu erinnern.“

Frau Adelsskjold öffnete die Lippen und fand nicht gleich Worte oder Laute: „Denken Sie so viel an mich?“ sagte sie dann; und sie wandte sich einem russischen Diplomaten zu, der gerade aus Wien gekommen war und sie von ihrem Vetter, dem Fürstbischof von Prag, grüßen sollte, vielvielmals.

„Ja,“ sagte Frau Adelsskjold, deren Mundwinkel bebten, „wir haben als Kinder oft zusammen gespielt.“

„Er ist einer der ersten Prälaten Österreichs geworden,“ sagte der russische Gesandte.

„Ja, er hat Trost im Glauben gefunden,“ antwortete Frau Adelsskjold, die eine Sekunde die Augen schloß.

Plötzlich aber hatten sie beide den Kopf gewandt: alle Gäste huldigten wie im Sturm dem Meister mit ihren Rufen, in denen das Eljen sich mit Evviva, Hoch und Cheers und Hurra vermischte, während Charles Schwitt zwischen den Schleppen der Damen sich durchwand und die Herren mit dem Ellbogen stieß, auf Claude Zoret zu, dessen Hand er ergriff: „Claude, Claude,“ sagte er.

Mehr konnte er nicht sagen.

Der Meister aber hob den Blick vom Boden, während die Huldigungsrufe von der Decke und den Wänden zurückgeworfen wurden: „Wo ist Michael?“ fragte er kurz und sah wieder zu Boden.

Charles Schwitt ließ seine Hand los, während ein langer Engländer, im grauen Anzug, vor den Meister hintrat und mit einer trockenen Stimme sagte, indem er sich verneigte: „Herr Claude Zoret, heute schämen wir uns, daß Herr Pinero ein Engländer ist.“

Claude Zorets Gesicht verzog sich, als fühle er einen körperlichen Schmerz, und als er Frau Adelsskjold sah, die im selben Augenblick auf ihn zukam, sagte er mit einem Ausdruck, der plötzlich erkennen ließ, wen er als Jesaias gemalt hatte: „Sie hier, Madame?“

Eine Blutwelle schoß Frau Adelsskjold ins Gesicht.

Aber indem sie den Nacken beugte, wie die Prinzessin von Rohan ihn auf einem Ball in der Hofburg vor dem Monarchen gebeugt haben würde, antwortete sie ruhig und nur ihre Hände bebten: „Ja, Herr Zoret, um Ihnen Grüße von meinem Mann zu überbringen.“

Frau Morgenstjerne aber, die Frau Adelsskjold in dem Gedränge nicht aus den Augen gelassen hatte, drängte sich plötzlich vor und nahm ihren Arm: „Du,“ sagte sie, – und zum erstenmal nannte sie Alice Adelsskjold „du“ – „wir wollen zusammenbleiben.“

Auf einmal drängte der Majordomus sich bis zum Meister durch, breit, mit der Hauskette über der Brust, und flüsterte ihm etwas zu.

Und der Meister folgte ihm, mit unbeweglichem Gesicht, aufrecht durch die Menge schreitend, bis zur Tür, wo Seine kaiserliche Hoheit bereits an der Schwelle wartete.

Der Meister grüßte, indem er die Augen senkte, und der junge Großfürst sagte mit einem Lächeln, das fast die Wehmut aus seinem Gesicht vertrieb: „Erlauben Sie, Meister, daß ich nähertrete, obwohl ich nicht eingeladen bin? Der Herr Minister –“ und er zeigte auf den Kultusminister der Republik – „war so gütig, zu glauben, daß es gestattet sein würde.“

Claude Zoret senkte von neuem die Augenlider vor dem jungen Mann und sagte: „Es freut mich, Hoheit, wenn meine Bilder von allen gesehen werden, die sie verstehen.“

Und während sich alle, grüßend und sich verneigend, zusammendrängten, so daß ein schmaler Weg frei wurde, führte Claude Zoret den jungen Mann und den Minister auf die Erhöhung hinauf – während langsam alle Stimmen auch in den Ecken erstarben.

Der junge Fürst ließ die dunkelblauen Augen lange von Hiob zu Jesaias und zum goldenen Triumphwagen der Wahrheit wandern, während seine weißen Zähne unwillkürlich in die tiefrote Lippe bissen.

Dann sagte er, sehr leise: „Meister, gestatten Sie mir zu schweigen?“

Und durch etwas in des jungen Mannes Stimme plötzlich gerührt, ergriff Claude Zoret seine Hand und sagte: „Ja.“

Und plötzlich, während aller Köpfe ihm zugewendet waren, ergossen sich wie ein einziger Jubelschrei alle Hurras der Welt zum Meister hinauf, brachen sich an den Wänden, überfluteten sein Werk – während Jesaias' verkündender Mund in der vibrierenden Luft Leben erhielt und der goldene Wagen der Wahrheit aus der Leinwand heraus und über die Köpfe der huldigenden Masse hinwegzusprengen schien... während Hiob seinen Aussatz verhüllte.

Plötzlich von dem einzigen Gedanken ergriffen, daß Michael, der Sohn, seinen Sieg teilen sollte, beugte der Meister sich zu Charles Schwitt herab, der am Fuße der Tribüne stand, und flüsterte: „Hol Michael.“

Charles Schwitt rief durch den Lärm zu dem jungen Montequiou hinüber: „Holen Sie Michael."

Und während die Hurrarufe anschwollen, riefen die Freunde des Hauses durch den Saal, die Treppe hinunter, laut und immer lauter: „Michael, Michael," so daß der rufende Laut durch den Jubel schnitt, wie ein hastig geführtes Messer eine Leinwand zerfetzt.

Der Meister hielt die Augen auf die Tür geheftet. Dann beugte er zum Gruß den Körper so tief, daß niemand sein Gesicht sehen konnte.

Im wogenden Gedränge des Saales stand Frau Adelsskjold, die sich auf Frau Morgenstjernes Arm stützte, plötzlich vor der Herzogin von Monthieu.

Die Herzogin berührte leicht Frau Adelsskjolds Hand: „Wissen Sie nicht, liebe Frau Adelsskjold," sagte sie, und sie sprach wie ein Mütterchen, „wo mein Sohn ist?"

Frau Adelsskjold schwieg eine Sekunde, und hinter ihrem hohen Spitzenkragen schien ihre Kehle sich zu bewegen, als schluchze sie.

Dann sagte sie und schlug die Augen nieder: „Ich weiß es nicht."

Und während die Hurrarufe hinstarben, standen sie Aug in Auge inmitten der Menge wie zwei Säulen.

Der junge Großfürst war in den Saal hinuntergegangen. Zur Seite des Ministers schreitend, sprach er mit einem Mitglied der Akademie.

Und mit einem Lächeln, wie jemand, der allzu jung schon allzuviel gesehen hat, sagte er: „Heut hat die Welt den Maler der Schmerzen gekrönt."

Die Gäste waren fort.

Der Meister stieg in den Wagen – allein.

„Nach den Champs Elysees," sagte er.

Unter den Bogen der Rue de Rivoli wurden die Laternen angezündet. Auf dem Place de la Concorde standen Frankreichs Städte wie große Schatten in der Dämmerung.

Der Wagen rollte weiter, nach den Champs Elysees.

Zu beiden Seiten auf den Trottoiren wurden die Laternen angezündet, eine nach der anderen, als eilten Fackelträger hastig dem rollenden Wagen voraus. Der Meister saß aufrecht da. Nie war ihm Herz und Gemüt so leer gewesen. Die Abendröte flammte wie ein glühendes Feuermeer hinter dem Triumphbogen und lag wie eine Flut von blutigem Gold hinter seiner Toröffnung.

Der Meister starrte auf die goldenen Farben, und seine Augen sahen sie nicht. Da wurde er durch seinen eigenen Namen geweckt. „Claude Zoret – der Maler der Schmerzen – Claude Zoret, Frankreichs Ruhm... .

Le Petit Parisien – Maler der Schmerzen – Claude Zoret, Frankreichs Ruhm."

Es waren die Zeitungsjungen, die die dichtbelebten Trottoire entlang liefen, seinen Namen rufend, ihn der Menge zurufend, lauter und lauter, einander überbietend: „Claude Zoret – Frankreichs Ruhm – Claude Zoret, Maler der Schmerzen..."

An der Ecke der Avenue kamen noch mehr hinzu, schreiend, während sie die Zeitungen in den emporgereckten Armen schwenkten: Les Débats – Claude Zoret – Les Débats das Urteil der Welt...

Das Gesicht des Majordomus bebte, und Denis faßte unwillkürlich die Zügel der Pferde fester.

Les Débats, Claude Zoret...

Die Rufe der Zeitungsjungen klangen wie ein einziger Schrei, in dem alle Tonarten sich vereinigten.

Le Journal, Claude Zoret, Frankreichs Genie, Claude Zoret...

Die Herren kauften die Zeitungen und lasen sie unter den elektrischen Ständern, und die Damen sahen, gegen ihre Schultern gelehnt, mit hinein.

Le Petit Parisien – Der Maler der Schmerzen – Claude Zoret...

Oben auf den schwankenden Omnibussen hatten die Passagiere die Zeitungen auf den Knien ausgebreitet oder hielten sie in den erhobenen Händen.

Claude Zoret, Frankreichs Ruhm...

Die Verkäufer schwenkten die Zeitungen wie Flaggen über der wandernden Menge auf den Trottoiren: Claude Zoret...

Der Meister hatte die Augen geschlossen. Sein blutloses Gesicht war bei diesem Siegesjubel tiefer erblaßt, als Cäsars bei dem Schrei der Legionen hätte erbleichen können.

Le Journal, Claude Zoret, Frankreichs Genie, Claude Zoret.

Der Meister erhob sich im Wagen: „Nach Hause," rief er seinem Kutscher laut zu.

Während der Wagen wendete und ein Zeitungsjunge ihm ein Blatt wie eine Fahne entgegenschwenkte: Les Débats – Claude Zoret... sah er in dem Restaurant des Eckhauses hinter der großen Fensterscheibe Michael der Prinzessin Zamikof an einem Tisch gegenübersitzen.

Sein Gesicht blieb unbeweglich, und der Wagen war weitergerollt.

Aber rings umher auf den Trottoiren, in allen Straßen klang es wieder und wieder, den Lärm der Wagen übertönend, weit über das Gewimmel der Menge hinweg: Claude Zoret, Frankreichs Ruhm, Claude Zoret – Maler der Schmerzen...

Michael hatte von seinem Platz hinter dem Fenster des Restaurants den Meister gesehen.

„Da war er," sagte er.

„Wer?" fragte Frau de Zamikof.

„Claude Zoret," antwortete Michael.

Sie schwiegen einen Augenblick, während sie unausgesetzt die Rufe der Zeitungsjungen hörten. Dann sagte Frau de Zamikof: „Was wird er wohl dazu sagen, daß du heut nicht dagewesen bist?"

Michael schob die Lippen vor: „Er sagt gar nichts. Er vernichtet am besten, wenn er schweigt."

Sie saßen wieder eine Weile schweigend da, während die Zeitungsjungen unablässig schrien.

„Lassen Sie Zeitungen holen," sagte Michael zum Kellner.

Der Maler der Schmerzen, Claude Zoret, Claude Zoret, Maler der Schmerzen.

Michaels Gesicht war fast verzerrt, ohne daß er selbst es wußte. Die Prinzessin aber beobachtete unverwandt die Furchen, die sich in seine Wangen gruben.

Der Kellner brachte die Zeitungen und Michael entfaltete „Les Débats" auf dem Tisch.

Er begann zu lesen – und eine rote Flamme schlug ihm plötzlich ins Gesicht.

„Endlich ein Tag des Sieges" stand da: „Wäre Claude Zoret wirklich tot gewesen, heut ist er wieder auferstanden."

Frau de Zamikof betrachtete ihn unausgesetzt: „Was steht da?" fragte sie.

„Du kannst es selbst lesen," sagte Michael und schob ihr die Zeitungen hin, ohne aufzusehen. Die Prinzessin las eine Weile. Dann sagte sie: „Wie kannst du eigentlich auf den Mann neidisch sein?"

Michael sah hastig zu ihr hinüber: „Neidisch? Ich glaube, du bist verrückt," sagte er. „Weshalb sollte ich neidisch sein, wo ich nicht einmal versuche, etwas zu schaffen."

Die Prinzessin sah vor sich hin: „Und doch bist du neidisch," sagte sie langsam.

Draußen riefen die Jungen noch immer: „Claude Zoret, Frankreichs Ruhm…“

Plötzlich legte Frau de Zamikof die Hände auf die aufgeschlagene Zeitung: „Weißt du,“ sagte sie und lachte leise, „daß es eine Zeit gegeben hat, in der ich die Absicht hatte, ihn zu heiraten?“

Michael wandte den Kopf mit einem Ruck.

„Wen?“ fragte er.

Lucia antwortete so leichthin, als spräche sie vom Wetter: „Claude Zoret.“

Michael antwortete nicht gleich. Nur eine Ader schwoll quer auf seiner Stirn.

„So,“ sagte er.

Frau de Zamikof fuhr im selben Ton fort: „Gleich zu Anfang, als ich gemalt wurde. Der erste Krach hing mir ja über dem Kopf. Und ich dachte, die ganze Geschichte könne vielleicht noch ins Geleise kommen, wenn ich mich mit Claude Zoret verheiraten würde.“

„So,“ sagte Michael wieder.

Und Lucia fragte lachend: „Glaubst du, daß er gar kein bißchen in mich verliebt war?“

Michael antwortete nicht.

Kurz darauf sagte er ebenso gleichgültig wie sie, aber die schwarzen, weitgeöffneten Augen fest auf ihr Gesicht gerichtet: „Hast du andere Liebhaber gehabt, seit wir uns kennen?“

Frau de Zamikof schwieg einen Augenblick. Dann antwortete sie: „Ja, einen – zu Anfang.“

Und einen Augenblick nachher fügte sie, noch immer, als spräche sie von etwas ganz Gleichgültigem, hinzu: „Damals liebten wir uns ja noch nicht.“

Michael rührte sich nicht.

„Und später?“ fragte er.

Der Gesichtsausdruck der Fürstin veränderte sich: „Das weißt du ja sehr gut,“ sagte sie, und indem sie ihre Hand auf seine legte, sagte sie sehr weich: „Oder weißt du es nicht? Ich lüge nicht mehr, Michael. Das hast du mich gelehrt.“

Michael antwortete ihr nicht.

Seine noch immer weitgeöffneten Augen sahen ins Leere.

„Claude Zoret, Maler der Schmerzen – Claude Zoret, Frankreichs Ruhm...“

Frau de Zamikof saß eine Weile nachdenklich, bis sie sagte: „Aber die Menschen wissen so wenig von der Liebe, und wir geben so vielen Gefühlen denselben Namen.“

Sie hob plötzlich ihr leuchtendes Gesicht zu ihm empor: „Die Liebe,“ sagte sie und lächelte, „ist der große Goldwäscher.“

Michael hatte den Kopf über die aufgeschlagene Zeitung gebeugt, so daß ihm das schwarze Haar wie eine schützende Wolke über die Stirn fiel.

Seine ganze Verwirrung, seine heimliche Reue und all sein brünstiger Haß gegen die, die sie vor ihm und mit ihm besessen – brachen sich in einer ganz unsinnigen Wut Bahn gegen den Meister, den „Wiedererstandenen“, ihn, das Genie, ihn, seinen „Wohltäter“, den „Maler der Schmerzen“, ihn, dem Lucia sich angeboten hatte – gegen den Meister, den *Meister*, Claude Zoret...

Er sprach nicht.

Er wußte selbst nicht, daß er von neuem in der aufgeschlagenen Zeitung las, deren Buchstaben so groß wurden, wie es manchmal geschieht, wenn man durch Tränen liest.

„Vielleicht ist, technisch gesehen, nichts so bewunderungswürdig wie die Luft auf dem Gemälde ›Hiob‹. Kein Landschaftsmaler hat darin je Höheres erreicht als Claude Zoret.“

Michael las halb in Gedanken weiter, las all die Namen der Gäste: Ja, es fehlte keiner – Herzöge und Gesandte der Großmächte - und Herr Leblanc...

Frau de Zamikof hatte eine Weile geschwiegen, während Michael las. Dann sagte sie vor sich hinblickend: „Jetzt wissen wir doch, daß der Kaiser uns nicht hilft."

Michael hob den Kopf – er dachte: er hat die Studien aus Algier für die Luft auf dem Bild von „Hiob" verwendet – und sagte geistesabwesend: „Hilft er nicht?"

Und er wiederholte: „Hilft der Kaiser nicht?"

„Nein," sagte Lucia, „ich hatte heut morgen einen Brief aus St. Petersburg."

Sie saß eine Weile nachdenklich: „Dann gibt's also (und sie lachte) keinen anderen Ausweg, als sich mit Claude Zoret zu verheiraten."

Wie eine Flamme schlug es aus Michaels Augen: „Wir müssen gehen," sagte er.

Sie zogen ihre Mäntel an, und draußen auf der Straße pfiff Michael einem Wagen.

Aber drinnen in der Dunkelheit des Wagens bedeckte Michael Lucia mit wilden Küssen, wie einer küßt, der gebunden ist und nie mehr los kann.

Plötzlich hob er den Kopf und sagte: „Ich gehe zum Mittagessen zu ihm."

„Weshalb?"

„Doch," antwortete Michael und sein Gesicht leuchtete durch die Dunkelheit des Wagens.

Claude Zoret, Maler der Schmerzen – Le Petit Parisien – Claude Zoret... klang es noch immer um den Wagen herum, während sie fuhren.

Der Meister war nach Hause gekommen.

Der Majordomus folgte ihm mit den Augen, während er schweren Schrittes mühsam die hohe Treppe hinaufstieg.

Claude Zoret war schon bei der Suppe, als Michael kam.

„Guten Tag," sagte er und gab Michael die Hand, und eine Weile aßen sie schweigend, bis der Meister sagte: „Du bist heut nicht hier gewesen?"

„Nein," sagte Michael, „ich war auf dem Lande."

Und gleich darauf fügte er in dem gleichen Ton von unterdrückter Erbitterung, der vielleicht nur seine Verwirrung verbergen sollte, hinzu: „Und deine Bilder kannte ich ja schon."

„Ja," antwortete der Meister.

„Aber die Zeitungen hab ich gelesen," sagte Michael noch immer im selben Ton.

„Ich nicht," sagte der Meister.

Sie schwiegen wieder eine Weile, bis Claude Zoret – es war, als wolle er Michael nicht verletzen oder sein Unrecht nicht größer machen, oder vielleicht war es ihm auch selbst ein Bedürfnis, seinen Gedanken eine andere Richtung zu geben – mit einem plötzlichen Übergang von Reisen, von fremden Ländern und Gegenden zu sprechen begann, wo sie zusammen gewesen waren, von den Brücken in London und von Westminster, wo er einmal Studien gemacht hatte, und von den beiden Wintern in Rom.

„Den ersten Winter in Rom," sagte der Meister und lachte, „kamst du abends nie nach Hause, sondern saßest die langen Nächte hindurch im Kolosseum, bis du Fieber bekamst von der Kälte auf den Steinbänken."

Michael begann mitzureden.

„Aber weißt du noch in Norwegen," sagte er, „wo du krank wurdest, weil du acht Stunden auf dem Eis des Fjords gestanden und gemalt hattest und deine Beine waren doch in weiße Socken eingepackt gewesen."

Der Meister lachte.

„Herrgott, was man in dem Land zusammen ißt," sagte er. Er schwieg einen Augenblick, dann fügte er hinzu: „Da war es doch besser, sich seine Kost selbst zu bereiten – wie in Algier, weißt du noch, wenn wir unser Fleisch am Spieß brieten."

Der Meister schwieg wieder, bis er vor sich hinblickte und sagte: „Es ist doch nichts so schön wie die Wüste."

„Nein," sagte Michael, dessen Miene sich auf einmal verändert hatte.

Der Meister sah plötzlich, während er weiter von Algier und Ägypten sprach, daß der kleine goldene Lorbeerzweig noch in seinem Knopfloch steckte, und er zog ihn heraus und reichte ihn Michael.

„Willst du ihn haben?" fragte er.

Michael aber, der von neuem vor sich nieder auf das Tischtuch starrte, sagte: „Was soll ich damit? Er ist ja für dich bestimmt."

„Ja, das ist wahr," sagte der Meister und der goldene Lorbeerzweig mit seinen Perlen glitt aus seiner Hand lautlos auf das Tischtuch.

Jacques brachte den Kaffee.

„Stell meine Tasse beim Kamin hin," sagte der Meister, „mir frieren die Füße."

„Du entschuldigst," sagte er zu Michael, der sich noch eine Frucht schälte, und er erhob sich von seinem Platz, um sich ans Feuer zu setzen.

„Meister, Sie sollten die Stiefel ausziehen," sagte der Majordomus, „dann hole ich die Pantoffel."

„Danke," sagte Claude Zoret, und der Majordomus brachte ihm die Pantoffel und war ihm behilflich.

Auch Michael hatte sich erhoben. An die Platte des Kamins gelehnt, ließ er die Blicke durch das Zimmer schweifen, bis seine Augen auf dem Meister haften blieben. Sein Gesicht erschien so fahl im Licht der Kandelaber, während er am Kamin saß, die Füße gegen den Rost gestemmt.

Und plötzlich sagte Michael – als wäre er im Laufe von Minuten allen möglichen Stimmungen unterworfen –: „Laß mich deine Füße wärmen."

Und er beugte sich nieder, und auf dem Fußboden knieend, „rollte" er des Meisters Füße zwischen seinen beiden Händen, wie er es früher so oft getan.

„Danke, mein Freund," sagte der Meister.

„Das wärmt," sagte Michael und rieb weiter.

„Ja," antwortete der Meister, und gleich darauf sagte er: „Wenn ich jetzt den Sand der Wüste unter meinen Sohlen hätte."

„Ja," sagte Michael und ließ plötzlich des Meisters Fuß los.

„Ich will etwas ruhen," sagte der Meister. „Ich glaube, ich bin übermüdet." Und zum Majordomus gewandt, sagte er: „Mache in der Bibliothek Licht. Adieu, mein Freund," sagte er und ging mit dem Majordomus.

Michael stand noch im Eßzimmer, als Jacques zurückkam.

„Von wem ist dieser Lorbeerzweig?" fragte Michael.

„Ich glaube von einer Engländerin," antwortete der Majordomus.

Eine hastige Röte flog über Michaels Gesicht: „Hm," sagte er. „Ja, schön ist er nicht."

Und er ging ins Wohnzimmer.

Er durchmaß das Zimmer hastiger und hastiger: Nein, es half nichts. Geld mußte geschafft werden. Jetzt, wo alle Welt erfahren würde, daß der Kaiser nicht half. Und was schadete es auch – oder wem? Claude kümmerte sich nie um seine gebrauchten Studien. Und die Studien aus Algier waren kostbar jetzt – ungeheuer kostbar. Das wußte Leblanc. Auf seine eigenen Augen und Ohren würde der Mensch sich schon verlassen, und er war ja heute während des „Jubels" hier gewesen.

Und Leblanc war schlau. Leblanc machte keine Dummheiten. Leblanc würde mit einem Verkauf warten, und müßte er bis zu Claudes Tod warten – bis zu seinem Tode.

Michael war plötzlich wie angewurzelt unter dem elektrischen Kronleuchter stehen geblieben: Ja, wenn Claude stürbe...

Michael lief die Treppe hinauf. Mit einem Druck entzündete er alle Lampen des Ateliers.

Richtig, da waren die Studien. Da lag die Mappe.

Und sie waren alle da. Er zählte sie und zählte sie doch nicht... denn, wie immer, wenn er ihr etwas gab oder ihr half, wurde er von dem Begehren nach Lucia wie von einem Brand durchglüht.

Dann klappte er die Mappe zu und ging.

Eine Stunde später kam Charles Schwitt.

„Wie geht es?“ fragte er den Majordomus im Vestibül.

„Der Meister ruht,“ antwortete Jacques.

„Aber ich werde Sie melden.“

Charles Schwitt ging ins Wohnzimmer und Claude Zoret kam herein.

„Ich wollte dich heut gern noch einmal sehen,“ sagte Schwitt und nahm seine Hand.

„Und du bist allein?“ sagte er und setzte sich.

„Ja,“ sagte der Meister und entzündete das Licht in dem ganzen Raum, „ich bin allein. Wer sollte wohl bei mir sein?“

Charles Schwitt strich sich mit der Hand übers Gesicht: „Du bist wohl auch müde?“ sagte er.

Und dann begann er vom heutigen Tage zu sprechen, was *dieser* gesagt habe und *jener* und wer alles dagewesen sei. „Es fehlte ja keiner, kein einziger,“ sagte er, „ganz Paris war da.“

„Aber wo war Adelsskjold?“ fragte er plötzlich.

„Ich weiß es nicht,“ antwortete der Meister.

„Und die Engländer,“ fuhr Charles Schwitt fort, „waren am meisten begeistert. Sie waren ganz außer sich, sage ich dir, geradezu wild.“

Charles Schwitt hielt einen Augenblick inne, während seine Gedanken weiterarbeiteten: „Technisch hast du, glaube ich, nie etwas so Herrliches geschaffen, wie die Luft auf dem Gemälde ›Hiob‹.“

„Ich habe meine Studien aus Algier dazu verwendet,“ sagte der Meister.

„Ja, das sagtest du schon,“ sagte Schwitt. „Die Luft ist ganz prachtvoll. Wo sind die Studien? Ich habe sie nie gesehen.“

„Wir können sie ja suchen,“ sagte der Meister.

Und sie gingen ins Atelier hinauf.

„Hier ist Licht,“ sagte der Meister.

Alle elektrischen Flammen brannten noch.

„Hier müssen sie liegen,“ sagte er und ging auf ein Regal zu, wo er zwischen einigen Mappen suchte, während Charles Schwitt ihm gefolgt war.

„Nein, sie sind nicht da,“ sagte Claude Zoret, der weiter suchte: „Und hier auch nicht...“

„Nein, auch nicht...“

Des Meisters Hände fingen plötzlich an zu zittern, während er Mappe um Mappe ergriff.

„Und hier auch nicht,“ sagte er, und seine Hände ließen plötzlich die Mappe, die er hielt, los.

„Aber sie müssen doch da sein,“ sagte Charles Schwitt, der ebenso wie der Meister suchte.

Aber Claude Zoret rührte sich nicht. Dann sagte er, und er sprach, als wolle die Zunge ihm nicht recht gehorchen: „Ich will Jacques fragen.“

Und er ging hinunter.

Jules erschien auf sein Klingeln.

Der Meister fragte: „Wann ist Herr Michael fortgegangen?“

„Die Uhr mag wohl neun gewesen sein,“ sagte Jules, und er fügte hinzu: „Herr Michael ist mit einer großen Mappe fortgegangen.“

Der Meister stützte die Hand auf die Lehne eines Stuhles: „Es ist gut,“ sagte er und Jules ging.

„Sie sind nicht da, Claude,“ sagte Schwitt, der die Treppe hinunterkam.

Der Meister stand noch auf derselben Stelle: „Ich werde Jacques danach suchen lassen,“ sagte er.

„Aber jetzt gehe ich,“ sagte Schwitt, „du bist müde.“

„Ja,“ sagte der Meister, der ins Licht starrte: „jetzt bin ich müde.“

Charles Schwitt ergriff seine Hand.

„Lebwohl,“ sagte er. „Wie kalt deine Hände sind.“

„Das sind sie oft,“ sagte der Meister. „Lebwohl.“

Als Charles Schwitt gegangen war, kehrte der Meister in sein Atelier zurück und löschte alle Lichter.

Der Majordomus wollte gerade das Licht im Vestibül auslöschen, als an der Haustür geklingelt wurde und der Pförtner öffnete.

Herr Adelsskjold stand draußen. Er hatte einen wunderlichen, dicken Mantel um, dessen Kragen hochgeschlagen war, so daß er wie ein seltsamer Sack aussah, dem ein hoher Hut aufgestülpt ist.

„Ich bin es,“ sagte er und stützte sich gegen das Tor.

Drinnen im Vestibül sagte er wieder mit einer Stimme, als schlüge seine Zunge gegen die Zähne: „Ich bin es nur,“ und setzte sich auf einen Stuhl.

Der Majordomus sah ihm ganz erschreckt ins Gesicht, das aus dem hochgeschlagenen Kragen hervorsah: „Sind Sie krank, Herr Adelsskjold?“ fragte er.

Aber Adelsskjold sagte nur wie vorhin: „Sagen Sie, daß ich es bin.“

Und er blieb sitzen.

Als der Majordomus ins Wohnzimmer kam, saß der Meister am Tisch.

Es war, als würde er aus dem Schlaf geweckt und hätte doch nicht geschlafen.

„Was willst du?“ sagte er und wendete jäh den Kopf.

„Herr Adelsskjold ist da,“ sagte der Majordomus, der zitterte, ohne zu wissen weshalb.

Der Meister war aufgestanden. „Adelsskjold,“ sagte er, „führe ihn herauf.“

Der Meister blieb stehen, die Augen auf die Tür geheftet, bis er Adelsskjold sah, der wie ein schwankendes Bündel hereinkam und beide Arme hochhob und wie einer, der nicht mehr stehen kann, auf einer Ruhebank zusammenbrach und schluchzte, schluchzte, – als schluchze sein ganzer Körper mit, seine ganze Seele und sein ganzer Körper.

„Was ist geschehen,“ sagte der Meister, „Mensch, was ist geschehen?“ sagte der Meister.

Als Antwort bekam er nur dasselbe Schluchzen (als wenn einem Tier die Fähigkeit zu weinen gegeben wäre), das den ganzen Raum bis in alle Ecken mit seinem hilflosen Klang erfüllte.

„Aber Mensch.

Aber Mensch,“ sagte der Meister und fügte hastig hinzu: „Adelsskjold, Adelsskjold, legen Sie ab, legen Sie ab.“

Und Claude Zoret rüttelte ihn, und es gelang ihm, ihn halb aufzurichten, und er knöpfte ihm den Mantel auf, als entkleide er ein kleines Kind.

Adelsskjolds Schluchzen hörte nach und nach auf oder es wurde lautlos, und er saß auf der Kante der Ruhebank, den Kopf sonderbar bewegend, wie ein Tier, dessen Gehirn von der Sonne versengt wird.

Der Meister sprach mit ihm und wußte selbst nicht, was er sagte.

Plötzlich fragte er und seine Stimme klang heiser: „Wer war dabei?“

Er hatte ein anderes Wort brauchen wollen, aber er sagte „dabei“.

Adelsskjold sah ihn zum erstenmal an. „Toll,“ sagte er, „Toll und Ehrenswärd.“

„Aber wenn Sie ihn gesehen hätten,“ sagte er, und es war, als verwirre sich sein Gesichtsausdruck von neuem, „wenn Sie ihn gesehen hätten –“

Plötzlich hielt Adelsskjold den Kopf still und heftete die Augen auf den Meister. „Er ließ die Arme sinken – verstehen Sie – er ließ die Arme sinken – so (und Adelsskjold machte die Bewegung nach) so, bevor ich schoß… *bevor* ich schoß, verstehen Sie - und ich schoß… Ich hatte es gesehen und schoß –wie nach einer Scheibe… gerade auf seine Brust.“

Der Meister starrte in eine Lampe. Einen Moment war es, als flimmere ihm ihr Licht vor den Augen.

„Mitten durch die Brust,“ wiederholte Adelsskjold.

Und auf schwedisch, auf deutsch, auf französisch, alle Sprachen der Länder, die er bereist hatte, durcheinanderwerfend, begann er wieder zu erzählen, wieder zu zeigen, so, so habe er geschossen und so sei Monthieu gefallen, „ja, der Länge nach, platt auf die Erde, das Gesicht nach unten, mit dem Gesicht zur Erde – mit dem Gesicht platt zur Erde – zur Erde, verstehen Sie, auf die gefrorene Erde.“

Und er wiederholte ins Unendliche, wieder und wieder: „Verstehen Sie – auf die gefrorene Erde, verstehen Sie, die hartgefrorene Erde.“

Der Meister aber, der seinen Gedanken eine andere Richtung geben wollte, als wolle er einen Nagel aus einer Mauer reißen, sagte: „Wo ist Frau Adelsskjold?“

Es war, als stutze Adelsskjold.

„Zu Hause,“ sagte er.

Plötzlich stand er auf und trat vor den Meister.

„Und was nützt es,“ sagte er, „sagen Sie mir, was nützt es?“

Während er vor dem Meister stand, liefen ihm die Tränen über die Backen.

Nach und nach wurde er ruhiger. Er setzte sich aufs Sofa. Hin und wieder ging ein Zittern durch seinen Körper.

Der Meister saß unbeweglich und schweigend da.

Wenn Adelsskjold wieder zu schluchzen begann, ging ein Zittern über Claude Zorets Gesicht.

Das Wasser rieselte leise in den Bassins.

Dann sagte Adelsskjold still, wie man von etwas Verlorenem spricht: „Ich habe sie besessen und werde sie nie mehr besitzen."

Der Meister sprach nicht.

Plötzlich aber fragte Adelsskjold und sah über den Tisch zu Claude Zoret hinüber: „Haben Sie je einen Menschen verloren, der Ihnen alles war?"

Der Meister antwortete nicht. Seine schweren Lider hielt er gesenkt.

„Denn sonst," sagte Adelsskjold und griff sich mit der Hand an die Stirn, „glaube ich nicht, daß man erfassen kann, was das heißt."

Kurz darauf sagte er: „Wenn ich etwas frische Luft bekommen könnte. Wollen wir nicht auf den Balkon gehen?"

„Ja, kommen Sie," sagte der Meister.

Sie gingen nebeneinander die Treppe hinauf, und der Meister öffnete die Balkontür. „Es ist nebelig geworden," sagte er.

„Ja, es ist nebelig geworden," wiederholte Adelsskjold in genau demselben Ton.

Und sie standen beide gegen das Geländer gelehnt. Der Meister starrte durch den Nebel. Die Lichter des Platzes warfen einen matten Schein durch die Nacht und das Geräusch der Straße schwand dahin, als vergehe es in der schweren Luft.

Da sagte Adelsskjold, und seine Stimme klang, als glitte sie ineinander mit dem Nebel: „Claude," sagte er, „und wenn alles vorbei ist, kommt das Schlimmste."

„Was denn?" fragte der Meister.

„Zuletzt fragt man sich selbst," und Adelsskjolds Stimme brach, „ob man sie auch wirklich geliebt hat... oder ob sie einem nur notwendig war?"

„Notwendig?"

Claude Zoret hatte nach dem Geländer gegriffen.

„Ja," flüsterte Adelsskjold durch den Nebel.

Der Meister hatte die Augen geöffnet, weit – als sähe er entsetzt in einem einzigen Blitzstrahl sein ganzes Leben.

Notwendig – notwendig.

Adelsskjold aber sagte wieder: „Wenn man in sich selbst hineinsieht..."

„Ja," antwortete der Meister, und seine Gedanken wiederholten: Notwendig, nur notwendig...

„Wenn man tief in sich selbst hineinsieht," sagte Adelsskjold, der in den Nebel starrte.

„Ja," antwortete der Meister und rührte sich nicht, während seine Gedanken sagten: Notwendig – nur notwendig.

Notwendig, das war es – notwendig... die Gattin seiner Jugend, die Frau von Montreuil, sie war ihm notwendig gewesen – nur notwendig, um ihm die Zeit des Unglücks tragen zu helfen...

Adelsskjold sprach nicht mehr, während der Meister gleich einer Säule im Nebel stand.

Und Michael - ja, Michael, auch Michael...

Ein Beben ging durch Claude Zorets Körper.

Ja, auch er war ihm notwendig gewesen, nur notwendig, als alles vorbei war und nichts mehr ihn sättigte, notwendig in seiner Zelle und in seinem

Gefängnis – notwendig, damit er ihm die Ketten seines Ruhms tragen helfen konnte. Notwendig, ja, auch Michael… nur notwendig. Ihm notwendig.

Adelsskjold rührte sich nicht. Sein Körper wurde von einem letzten Schluchzen geschüttelt.

Der Meister aber sagte in den Nebel hinein: „Und wenn man sich selbst gesehen hat…“

„Ja“ – und Adelsskjold wandte ihm sein zuckendes Gesicht zu – „ja, Meister, ja, was dann?“

Der Meister antwortete nicht.

Sein steinernes Gesicht starrte in den Nebel.

„Kommen Sie, lassen Sie uns hineingehen,“ sagte er, „die Nacht ist kalt.“

Und sie stiegen hinab.

Der Meister war in seinem Schlafzimmer. Der Majordomus war ihm behilflich. „Dies,“ sagte Jacques, „ist doch des Meisters größter Tag gewesen.“

Der Meister sah dem Majordomus ins Gesicht. „Vielleicht hast du recht,“ sagte er.

Und die Ellenbogen auf die Knie gestützt und die Hände in den weißen Bart vergraben, blieb er auf dem Rande seines Bettes sitzen.

„Meister, es friert Sie,“ sagte der Majordomus, der sah, wie ihm die Glieder zitterten.

„Ja,“ antwortete der Meister. „Gute Nacht.“

Der Majordomus ging.

Claude Zoret mußte sich wieder im Bett aufrichten. Atemnot überkam ihn. Es war, als wolle sein Herz stillstehen, während seine geöffneten Lippen nach Luft rangen.

Der Majordomus öffnete den drei Ärzten, die aus dem Schlafzimmer kamen, die Tür, während Charles Schwitt seine Blicke auf ihre Gesichter richtete.

Die drei Herren sprachen in einer Ecke des Zimmers hastig und leise miteinander. Schlank, in den schwarzen Röcken, mit den glatten Gesichtern, sahen sie aus wie drei Geschworene in einem Gerichtssaal.

Als zwei von ihnen gegangen waren, trat Charles Schwitt auf den dritten zu und fragte ihn: „Wie steht es?"

Der Arzt antwortete: „Ebenso." Und etwas leiser fügte er hinzu: „Ebenso, das heißt – das Ende."

Eine Sekunde war es ganz still, und die beiden Männer waren gleich blaß.

Dann sagte Charles Schwitt, der sich auf den Tisch stützte, an dem er stand, und seine Stimme war fast tonlos: „Wird es schwer werden?"

Herr Brouart sah ihn nicht an.

„Wir wissen es nicht," sagte er, „aber Claude Zoret ist stark."

Und in etwas leiserem Ton fragte er: „Wann kommt der Notar?"

„Wir erwarten ihn jeden Augenblick."

„Das ist gut."

Und etwas lauter oder etwas härter fragte der Arzt: „Und wo ist Herr Michael? Der Meister fragt nach ihm. Es macht ihn unruhig."

Charles Schwitt antwortete, die Augen auf den Boden geheftet: „Es ist ein Bote nach ihm geschickt worden – wieder."

Herrn Brouarts Gesicht verzog sich.

„In zwei Stunden komme ich wieder," sagte er und ging.

Als der Arzt ins Vestibül kam, klingelte das Telephon von neuem mit einem schrillen Ton durch das Haus, das so still war, als sei es unbewohnt.

„Sorgen Sie für absolute Ruhe," sagte er zum Majordomus, der ihm Hut und Mantel reichte.

„Ja, Herr Doktor," sagte der Majordomus, „aber die Zeitungen fragen unablässig durchs Telephon an, wie es geht..."

„Welche Zeitung?" fragte der Arzt den Majordomus, der ans Telephon getreten war.

„Le Temps" antwortete Jacques.

Und Herr Brouart, dessen Gesicht einen anderen, einen gleichsam geschäftsmäßigen Ausdruck bekommen hatte, ging, als er den Namen der Zeitung gehört hatte, selbst ans Telephon und sprach in den Apparat hinein, lange und ausführlich, als hielte er einen Vortrag in der Fakultät – während der Majordomus, der seine Worte hörte, plötzlich seine Lippen zu bewegen begann, als murmele er ein ganz mechanisches Gebet.

Der Arzt sprach noch immer am Telephon: „Ja, es scheint eine plötzliche Lähmung der Herzklappen eingetreten zu sein. Ich wurde um zwei Uhr gerufen. Ich hatte die Katastrophe vorausgesehen und darum vor Aufregungen gewarnt."

„Adieu," Doktor Brouart klingelte ab. „In zwei Stunden bin ich wieder hier," sagte er und stieg vor der Haustür in seinen Wagen.

Denis kam ins Vestibül, vorsichtig die Treppen hinaufschleichend. „Wie geht's?" fragte er und sah den Majordomus an. Seine Kutschermaske war gleichsam von ihm abgefallen und er hatte durch die Angst sein besorgtes Bauerngesicht wiederbekommen.

„Wie geht's?" wiederholte er, als der Majordomus nicht antwortete. „Was hat er gesagt?"

Der Majordomus antwortete noch immer nicht. Er stand mit gefalteten Händen mitten in der Halle.

Und Denis setzte sich, ohne weiter zu fragen, auf eine Stufe der Treppe, seltsam fröstelnd, in einer wunderlichen Stellung, als säße er vor einem Feuer, das ausgegangen war – bis er schließlich zum Majordomus aufsah, der sich mit unablässig murmelnden Lippen auf seinen Stuhl gesetzt hatte, und sagte: „Die Pferde wollen nicht fressen,“ worauf er wieder in seine frühere Stellung zurückfiel.

Es wurde heftig an der Haustür geklingelt. Jules kam hereingestürzt.

„Herr Michael war nicht zu Hause,“ sagte er.

Der Majordomus hatte sich plötzlich erhoben. Man sah einen Augenblick, was für ein Riesenkerl er war.

„Melde es,“ sagte er.

Und ohne es selbst zu wissen hatte er den gotischen Stuhl in seinen Armen hochgehoben und ihn wieder sinken lassen.

Jules stieg die Treppe hinauf und ging dorthin, wo Charles Schwitt vor der Schlafstubentür einsam und zusammengesunken auf einem Stuhl saß.

„Herr Michael war nicht zu Hause,“ sagte Jules schon von weitem. Charles Schwitt hatte den Kopf gehoben. Jules hätte sein Gesicht kaum wiedererkannt.

„Es ist gut,“ sagte Schwitt.

Als Jules auf die Treppe hinaus kam, traf er den jüngsten Koch, der in seinem weißen Anzug aus dem großen Speisesaal kam.

„Wie steht es?“ flüsterte der junge Mann, dessen Gesicht unter dem in die Stirn gekämmten Haar bleich war.

„Es ist wohl bald zu Ende,“ flüsterte Jules, dessen Augen vor Angst blank waren.

Und sie blieben dicht aneinandergedrängt auf dem dunklen Absatz stehen, während das Telephon unten von neuem klingelte.

Charles Schwitt öffnete leise die Tür zum Schlafzimmer.

Doktor Brouarts Assistent erhob sich aus dem Halbdunkel im Schatten des großen Bettes.

„Der Meister schlummert,“ flüsterte er.

Charles Schwitt sagte nichts. Sie saßen schweigend jeder in seiner Ecke und lauschten den stoßweisen Atemzügen des Meisters.

Plötzlich öffnete der Meister die Augen und wollte den Kopf wenden: „Wer ist hier?“ fragte er.

„Ich bin es,“ sagte Schwitt, der sich erhoben hatte.

Der Kranke bewegte den Kopf.

„Danke,“ sagte er und schloß die Augen wieder.

Sie schwiegen einen Augenblick. Dann flüsterte der Assistent: „Der Meister wartet.“

Schwitt beugte den Kopf.

„Aber der Notar kommt wohl bald,“ sagte der Assistent wieder.

Charles Schwitt war aufgestanden und stand am Fußende des Bettes, den Blick auf des Meisters Brust geheftet.

Man hörte in der Stille eine Tür gehen, und der Meister hob jäh den Kopf.

„Wer ist gekommen?“ sagte er und starrte Charles Schwitt an.

„Niemand.“

„Niemand,“ sagte der Meister, und sein Kopf fiel zurück. Nur die langen Wimpern zitterten auf den gelben Wangen. Plötzlich aber schlug er wieder die Augen auf, und furchtsam, oder als ob der Laut ihn schmerze, sagte er: „Kommt Michael?“

„Ja, er kommt.“

„Danke.“

Schritte tönten durch das Haus, viele Schritte auf allen Treppen.

„Claude,“ sagte Schwitt, als wolle er ihn rufen, „Claude. Der Notar.“

„Es ist gut,“ sagte er.

„Gut,“ flüsterte der Meister.

Er wollte sich aufrichten, aber sein Gesicht verzog sich vor Schmerz.

„Laß Jacques kommen,“ sagte er.

Der Majordomus legte die Kissen zurecht, damit der Meister halb aufgerichtet sitzen konnte.

„Danke,“ sagte er, „mach Licht.“

Der Majordomus drückte auf den Knopf und alle Lampen flammten auf.

„Führe sie herein,“ sagte der Meister.

Herr Roux trat ein. Ihm folgten zwei andere Herren.

Der Meister beugte den Kopf und alle betrachteten ihn, wie er weiß unter dem dunkelroten Betthimmel in dem starken Licht dalag.

„Bringen Sie das Dokument?“ fragte er und seine Stimme war ganz klar.

„Ja, Meister,“ antwortete der junge Advokat, der das Notariat von seinem Vater geerbt hatte und unter dem frisierten Haar ganz bleich war.

Und er fragte, während seine Stimme leicht zitterte: „Soll ich es Ihnen vorlesen, Meister?“

„Nein,“ antwortete der Meister, „ich will es selbst lesen.“

Die Finger des jungen Mannes konnten kaum das Schloß der Mappe öffnen.

„Hier, Meister,“ sagte er und reichte Claude Zoret das Dokument.

Der Meister nahm es, und plötzlich richtete er sich ganz in seinem Bett auf, und aufrecht sitzend – entweder weil diese Stellung ihn weniger schmerzte oder aus der Ehrfurcht des Bauern vor einer gerichtlichen Handlung – las er die Worte des Testamentes. Alle hatten die Köpfe geneigt. Nur Charles Schwitt betrachtete ihn unverwandt.

„Ich, Claude Zoret, dessen Gattin verstorben und der auf der Welt vereinsamt ist, verfüge hierdurch als meinen wohlüberlegten und letzten Willen, daß bei meinem Tode alles was ich hinterlasse...“

Die Stimme des Meisters wurde deutlicher, als wäre jedes Wort eine Schraube, die er in einen Stein bohre, während die Notare gesenkten Hauptes warteten und Charles Schwitt so weiß war wie das Bettuch, das er unbewußt umkrampfte.

Der Meister aber fuhr fort zu lesen: „. . . meine ganze bewegliche und unbewegliche Habe, sowie Effekten aller Art, meinem Pflegesohn Eugene Michael, geboren zu Prag den 8. Februar 1880, zu Recht und Eigentum zufallen sollen; so daß der genannte Eugene Michael meine ganze Hinterlassenschaft antreten soll…"

Der Meister hielt eine Sekunde inne, und Charles Schwitt hatte den Blick starr auf ihn gerichtet.

„Als mein alleiniger Erbe."

Der Meister hielt inne – alle schwiegen.

„Ja," sagte der Meister: „So ist es richtig."

Und zum Majordomus gewandt sagte er: „Reich mir die Feder."

Der Majordomus gab sie ihm und, das Dokument gegen die Mappe des Notars gestützt, während die beiden roten Siegel wie zwei leuchtende Blutflecke auf der Decke lagen, schrieb Claude Zoret seinen Namenszug – während die Notare erhobenen Hauptes dabei standen.

„Gut," sagte der Meister. „Nun Sie."

Und seine Augen folgten einem jeden, der als Zeuge unterschrieb, mit den Blicken des Bauern, der bis zum Letzten mißtraut.

„Jetzt kann nichts mehr daran geändert werden?" fragte er und stützte sich plötzlich auf den Bettrand.

„Nein, Meister."

„Danke," sagte der Meister.

Und er verabschiedete die Herren, indem er die Hand hob. Der Majordomus begleitete die drei Herren hinaus, während Charles Schwitt neben dem Bett stehenblieb.

Die Augen des Meisters ruhten auf dem Bettuch.

„Jetzt steht es geschrieben," sagte er, und plötzlich lösten sich zwei Tränen aus seinen Augen, die im Leben so selten weinen konnten. Er sank in seine Kissen zurück. Seine Augenlider waren geschlossen. Er atmete mühsam. Nur wenn eine Tür ging oder Schritte ertönten, glitt ein Zucken über sein Gesicht, wie bei jemand, der lauscht und wartet. Plötzlich richtete er sich halb im Bett auf.

„Lösch das Licht," flüsterte er und fiel wieder zurück.

Charles Schwitt löschte das elektrische Licht und der Meister lag im Dunkeln.

Als die Notare hinunterkamen, war das Vestibül voller Menschen, einige zwanzig Leute, die laut durcheinander sprachen und abwechselnd ans Telephon gingen. Zwei Herren, mit offenstehenden Überziehern und Zylindern auf dem Kopf gingen auf Herrn Roux zu und sagten: „Endlich erfährt man doch etwas. Lieber Freund, hier ist ja keine Seele, die den Zeitungen Aufschluß geben kann."

Drei Herren, die aus dem Theater kamen und im Frack waren, interviewten Herrn Brouarts Assistenten, der eine Zigarette rauchte und fortwährend wiederholte: „Ein sehr interessanter Fall... Die Herzklappen versagen den Dienst. Wir wurden um zwei Uhr zwanzig gerufen."

Und indem der Assistent sich geschäftig zu einem anderen Herrn von der Presse wandte, sagte er: „Mein Name ist Fabre, Fabre," wiederholte er und fuhr fort: „Wir wurden um zwei Uhr zwanzig gerufen. Aber Herr Claude Zoret war schon heute nacht krank geworden."

Ein Zeichner vom Matin hielt Jules in einer Ecke fest und fragte ein Mal über das andere: „Wo steht das Bett, wo im Zimmer steht das Bett?"

Und zu einem Kollegen gewandt, sagte er: „Wir ätzen unsere Klischees innerhalb zwei Stunden."

Wieder klingelte es an der Haustür.

Es war ein Korrespondent des „New York Herald“. Er war dünn wie ein Rosenstock und sagte zu seinem Kollegen: „Das Kabel wartet bis Mitternacht.“

Der Majordomus hatte Herrn Roux zu seinem Wagen geleitet. Der Wagen des Notars konnte wegen der Fahrzeuge all der Journalisten nicht von der Stelle kommen.

Als Jacques zurück kam, fragte ein Herr vom Temps ihn, ob Herr Charles Schwitt nicht anwesend sei.

Der Zeichner vom Matin lachte, daß es laut durch den Raum schallte: „Ja, fragen Sie den nur. Da bekommen Sie sicher was zu wissen. Der wird sich hüten, seine eigenen ›Erinnerungen‹ zu plündern.“

Der Majordomus hatte nicht geantwortet.

Als aber einer der Befrackten, dicht bei der Treppe, mit dem Telephonhörer am Ohr stand, ergriff der Majordomus plötzlich den Hörer, daß der Herr ihn loslassen mußte.

Jacques ging weiter, indem er alle Türen so fest hinter sich zuzog, als wolle er sie verriegeln.

Der Meister drehte mühsam den Kopf, als er eintrat.

„Wer ist da?“ fragte er leise.

„Ich bin es nur, Meister,“ antwortete Jacques.

„Du?“

Der Meister biß sich auf die Lippe.

„Richte mich auf,“ sagte er plötzlich.

Die Atemnot kam wieder.

Schwitt und Jacques hoben den stöhnenden Körper, während des Meisters gelbes Gesicht blau wurde.

„Den Doktor, den Doktor,“ rief Schwitt.

Jacques stürzte vom Bett fort und rief durch die Zimmer: „Doktor, Doktor...“

„Ja, ja,“ antwortete der Arzt unten.

„Doktor, Doktor...“

„Ja.“

Der Arzt war die Treppe hinaufgeeilt. Der Ruf aber tönte noch immer angstvoll durch die Türen, die Treppen hinunter, wo die Journalisten sich drängten, während der Herr vom „Herald“ bedächtig ans Telephon ging, um mit dem Recht des Besitzers der erste Mann zu sein.

Der Anfall war vorüber.

Der Doktor stand am Bett des Meisters, als er seine Augen öffnete.

„Macht auf,“ flüsterte er.

„Macht auf - macht die Tür zum Badezimmer auf.“

„Ja, Meister“

„Schafft mehr Luft. Mehr Luft.

„Ja, Meister.“

Der Majordomus öffnete die Tür zum Badezimmer, und der Meister blickte wieder zum Arzt auf.

„Wer ist hier?“ fragte er.

„Wir,“ antwortete der Arzt.

Claude Zorets Lippen preßten sich aufeinander.

„Wo ist Schwitt?“ sagte er.

„Ich bin hier,“ sagte Schwitt, der gegen das Bett gelehnt stand.

Der Meister richtete die Augen auf ihn: „Setz dich hierher,“ sagte er. „Und schick die andern hinaus.“

Der Arzt und der Majordomus gingen hinaus, während Charles Schwitt sich auf den Bettrand setzte. So in nächster Nähe des Meisters fühlte er dessen Körper unter der Decke beben.

Der Meister hatte den Kopf gewandt und sprach langsam. Sein Gesicht leuchtete durch das Halbdunkel.

„Charles," sagte er, „willst du mir versprechen, daß du mich daheim begraben läßt, wenn ich tot bin, daheim bei den ›Quellen‹, woher ich stamme? Dort inmitten der Äcker will ich ruhen, dort, wo die Saat keimt und das Gras grünt. *Dort* will ich einsam ruhen. Und bald wird niemand mehr wissen, wo das verborgen liegt, was sich einst Claude Zoret nannte."

Der Meister hatte die Augen geschlossen.

Im Badezimmer hörte man einen vereinzelten Tropfen langsam fallen.

„Versprichst du es mir?" sagte der Meister.

„Ja, Claude, ich verspreche es dir."

Der Meister blickte ihm fest ins Gesicht, als wolle er ihm einen Eid abnehmen.

„Und ihr sollt mich an einem Morgen begraben, wenn die Sonne aufgeht, und niemand soll den Ort kennen, wo ich begraben ward."

„Ich verspreche es dir."

„Und niemand soll einen Stein mit meinem Namen setzen, so lange dein Wort etwas gilt – versprichst du mir das?"

„Ich verspreche es dir."

Ein Schluchzen drängte sich über Charles Schwitts zusammengepreßte Lippen. Der Meister aber sagte ruhig: „Denn Menschen sollen nicht Gedenksteine errichten für jemand, den sie nicht kannten."

Charles Schwitt hatte das Gesicht mit den Händen bedeckt, aber die Tränen, die seinen Augen entströmten, quollen zwischen den Fingern hervor.

„Claude, du weißt doch, wer du warst."

Der Meister aber öffnete seine zuckenden Lippen und sagte: „Ich war nichts. Wer zählt, Charles? Keiner von uns."

Und während ein furchtbarer Ruck seinen Riesenkörper zum Zittern brachte, sagte er: „Mein Leben waren einige Bilder... die ich mit dem Blut einiger Herzen gemalt habe."

Die Tür wurde geöffnet, und der Meister wandte hastig das weiße Gesicht.

„Wer ist da?" fragte er schnell.

„Ich bin es nur," antwortete Jacques.

„Du bist es," flüsterte der Meister und schloß die Augen. Fassungslos, von einem Schmerz durchwühlt, der sein ganzes Gesicht verzerrte, hatte Charles Schwitt sich vom Bettrand erhoben und ging hinaus. Auf dem Wohnzimmertisch nahm er ein Stück Papier, und mit Bleistift schrieb er, mit einer Schrift, die kaum zu lesen war:

„Claude Zoret liegt im Sterben. Charles Schwitt."

Er steckte das in ein Kuwert und schrieb die Adresse, bevor er klingelte. „Für Herrn Michael," sagte er zu Jules, der hereinkam. „Und sofort."

Als Charles Schwitt hinausgegangen war, hatte der Meister den Kopf gehoben.

„Jacques," rief er.

„Ja, Meister."

„Komm hierher."

Der Majordomus trat ans Bett.

„Hier bin ich, Meister," sagte er.

Plötzlich schlang Claude Zoret seine Arme um den Hals des Majordomus.

„Jacques," sagte er und starrte seinem Diener ins Gesicht, als wolle er dessen Mund die allerletzte Wahrheit entringen. „Ist nach Michael geschickt worden?"

„Ja, Meister."

Die Arme fielen schlaff herab und der Meister sank in die Kissen zurück.

„Bist du es, Charles?" fragte er, als Schwitt wieder hereinkam.

„Ja, Claude."

Der Meister lag eine Weile mit geschlossenen Augen. Dann sagte er: „Wo ist meine Uhr?"

Schwitt nahm sie.

„Hier," sagte er.

„Häng sie *dorthin,*" sagte der Meister, „wo ich sie sehen kann."

„Ja."

Charles Schwitt hängte sie an die bezeichnete Stelle.

„Danke," sagte der Meister.

Er sprach nicht mehr. Seine Augen folgten unverwandt dem vorwärtsschreitenden Zeiger der Uhr.

Charles Schwitt hatte seine Hand um die Kante des Stuhles gepreßt.

Er las des Meisters Gedanken.

Michaels Wagen fuhr vorm Gartengitter vor, und Michael sprang heraus, um Frau de Zamikof beim Aussteigen behilflich zu sein.

Der junge Diener öffnete die Tür und sagte: „Es ist ein Bote von Herrn Claude Zoret dagewesen und Jules hat einen Brief gebracht."

Michael machte eine ungeduldige Bewegung.

„Wo ist er?" fragte er.

„Ich habe ihn oben hingelegt," sagte der Diener mit einer Verbeugung.

Frau de Zamikof und Michael gingen hinauf. Der Brief lag auf dem Toilettentisch.

„Er ist von Schwitt," sagte Michael, nachdem er die Aufschrift gelesen hatte.

Und vielleicht aus Furcht oder von einem plötzlichen Unwillen ergriffen, der seine Angst verbarg, sagte er zu Lucia: „Öffne du ihn!“… und er öffnete ihn trotzdem selbst und las ihn und stand starr, während der Schweiß ihm in Perlen auf die Stirn trat.

„Was ist?“ fragte Lucia und schob hastig ihren Nacken zwischen Michaels Gesicht und den Brief, den er in der Hand hielt.

Und angesichts des Todes oder vielleicht vom Tode getrieben, drückte Michael seine Lippen unter Lucias hochgekämmtes Haar.

Aber indem er von neuem vor sich hinstarrte und sich selbst belog – denn seine Furcht galt etwas anderem – sagte Michael: „Lucia, ich habe nie jemand sterben sehen.“

Lucia hatte schon ihren Mantel geöffnet.

„Soll ich dich begleiten?“ sagte sie und nestelte die Spange wieder zu: „Ich kann mir in der Rue de Rivoli einen Wagen nehmen und zurückfahren.“

Sie war schon einige Schritte vorangegangen und Michael folgte ihr.

Sie gingen die Treppe hinunter und traten in den Garten hinaus, dicht aneinandergeschmiegt.

„Wie die Veilchen duften,“ sagte Lucia.

„Ja.“

„So früh im Jahr.“

„Ja.“

Sie gingen am Kai entlang, dann über die Brücke.

„Sieh, es ist Vollmond,“ sagte Lucia.

„Ja,“ sagte Michael und hob das Gesicht. „Er stirbt bei Vollmond.“

Sie traten in die Dunkelheit des Louvre-Tores, als Michael plötzlich fragte: „Lucia, wie denkst du eigentlich über den Tod?“

Lucia wandte ihm rasch ihr leuchtendes Gesicht zu: „Daß wir leben," sagte sie.

Und wie berauscht vom Siegesschein des Glückes in ihrem Gesicht, von dem Klang ihrer Stimme und dem Zittern ihrer Schultern, das er durch ihren Mantel hindurch spürte, beugte Michael sich über sie und flüsterte ihren Namen: „Lucia, Lucia, Lucia," ohne Aufhören.

Sie kamen in den Hof der Tuilerien.

Der ganze mächtige Platz mit seinen Statuen lag im weißen Mondlicht. Kein Mensch weit und breit. Die beiden waren allein. Kein Laut war zu hören. Sie waren ganz allein.

„Wie ist es schön hier," flüsterte Lucia.

„Ja, es ist schön," antwortete Michael flüsternd wie sie.

Sie waren mitten auf dem Platz stehen geblieben.

Die goldenen Spitzen des Gitters leuchteten im Mondschein wie hunderte von Freudenkerzen, die angezündet sind, und die goldenen Kugeln der Säulen schienen wie neue Weltkörper durch die nächtliche Luft zu gleiten.

„Lucia, Lucia, meine Geliebte."

Und mitten im Mondlicht, während die Gitter wie Flammen leuchteten, schlang Michael seine Arme um Lucias Hals.

„Lucia, Lucia," rief er, „bin ich jetzt dein Gatte?"

„Ja, mein Geliebter."

„Dein Mann?"

„Ja, mein Geliebter."

„Der einzige Mann für dich?"

„Geliebter."

„Der einzige Mann auf der ganzen Welt?"

„Ja – so lange ich dich liebe."

„Du Ehrliche, du Ehrliche," flüsterte Michael ihr unter dem Regen seiner Küsse zu.

Und in einem Jubel, der sein ganzes Wesen zu sprengen schien, stürmte er über den Platz hin, rief ihren Namen, schleuderte ihren herrlichen Namen heraus, Mauern, Steinmassen, Dächer in den Klang ihres geliebten Namens einfangend: „Lucia, Lucia."

Und plötzlich reckte er die Arme im Licht des Mondes in die Höhe – und es war, als hielte er ein flammendes Schwert in der Hand: „Lucia, Lucia, sieh..."

Er zeigte auf die Mauer des Louvres.

„Sieh, wie die Steinmänner die Augen aufreißen – Lucia," und er lief zurück und bedeckte ihr Gesicht mit Küssen. „Sie haben noch nie – noch niemals zwei Menschen gesehen, die sich lieben."

Sie blieben einen Augenblick stehen.

Dann fuhr ein Wagen über den Platz. Und alles vergessend, alle, die lebten, und alle, die sterben sollten – riefen sie den Wagen an und sprangen hinein.

„Nach Hause," rief Michael, „nach Hause."

Der Meister hatte nicht gesprochen.

Der Majordomus öffnete die Schlafstubentür. Der Meister aber rührte sich nicht. Unverwandt betrachtete er den vorwärtsschreitenden Zeiger der Uhr, während Charles Schwitt an seinem Bett saß.

Sie hörten lange das Fallen der Tropfen und das Ticken der Uhr, während des Meisters Brust nur schwach atmete.

Plötzlich wollte Claude Zoret den Kopf wenden.

Aber er vermochte es nicht mehr.

„Was willst du, Claude?" flüsterte Schwitt und beugte sich über den Meister.

„Nimm die Uhr fort," sagte der Meister. „Ich kann sie nicht mehr erkennen."

Charles Schwitt erhob sich und wollte die Uhr nehmen. Aber sie entglitt ihm und fiel auf die Bettdecke.

„Wo ist sie?" fragte der Meister und Charles legte die Uhr in Claude Zorets eiskalte Hand. „Sie soll dir gehören," sagte der Meister und drückte die Uhr dem Freunde in die Hand.

Er lag eine Weile still.

Dann sagte er: „Jacques, wo bist du?"

„Ich bin hier, Meister," antwortete der Majordomus, der ans Bett trat. Er konnte seinen großen Körper kaum aufrecht halten.

„Dank, mein Freund, Dank für alles," sagte der Meister und tappte nach seiner Hand, während es sich wie ein leises, letztes Schluchzen aus seiner Kehle rang: „Und vergiß mich nicht."

Die Tränen rannen dem Majordomus über die Backen und fielen auf des Meisters Hand.

„Jacques, mein Freund," sagte der Meister, „um mich mußt du nicht weinen. Ich gehe dorthin, wo das Herz Ruhe hat."

Er lag mit halb gebrochenen, aber noch immer offenen Augen. Weiß und unbeweglich unter seiner Decke sah er aus wie eine Steinfigur auf einem Sarkophag.

Plötzlich ging ein Lächeln über sein Gesicht, ein Lächeln von Wehmut oder von mildem Schmerz.

„Weshalb lächelst du, Claude?" fragte Schwitt leise.

„Ja, Charles," sagte der Meister und sprach ganz deutlich: „jetzt kann ich ruhig sterben, denn ich habe eine große Liebe gesehen."

Charles Schwitts Kopf sank auf seine Brust herab.

Der Meister aber hatte die Augen geschlossen und sprach nicht mehr. Die Tür ging. Es war Brouart. Am Bette stehend, betrachtete er das Gesicht des Meisters.

Er fühlte den Puls. Er war nicht mehr zu spüren.

„Den Spiegel," sagte er und wandte sich dem Assistenten zu.

Der junge Mann reichte ihm den Spiegel, und der Arzt hielt ihn vor die Lippen des Sterbenden.

Der Majordomus war in einer Ecke des Zimmers niedergesunken und betete seine lautlosen Gebete.

Charles Schwitt hatte sich erhoben. Ausdruckslos starrten seine Augen ins Leere.

Der Arzt hob den Spiegel. Mit einem seidenen Tuche wischte er den Hauch ab, der ihn bedeckte, und hielt ihn von neuem vor des Meisters Lippen.

Keine Bewegung ging mehr durch den stillen Körper.

Jacques hatte sich erhoben, und Charles Schwitt drehte plötzlich den Kopf, als der Arzt den Spiegel von neuem hob. Die Fläche zeigte nicht den geringsten Hauch.

„Es ist vorbei," sagte der Arzt leise und legte den Spiegel fort. Der Majordomus schluchzte laut, während Charles Schwitt, weiß, mit zusammengepreßten Händen, zu Füßen des Toten stehen blieb.

Der Assistent aber war, mit der Uhr in der Hand, bereits hinuntergegangen, um die Herren Journalisten zu benachrichtigen.

Als Charles Schwitt hinunter kam, war das Vestibül leer. Nur einige vergessene Abendzeitungen und ein paar Zigarrenstummel lagen hier und da umher.

Als Charles Schwitt aber auf die Straße hinauskam, hielt eine Droschke vor der Tür und ein Herr sprang aus dem Wagen: „Lieber Kollege," sagte er und reichte Charles Schwitt eine Visitenkarte, „es ist selbstverständlich, daß ein Gentleman Sie nicht in Ihrem Schmerz stören will, in Ihrem tiefen

Schmerz... Aber eine Frage werden Sie mir erlauben: Wer, mein Herr, wird die Totenmaske nehmen?“

Charles Schwitts Gesicht bebte: „Mein Herr, jetzt soll hier endlich Ruhe sein,“ sagte er und hob die Hand wie zum Schlage.

Der pelzgekleidete Herr von der Presse erschrak und zog sich einige Schritte zurück.

Aber mitten auf dem Trottoir drehte er sich wieder um und sagte mit einer halben Verbeugung: „Gestorben ist er doch um zwölf?“ und er fügte hinzu: „Sie wissen doch, mein Herr, daß das Publikum unterrichtet werden muß.“ Der Journalist sprang in seinen Wagen. Sein Gesicht war ganz verzerrt vor Wut. Er wollte es ihm gedenken, diesem Reklamehelden, diesem Herrn Charles Schwitt. Als ob das Publikum nicht ein Recht hätte, unterrichtet zu werden.

Als der Journalist über den Place de la Comedie fuhr, streckte er plötzlich den Kopf aus dem Fenster.

Er hatte Herrn Leblanc über den Platz stürzen sehen, und er rief den Kunsthändler an.

Herr Leblanc kam mit ganz verstörtem Gesicht auf den Wagen zugelaufen: „Wissen Sie es schon, Verehrtester,“ sagte er: „Wissen Sie es schon...“

„Ja,“ antwortete der Herr von der Presse. „Ich komme eben daher. Er starb um zwölf Uhr.“

Herr Leblanc war mit in den Wagen gestiegen: „Um zwölf,“ wiederholte er ganz verwirrt.

Der Herr von der Presse aber sagte, wie einer, der seinen Vorteil an der Börse wahrt: „Haben Sie etwas von ihm an der Hand?“

Herr Leblanc war ganz benommen: „Aber Bester,“ sagte er, „aber Bester, ich habe ja gerade heut alle seine Studien aus Algier erworben.“

Der Journalist sah ihn an. „Das ist ein Vermögen,“ sagte er.

Und indem er in Gedanken eiligst drei Reklameartikel für seine Zeitungen zusammenstellte, fügte er hinzu, wie jemand, der bereits seinen Anteil an einem Unternehmen einstreicht: „Auf mich können Sie sich ganz verlassen."

Charles Schwitt ging durch den Hof des Louvres, über die Brücke, am Kai entlang, in Michaels Garten hinein.

Alles war dunkel.

Einen Augenblick stand Charles Schwitt vor dem schweigenden Hause.

Dann rief er zum Balkon hinauf: „Herr Michael, der Meister ist tot."

Es klang wie ein Steinwurf gegen die geschlossenen Fenster.

Dann ging er.

Michael hatte sich im Bett aufgerichtet. Er zitterte am ganzen Körper.

Lucia aber umschlang ihn mit ihren Armen.

„Sei ruhig," flüsterte sie und drückte seinen Kopf in die Kissen zurück.

„Sei still. Ich bin bei dir."